별의
시간

백은하 소설집

별의 시간

백은하 소설집

문학들

선희에게

차례

보드게임 1

– 청포도기획

보드게임 1

- 청포도기획

커피향이 코를 찌른다. 한 달에 두 번 정도 번화가에 있는 학림서점에서 신간을 구경하고, 2층에 있는 스타벅스에서 아메리카노를 마시면서 방금 산 잉크 냄새 향긋한 책을 읽는 일이 내게는 소소하지만 행복한 일상이 되고 있다. 최근에는 프랑스 작가 로맹가리의 소설을 아껴가면서 느리게 읽고 있다. 내가 공익근무요원을 소집해제한 것이 7월이니까 벌써 3개월째 무위도식하고 있다. 영어공부라도 할까하고 학원에 갔더니 원어민반 한 달 수강료가 무려 20만원, 정확히 버스비 점심값을 포함한 나의 한 달 용돈이었다. 그래서 결국 이스트팩 배낭에 토익 책과 연습장, 로맹가리의 소설, 다이어리 등을 챙겨서 시립도서관을 다니고 있다. 그 사이 한달 정도 편의점에서 아르바이트를 하기도 했지만, 버스비 점심값 빼고 나면 별로 남는 것도 없어서 안 벌고 안 쓰는 느림의 미학을 실천하기로 했다.

나는 의자에 등을 기대고 잡지의 책장을 느리게 넘기면서 명품 구두를 눈요기하고 있었다. 창가 자리에 한 커플이 앉아 있었는데 내 또래인 남학생은 청색 노트북으로 인터넷 뉴스 검색을 하고 있고, 갈색 가디건을 입은 곱상한 여학생은 신문을 읽고 있었다. 남학생이 간간이 여학생의 등을 쓰다듬었지만 눈살이 찌푸려질 정도는 아니었다. 그 연인은 문명국의 종족처럼 데이트를 했다. 인터넷 뉴스 읽기와 신문으로 뉴스 읽기라니.

문명국의 연인은 한 시간 정도 뉴스 읽는 데이트를 즐긴 후, 자리에서 일어났다. 갈색 가디건의 여학생이 보던 신문을 접어서 휴지통에 쑤셔 넣었다. 왜 그랬는지 모를 일이다. 약간의 활자중독 증세가 있는 나는 나도 모르게 자리에서 스르르 일어나서 휴지통 구멍에 끼어 있는 그 신문을 꺼내왔다. 동아일보와 벼룩시장이었다. 문명국의 여대생은 데이트를 하면서 벼룩시장까지 훑어보았나 보다. 나는 잡지와 다이어리를 좁은 테이블 한쪽에 차곡차곡 쌓아놓고 본격적으로 신문을 읽기 시작했다. 마치 신문을 읽기 위해 스타벅스에 온 것처럼 말이다. 동아일보에 드레스셔츠에 넥타이를 코디네이션하는 기사가 있어서 그 페이지를 주욱 찢어서 잡지 화보 사이에 끼워 놓고 동아일보를 단정히 접어서 잡지 위에 올려놓은 후 벼룩시장을 읽기 시작했다.

구인구직란에 먼저 눈이 갔다. 나는 복학할 때까지 느림의 미학을 실천하기로 했기 때문에 급할 일은 없었다. 활자를 눈으로 주욱 훑어가는데 숨이 턱 막히는 문구가 있었다. '급구 남 홍보실장 학력불문 키 178cm 이상 용모단정 컴퓨터 가능자 월 2백만.'

월 2백만. 나는 고등학교를 졸업하고 이런저런 아르바이트를 했지만

2백만 원이라는 돈은 눈으로 본 적도 없다. 월 2백만 원이라면 5개월이면 흐흡, 무려 천만 원이나 되는 큰돈이었다. 나는 알콩달콩 한 달에 2백만 원씩 적금을 하는 것이다. 2백만 원을 어디다가 예금을 하지? 이런 저금리 시대에 은행 적금은 손해고 그래 투자를 하는 거야. 나는 다이어리에 있는 위시리스트를 펼쳤다.

위시리스트는 내가 인터넷 검색을 하거나 잡지를 보다가 갖고 싶거나 사고 싶은 물건이 있으면 스크랩을 해 놓는 리스트다. 인터넷 블로그에 위시리스트를 연재하기도 했지만 느림의 미학을 실천하기로 한 날부터 업데이트를 일단 중지했다. 위시리스트에는 작곡가가 운용한다는 펀드 상품이 나온 신문기사가 있었다. 한 달에 2백만 원을 벌면 무조건 그 펀드 상품을 살 것이다. 작곡가와 애널리스트이 얼마나 초현실적인 조화로움인가. 내가 그 초현실에 참여하는 것이다. 내 천만 원을 그 작곡가가 마법의 성처럼 뻥튀기를 해서 2천만 원, 3천만 원으로 불리는 것이다.

남, 나는 남자니까 통과. 학력불문, 나는 법대 3학년이니까 통과. 키 178㎝ 이상, 내 키가 정확히 178㎝다 통과. 용모단정? 이 부분은 각자의 취향이 있으니까 통과. 그런데 무슨 호스트바도 아니고 용모단정이라니. 홍보실장? 실장이라는 표현이 조금 걸리기는 했지만 나는 2백만 원을 포기할 수는 없다, 통과. 지갑에 2백만 원을 넣고 작곡가인 애널리스트를 만나고 있는 내 모습이 눈앞에 어른거렸다. 결국 나는 가방에 주섬주섬 책들을 쓸어 담고 스타벅스 계단을 뛰어 내려갔다. 새로운 연인을 만난 것처럼 나의 간에서 희망이 불끈 솟아올랐다.

*

"네 감사합니다. 청포도기획입니다."

수화기 속에서 울려 퍼지는 목소리는 백화점 안내방송에서 흘러나오는 아나운서 멘트 같았다.

"벼룩시장보고 전화 드렸는데요."

"네 그러셨어요? 저희 청포도기획에 관심을 가져주셔서 진심으로 감사드립니다. 이력서 지참하시구요. 스카이오피스텔 503호로 오세요. 스카이오피스텔은 한성극장 맞은편에 있습니다. 면접은 내일 오전 11시입니다. 시간은 가능하신가요?"

"네, 네, 좋습니다."

진땀이 났다. 홍보실장이라, 홍보실장. 나는 네이버 지식검색에 접속한 후 '홍보실 입사 면접을 보러 가는데 어떤 복장이 좋을까요?' 라고 입력했다. 그러자 컴퓨터는 머리에서 발끝까지 패션코디네이션을 해 주었다. 나는 옷장에서 내일 입을 수트 한 벌과 넥타이, 아직 포장지도 뜯지 않은 캘빈 클라인 팬티와 양말을 책상 위에 펼쳐놓고 꼼꼼하게 샤워를 한 후 잠자리에 들었다.

스카이오피스텔은 외장을 검정 유리로 마감한 세련된 건물이었다. 503호는 30평 정도의 복층 구조의 오피스텔이었다. 나는 내 눈을 의심했다. 사무실 안은 영원히 내 다이어리의 위시리스트에나 있을 법한 명품 이태리제 가구들로 채워져 있었다. 마치 특급 호텔의 스위트룸에 들어선 것 같았다. 어깨에 퍼프가 들어간 흰 블라우스와 검정색 타이트 스커트를 입고 머리를 단정하게 틀어 올린 미모의 여자가 나를 환대했다.

항공사 제복을 입혀서 비행기로 올려 보내고 싶을 정도의 미모였다. 나는 그녀의 안내를 받아서 2층으로 올라갔다. 2층도 명품 가구로 도배가 되어 있었다. 헬스로 단련된 몸을 가진 오십대의 체격이 좋은 호남형의 남자가 책상에서 일어나더니 나에게 소파에 앉으라는 포즈를 취했다. 가죽 소파는 쿠션이 거의 없었다.

나는 이력서를 테이블 위에 올려놓았다. 남자가 명함을 내밀었다. '청포도물산 사장 한만덕'. 변강쇠 본명 같았다.

"이름이 김건우, 본명 맞제이이?"

"네. 본명 맞습니다."

"학교가 J대 법대 3학년이구만이. 앞으로 판검사 되실 영감님이시네이."

"네?"

속으로 으앗, 싶었다. 판검사라니. 사법고시 같은 것은 꿈도 꾸지 않았다. 지금부터 2년 정도 투자해서 9급 공무원시험에 합격할 자신도 없었다.

"그건 아니구요."

"아따아. 그래도 법대생이 맞기는 맞은 것 아닌가. 우리 월급이 2백만 원인디 판검사될 영감님헌테 너무 약소하지 않나 해서."

"아닙니다. 전혀, 전혀 그렇지가 않습니다."

"글믄 내일 아침부터 출근허소, 9시까지 출근허믄 돼야."

그때 스튜어디스 같은 여자가 쟁반에 커피 두 잔을 담아왔다.

"인사허소, 우리 미스신이 비서학과 수석 출신이여. 앞으로 김실장을 잘 보필헐 것이구만. 일 하나는 똑 부러지게 해 부러. 그렇게 내가 미스 신을 믿고 청포도물산 사무실로 출근을 헌당게. 이 사무실은 자네가 거 즌 사장이나 마찬가지여. 자네 컴퓨터는 헐 줄 알제이?"

"잘은 못하구요. 파워포인트하고 포토샵밖에."

이래서 자격증을 따야 한다니까. 하다못해 정보통신기능사라도 따 놓을 걸하는 생각에 입술을 깨물려는데,

"긍게 컴퓨터 헐 줄 안다고이? 어째 월급 2백이 쪼까 약허지 않응 가?"

"충분합니다. 그런데 제가 해야 할일이……."

"홍보랑게. 홍보. J대 법대생은 십분이믄 업무파악해불제. 걱정은 붙 들어매고이?"

"그런데 청포도물산이 무슨 일을 하는 회사인가요?"

"거시기 뭐시냐. 청포도기획, 청포도물산 같은 계열이여. 월 매출이 1 억은 넘는게."

들으면 들을수록 미궁에 빠져드는 것 같았다. 순간 장기매매나 카드 깡 같은 불법조직이 떠올랐다. 나도 벼룩시장에 올라온 키 178cm 이상 용모단정이라는 상식을 초월한 문구를 보고 여기까지 찾아오지 않았나. 혹시 이 사람들이 나를 잘 먹여서 포동포동하게 살을 찌운 후에 내 콩팥 을 훔쳐가려는 수작이 아닐까? 울컥 무섬증이 들었다.

"그래도 무슨 일을 하는지 알았으면 해서요."

"어째 머시 맘에 안 든가?"

"혹시 사채업 같은 건가요?"

"사채? 아니여. 옛날에 잠시 잠깐 손을 대기는 했지만 지금은 아니여. 우리는 어디까지나 철저허게 합법적이제. 쩌그 사업자등록증 안 있능가. 사업자등록번호도 있고, 한만덕 내 주민등록번호도 딱 박혀 있고, 우리는 불법을 자행하는 그런 조직은 아니여. 아조 철저허게 합법적이제."

"저는 어디서 근무를 하나요?"

"여그가 내 사무실이고 김실장은 아래층을 미스신허고 같이 쓰믄 돼야. 상담은 하루에 서너 건밖에 안 되니께 일은 한가해. 퇴근은 자네 요량껏 알아서해. 더 의문나는 것은 없어? 김실장이 가방끈이 좀 깅게, 인자 나랑 대화가 쪼까 되겠네야. 한 번 들어보소이. 내가 이 세상에서 제일 좋아하는 시여."

오십이 될까 말까한 다른 사람 기죽이게 체격 탄탄한 사내가 눈을 지그시 감고 시 낭송을 시작했다.

"내고장 칠월은 청포도가 익어 가는 계절, 이 마을 전설이 주절이 주절이 열리고, 먼 데 하늘이 꿈꾸며 알알이 들어와 박혀, 하늘 밑 푸른 바다가 가슴을 열고, 흰 돛단배가 곱게 밀려서 오면, 내가 바라는 손님은 고달픈 몸으로, 청포를 입고 찾아온다고 했으니, 내 그를 맞아 이 포도를 따 먹으면, 두 손은 함뿍 적셔도 좋으련, 아이야, 우리 식탁엔 은쟁반에 하이얀 모시 수건을 마련해 두렴."

한만덕 사장은 홍조를 띠었다. 정말 수줍어 보이기까지 했다. 고등학교를 졸업하고 처음 들어보는 이육사의 '청포도'라는 시였다. 청포도기획이 이육사의 시에서 유래한 서정적인 회사 이름이었던 것이다.

나는 스카이오피스텔을 나서자마자 영훈에게 잽싸게 문자를 날렸다. 영훈은 시내에 있는 당구장에서 당구를 치고 있다가 폭소를 터트렸다.

"사장이 이육사의 청포도를 낭송했다고? 개그 버전이네. 유머가 출중해서 심심하지는 않겠네. 월급은 진짜 나오냐? 혹시 유머로 밀어붙이는 거 아냐? 정말 출근할 거야?"

"그걸 잘 모르겠어. 속는 셈치고 출근해 보고 싶기도 하고. 정말 양아치들일까. 양아치치고는 조금 포스가 있지 않냐?"

"그걸 내가 알겠냐, 니가 알겠냐, 스튜어디스가 알겠냐."

영훈이 "탁, 탁, 탁" 소리가 나도록 쓰리 쿠션을 넣었다.

*

다음날 아침, 눈을 뜨자 여섯시였다. 내 몸이 무엇엔가 중독된 것 같았다. 여섯시부터 일어나서 샤워를 하는 나를 보고 엄마가 놀란 표정을 지었다. 된장국에 밥을 말아서 든든한 아침밥을 먹고 스트라이프 청색 수트에 넥타이를 매고 향수까지 뿌리고 나자 기분이 그럴 듯했다. 신발장 위에 놓여 있던 아버지가 아직 안 보신 신문을 훔쳐 들고 아파트 문을 나섰다.

콧노래가 절로 나왔다. 무엇이 나를 이렇게 흥분시키는 걸까? 스튜어디스 같은 미스신 때문일까, 내 위시리스트에 있는 이태리제 가구 때문일까, 작곡가가 운용한다는 펀드 상품 때문일까. 시계를 보니 8시 25분이었다. 첫 출근인데 너무 이른 것은 아닌지 걱정되었다. 놀랍게도 사무실 안은 깨끗하게 밀걸레질이 되어 있었고 다갈색 오크 원목에 수작업으로 문양이 새겨진 앤티크 책상 위에 김건우 실장이라는 명패가 놓여 있었다.

"실장님 안녕하세요?"

미스신은 어제와 같은 복장으로 깍듯하게 인사를 했다. 나는 휴대폰으로 가죽 의자에 앉아 있는 나의 스타일을 찍어서 영훈에게 전송했다. 미스신이 싱싱한 잉크 냄새가 나는 처녀성을 간직한 신문과, 명쾌한 블루마운틴 향이 나는 커피, 스프레이로 물을 뿌린 화장지가 깔린 섬세한 문양의 유리 재떨이를 책상 위에 올려놓고 짧은 목례를 하고 나갔다. 나는 커피를 마시면서 창밖 풍경을 바라보았다. 책상 위에 놓인 양란에 물기가 보송보송하게 맺혀 있었다. 커피를 마시면서 컴퓨터의 전원을 넣었다. 내 위시리스트에 있었던 기종의 컴퓨터, LCD 모니터, 기백만 원을 호가하는 레이저 프린터기까지 완벽하게 구색을 갖추고 있었다. 이건 분명히 꿈이다. 이럴 수는 없는 것이다. 어떻게 하루 만에 내 위시리스트에 있던 항목 중 절반 이상이 내 수중에 들어올 수가 있단 말인가. 인터넷으로 뉴스를 검색하고 있는데 미스신이 카탈로그를 들고 들어왔다.

"사장님은 출근 안하시나요?"

"청포도물산 쪽으로 출근을 하시거나 주로 현장에 있으세요."

"현장이라면……."

"저희 청포도물산은 크게 두 개의 조직으로 나뉘어져 있어요. 실장님께서는 청포도기획 업무만 파악하시면 돼요."

미스신은 비서학과 수석 출신답게 우아한 포즈로 내 앞으로 카탈로

그를 내밀었다. 상품은 모두 네 가지였다. 럭셔리, 엘레강스, 뷰티풀, 노
말.

"이게 무슨 말입니까?"

"결혼을 할 때, 웨딩숍이 있잖아요. 웨딩숍 매니저가 결혼에 관한 일
체의 서비스를 한다면 저희는 이혼에 관한 일체의 서비스를 대행하는
거예요. 웨딩숍의 반대 개념을 생각하시면 돼요. 청포도기획에서는 이
혼 전문 변호사 섭외부터 불륜 현장 확보 사진 촬영, 서류 정리, 현장 철
거 등을 하죠."

"현장 철거라면."

"부부가 결혼해서 살던 집을 정리하는 거죠. 쉽게 말하면 가구들을
정리해서 아파트를 빈 공간으로 만드는 거지요. 즉 결혼 혼수가 없던 상
태로요. 예를 들면 럭셔리는 거실이나 발코니확장 등을 했던 내부까지
원상복귀를 하는 상품이예요."

"그런데 왜 이렇게 비쌉니까? 천만 원이면…."

"결혼 비용으로 이삼억씩 쓰는데 이혼 비용으로 천만 원이면 껌값이
죠."

껌가앖? 확 신경질이 났다.

"손가락 까딱 안하고 스위트홈을 확 부셔버리는 비용으로는 저렴하
죠. 오백만원, 칠백만원 하면 쪼잔해 보이잖아요. 천만 원, 럭셔리하잖
아요. 뭔가 딱 떨어져 보이고요."

대신에 노말은 오십만 원에서 백만 원까지 다섯 단계로 세분화되어
있었다.

"고객은 많습니까?"

"우리 청포도기획이 가격도 저렴하고 신속하고 깔끔하게 일처리를 잘한다는 입소문이 나서 고객은 많은 편이예요. 오늘 계약하면 내일까지 철거가 모두 끝나요. 워낙에 완벽하게 시스템이 구축되어 있기 때문이죠."

나는 정말 묻고 싶은 질문을 기어이 내뱉고 말았다.

"월급이 정말 2백만 원이 맞습니까?"

"그럼요. 오늘이 1일이죠? 정확하게 30일 오전 열시에 계좌이체를 해드릴게요."

미스신은 세련되고 우아하게 브리핑을 마치고 카탈로그를 들고 나갔다. 그리고 20분 후 한 달 동안의 스케줄 표를 들고 나타났다. 말 그대로 현장이었다. 한 달 동안의 각 팀의 동선이 분단위로 체크되어 있었다. 나의 위시리스트 속에 있는 아파트가 반 이상이었다. 나는 그렇게 청포도기획의 실장님이 되었다. 한 달이 지나고 내 통장 잔고가 정확히 2,080,000원이 된 것을 확인한 후 나는 '청포도기획'의 진정한 홍보실장이 되었다.

*

한사장은 여전히 홍조 띤 목소리로 시를 읊었다. 사람마다 독특한 취미가 있기는 한데 한사장은 시를 낭송하는 것이 그의 취미인 것이 분명했다. 대신 시 선정에 있어서 레벨을 한 포인트만 높여주면 더 바랄 것도 없겠구만. 그렇다고 딱히 추천할 만한 시가 있는 것도 아니었다.

　대리석이 깔린 낙원룸살롱의 테이블에는 양주와 과일 안주, 포카리 스웨트 등이 깔려 있었다. 한사장은 온더록스잔에 스트레이트잔을 빠뜨린 폭탄주를 내 앞으로 밀었다.

　"김실장이 오고 나서 우리 청포도기획 매출이 정확히 두 배나 올랐당게. 거시기 뭐시냐, 그래서 내가 내 마음을 쪼까 표현허고 싶은디 내 마음 좀 받아주소 이? 아니 그전에 아가씨 부르까? 여그 애기들은 자네보다 더 어린디."

　"아니요 사장님 지금으로도 충분합니다. 아름다운 밤입니다."

　나는 괴성에 가까울 정도로 목청을 높이면서 내 앞에 높인 폭탄주를 원샷했다. 룸살롱에서 등발 좋은 한만덕 사장과 호스티스들과 함께 넥타이를 머리에 묶고 춤을 추는 장면만은 정말이지 연출하고 싶지 않았다. 차라리 '청포도'라는 시를 열 번이고 백번이고 다시 듣는 쪽이 더 나았다.

　"김실자앙. 내가 신곡을 개발했는디 한 번 들어볼티여?"

　한사장은 테이블 위의 포크를 집어서 오른손에 마이크처럼 들고 눈을 지그시 감았다.

　"나 보기가 역겨워, 가시일 때에는, 말없이 고이 보내 드리이오리다, 영변에 약산 진달래꽃, 아름 따다 가실 길에 뿌리이오리다, 가시는 걸음 걸음, 놓인 그 꽃을 사뿐히 즈려 밟고 가시이옵소서, 나 보기가 역겨워 가시일 때에는, 죽어도 아니 눈물 흘리오리다."

　지은이 김소월 자유시 서정시 제재 진달래꽃 주제는 승화된 이별의 정한이었다.

"내가 좀 주책맞제이? 사실 가방 끈 긴 자네 아니고 내가 어디 가서 시를 읊어보건능가. 나를 미친놈 또라이로 보제. 실은 내가 중학교 2학년 때 국어선생님을 짝사랑했는디 그 선생님도 나를 사랑했든가벼어. 국어 시간마다 국어책에 있는 시를 매일 한 편씩 읽었당게. 선생님헌테 잘 보일라고 얼마나 열심히 연습을 했든지 국어책에 있는 시를 몽땅 외워부렀어. 호롱불 긍게 전기 들어오기 전에 호롱불이라고 있어 이? 석유 넣으믄 불이 밝혀지능 거 아무튼 있닥허고이이? 우리 아부지가 교장선생님집에서 얻어다 준 책상 위에 호롱불을 켜고 시를 외우고 있으믄 내가 거시기 머시냐 나는 진짜는 왕자인디 지금은 두꺼비다, 이런 착각에 빠져들었제. 그 국어 선생님이 나헌테 뽀뽀를 허기도 했는디. 암튼 되얐고. 중학교 졸업으로 가방끈이 끊어져 부렀어. 나만 못 간 것도 아닝게. 억울허지도 않고 그렁갑다했제. 그 길로 서울로 상경해서 인생 뭐 있었겄어. 나이롱뽕 거그서 거그제. 돈복이 좀 있어서 돈은 겁나게 붙대. 그것뿐이여. 나이롱뽕 인생은 돈이 있어도 나이롱뽕, 돈이 없어도 나이롱뽕이드라고."

시를 읊고 나서 한사장은 얼음물을 주욱 들이켰다. 나는 한사장을 만난 이후로 처음으로 의자에 등을 걸치고 온 몸에서 힘을 뺐다. 그리고 평소 스타일대로 다리를 꼬았다.

"저 담배 좀 피워도 될까요?"

"피워. 피워. 괜찮해. 사실 나도 룸살롱에서 아가씨들허고 노래허고 춤추고 허는 거 벨로여. 근디 노는 법을 배운 적이 없어서, 다르게 놀 줄을 모르네. 나이 든 남자들끼리 만나서 돈 자랑을 허건능가, 자식 자랑을 허건능가, 그냥 노래 험시로 얼굴 한 번 더 보고 그러제. 자네도 아가씨 싫어허는 것 같응게. 인자 그런 부탁은 안 헐라네. 가끔씩 나랑 소주나 한 잔씩 허드라고 이이? 글고 거시기 뭐시냐. 자네가 옷발도 잘 서고 스타일도 있제만은 나야 알제, 나야 자네가 법대생인지 다 안디 남들은 잘 모릉게 옷 쪼까 폼 나는 것으로 해 입으라고. 배용준이나 장동건이나 실장님들이 입는 쪼까 폼나능거 잉?"

한 사장은 흰 봉투를 내 오른쪽 호주머니에 순식간에 쑤셔 넣고 수줍은 표정을 지으면서 자리에서 일어섰다.

"늦었응게 인자 가세. 가서 자네도 책 좀 봐야제. 명색이 대학생인디."

그는 벌써 룸을 나서고 있었다. 룸살롱을 나서자 벤츠가 1층 문 앞에 대기하고 있었다.

"저는 택시 타고 가면 돼요."

"아따아 글지 좀 말란마시. 정이 있제. 내가 어쭈고 자네를 길바닥에 버리고 가겄능가. 나는 자네가 받기만 허믄 내 차를 주고 싶은 심정이네. 내 차 자네가 탈랑가?"

"아뇨. 아뇨. 됐습니다. 사장님."

나는 냉큼 앞좌석에 올랐다. 벤츠가 비좁은 주공아파트 주차장에 괴물처럼 버티고 서 있는 악몽만은 피하고 싶었다. 집에 와서 문을 잠그고 보너스 같기고 하고, 팁 같기도 한 봉투를 열어보았다. 십만원권 자기앞수표가 열장이었다. 휘리릭! 왼손으로 수표를 누르고 오른손으로 튕겨보았다. 빳빳한 종이 소리가 났다. 다음날 나는 열장의 자기앞수표를 들고 백화점에 가서 나의 위시리스트에 있었던 데님 재킷 한 벌과 윙팁 버팔로 구두 한 켤레를 샀다. 엄마에게 선물할 버버리스카프도 한 장 샀다.

아침 출근은 여전히 상쾌하다. 싱싱한 잉크 냄새가 나는 내 몫의 신문을 들고 이른 아침의 지하철에 오르면 나를 흘끔거리는 사람들의 눈길이 느껴졌다. 178cm의 키, 스물다섯 살의 보송보송한 피부, 그리고 데님 재킷과 윙팁 버팔로 구두. 운동을 안해서 근육이 없는 것만 빼고는 배용준 캐릭터의 실장님 같았다.

업무는 아주 간단했다. 평균 하루에 네 명 정도의 고객을 상대했다. 고객은 크게 두 부류였다. 상담은 5분을 넘지 않거나 두 시간을 넘거나 둘 중 하나였다. 5분이 넘지 않는 고객은 보통은 명예가 넘치는 가문의 시어머니였다. 명예로운 가문의 시어머니는 대략 세 가지 정도를 주문했다. 집에 있는 컴퓨터와 책상과 책을 다른 아파트로 옮겨줄 것, 나머지 가구는 하나도 남김없이 모조리 처분해줄 것, 거실과 베란다를 원상복귀해줄 것. 끝이었다. 시어머니들은 소파에 앉은 채 왼손으로는 핸드백을 쥐고, 오른손 검지와 중지를 이용해서 유리 테이블 위에 파란 속지가 들어있는 하얀 봉투를 밀고 자리에서 일어섰다. 온몸에서 냉기가 줄줄 흘러넘쳤다. 하얀 봉투에는 천만 원 권 수표가 들어 있었다. 시어머니들은 자신이 이런 곳에 있다는 것 자체를 수치스러워하는 듯한 장면을 연출했다.

다른 부류의 고객이 오면 미스신이 눈짓을 했다. 나는 티슈와 커피 캔 서너 개, 귤이 담긴 쟁반, 재떨이를 테이블 위에 준비해 놓고 고객과 상담을 시작했다. 고객은 울먹거리다가 필경에는 곡조가 들어간 울음을 쏟아냈다. 나는 울음이 곡조를 탄다는 사실을 처음 알았다. 한국인의 몸 속에는 울음의 곡조가 인박혀 있는 듯했다. 아내이기도 했고, 남편이기도 했고, 친정어머니이기도 했고, 시아버지이기도 했고, 동생이기도 했다. 곡조 있는 울음을 연기하는 배역은 참으로 방대했다.

상담의 끝은 특이하게도 이혼과 아무 상관도 없는 자신의 신세한탄으로 끝을 맺었다. 자식의 이혼이 왜 자신의 잘못인지 이해는 할 수 없었지만, 나는 티슈를 톡, 톡, 뽑아서 고객의 눈물을 닦아주었다.

한 달이 더 흐르자 나는 어머니 연배의 여인들의 등을 토닥거려 줄 수 있게 되었다. 중산층 아버지들의 반응도 거의 엇비슷했다. 그들은 자식의 이혼을 자신의 인생의 실패로 받아들였다. 그들은 대부분 담배를 한 갑 쯤 피워댔다. 그리고 6개월 할부로 카드 결제를 했다. 5백만 원이 많다고 하면 그 자리에서 3백만 원으로 깎아주었고, 3백만 원이 많다고 하면 백만 원으로 깎아주었다. 상품 금액은 고객의 카드 한도에 맞추어서 성심성의껏 조정해 주었다.

남자고객에 한해서 때때로 애프터서비스를 해주기도 했다. 비용은 룸살롱 술값 정도였다. 뭐 특별할 것도 없었다. 이혼 당사자인 남자들이 대부분이었다. 내가 호스티스와 함께 술을 마시는 것을 싫어해서 둘이서 양주 한 병을 비울 정도가 딱 적당했다. 적당히 술기운이 오르면 이쑤시개로 딸기나 키위를 찍어 먹으면서 그가 배신한 첫사랑 여자의 이야기를 들어주었다. 이혼한 그의 아내가 첫사랑 여자에 비해서 얼마나 이기적인 명예욕에 가득 찬 여자인지, 얼마나 돈을 밝히는 여자인지, 얼

마나 아침잠이 많은 여자인지, 얼마나 게으른지, 얼마나 마마걸인지 그
저 들어주면 되었다. 그리고 첫사랑 여자가 그를 그리워하고 있을 것이
라고 진심을 다해 그를 위로해주었다.

서른다섯이 훨씬 넘은 사회적 지위를 갖춘 남편들은 이제 겨우 스물
다섯 살인 나에게 이렇게 묻고 묻고 또 물었다.

"선영이는 정말 나를 잊지 않았을까요?"

선영이가 무슨 물망초냐고요!

*

새봄이 왔다. 나에게 겨우 용돈 20만원을 주면서 온갖 유세를 떨던
엄마가 세상이 무너진 듯한 표정을 지으며 나를 설득하기 시작했다.

"네가 제정신이니? 잘 다니던 대학을 때려치우고 청포돈지 건포돈지
그 고물상 양아치들하고 같이 살겠단 말이냐? 내가 너 그렇게 되라고
입고 싶은 옷 안 입고 먹고 싶은 것 안 먹으면서 네 과외비 댄 줄 아니?"

소리소리 질러댔다.

"엄마, 청포도기획 홍보실장이라니까 그러네. 내가 대학 졸업한다고
뭐 뾰족한 수가 나겠어요? 공무원 공부한다고 삼년 백수로 지내면 엄마
가 그 꼴을 어떻게 견디겠냐구요?"

"네가 왜 백수로 지내니. 응? 네가 왜 백수가 돼? 취직을 하면 되지.
어쨌거나 대학은 나와야 사람대접 받으면서 살 거 아니야."

"엄마, 지방대 법대 나와서 어떻게 취직을 해요. 아무튼 나는 독립할
거예요"

"허, 독립? 독립 같은 소리하고 있네. 그 고물상들하고 같이 사는 게 독립이냐?"

그날 밤, 나는 작은 가방에 책 몇 권과 옷가지 몇 개를 싸가지고 한사장이 마련해준 스카이오피스텔로 옮겨왔다. 사실 독립인지 가출인지 약간 어정쩡했다. 내 통장의 잔고를 보면 독립이고, 엄마의 애절한 울부짖음을 보면 가출 같았다. 아버지는 헛기침만 했다. 며칠 전에 내가 아버지께 드린 통장이 효과가 있었을까. 아버지도 이제 가장의 짐을 나누어 지고 싶으신 게다.

인센티브제를 적용하면서 월급이 눈덩이처럼 불어났다. 그리고 스카이오피스텔 건물주인 한사장이 집은 비워두는 것이 아니라면서, 비어 있는 608호를 숙소 개념으로 와서 살면 어떠냐고 제안해왔다. 월세 같은 것은 전혀 없었다. 현재도 비어 있는 호수가 몇 호 더 있어서 이삼년은 옮겨 다니지 않아도 될 것 같았다. 내가 흔쾌히 수락하자 한사장은 철거 현장에서 건진 가구들로 24평 복층 오피스텔을 멋지게 꾸며주었다. 쾌적했다. 와인색 주방기구에 와인색 냉장고도 있었고, 숨막히는 것은 홈 씨어터였다. 2층에는 바도 있었다. 바 장식장에 채울 와인과 술들은 낙원룸살롱 웨이터 배용준이 술을 세 박스나 가지고 와서 산뜻하게 정리해주고 갔다.

"형, 집 끝내주네요. 나 가끔 놀러 와도 돼요?"

"여자만 안 끌고 오면 돼. 와서 비디오 봐도 되고. 음악 들으러 와라."

"참, 저 스물한 살이에요."

배용준은 꾸벅 인사를 하고 나갔다. 나는 스물다섯 살에 내 몸과 내 인생을 책임질 수 있게 된 것이다. 내가 오피스텔로 옮겨온 날 나는 드디어 현장에 입성했다. 입사 4개월 만이었다.

"나는 김실장이 나를 배신 안헐 줄 알았당게. 내가 첫눈에 알아봤제이."

한사장과, 한사장의 운전기사인 하재형과 함께 엘리베이터를 타고 오피스텔 주차장으로 내려갔다. J대 경영학과를 졸업했다는 하재형이 허리를 15° 굽히고 벤츠 뒷좌석의 문을 열었다. 한사장이 뒷좌석에 앉고, 나는 하재형의 옆좌석에 앉았다. 차안에서는 '조지 윈스턴'의 '디셈버'가 흐르고 있었다.

"12월의 우수, 얼마나 로맨틱헌가이."

하재형은 항상 선글라스를 끼고 있어서 그가 어떤 표정을 짓고 있는지는 알 수 없었다. 나는 한사장, 하재형과 함께 52평 아파트 문을 열고 들어갔다. 아파트는 완벽한 스위트홈이었다. 달콤하고 화사했다. 거실은 화이트톤의 플라워 벽지와 이태리제 가죽 소파와 장식장, 액자형 에어컨, LCD TV, 홈씨어터로 꾸며져 있었다. 침실은 유러피언 스타일의 클래식하면서도 고풍스러운 가구들로 꾸며져 있었고 욕실에는 월풀 욕조가 있었다. 베란다에는 드럼세탁기와 김치냉장고도 있었다.

화이트톤의 인텔리전트 주방에는 전기 오븐과 식기세척기가 동선이 맞추어져 있었고, 선반에는 각양각색의 식기들이 열을 맞추어서 수납되어 있었다. 크리스탈 제품들은 유리꽃처럼 아름다웠다.

"그래도 여그는 쪼까 되얏어. 2년 되얏당게. 남편은 의사고 아내는 거 뭐시냐 열쇠 세 개 갖고 온 뭐 그런 커플이었제."

그 때 '청포도기획'의 CC로고가 새겨진 청색 점퍼를 입은 남자 여섯 명이 아파트 안으로 들이닥쳤다. 베란다에 사다리가 설치되고 그들은 벽걸이 에어컨, LCD TV, 김치 냉장고 등 가전제품들을 등짐을 져서 1층으로 내리기 시작했다. 스위트홈이 금이 가서 이가 듬성듬성 빠져 보였다. 베란다 밖으로 전자제품을 실은 대형 이삿짐센터 트럭이 떠나는 것과 거의 동시에 또 다른 이삿짐센터 트럭이 도착했고 또 다시 사다리가 설치되었다.

CC로고가 새겨진 청색 점퍼는 같은데 인물은 바뀐 여섯 명의 남자들이 들이닥쳐서 거침없이 낡은 카펫으로 장롱, 화장대, 소파, 식탁 등 가구를 포장했다. 그리고 등짐을 져서 가구들을 들어냈다. 그러자 집이 텅 비어 버렸다. 스위트홈은 순식간에 폭탄을 맞은 것 같았다.

"어이, 김실장 오늘 현장은 이쯤해서 마무리허고 철수허드라고. 가서 밥이나 묵세."

"아뇨. 저는 첫날이니까 끝까지 지켜보겠습니다."

"아따 J대 법대생은 멋이 달라도 다르당게. 그러믄 우리는 여그 현장서 퇴근허드라고이? 오늘 김실장이 머리를 올렸응게 저녁에 거하게 한 잔 허드라고이?"

"네, 사장님."

나도 모르게 고개를 숙여서 인사를 했다. 나는 가구와 전자 제품이 빠져버린 52평 아파트 베란다에 쪼그리고 앉아서 담배에 불을 붙였다. 베란다 밖으로 보이는 주차장에는 중형 승용차들이 열을 맞추어서 도열해 있었다. 베란다에는 미니 정원이 꾸며져 있었는데, 말라비틀어진 화분이 열개 정도 나뒹굴고 있었다. 식물에도 욕심을 부렸는지 화분들도 엄청나게 컸다. 화분을 발로 툭 차자, 묘한 쾌감이 몰려왔다. 나이 서른 살에 52평 아파트에 스위트홈을 꾸미려 했던 인간들에 대한 묵직한 적의가 밀려왔다. 내 속 어디에 이런 감정이 웅크리고 있었던 것일까. 폐허로 변해가는 스위트홈이 달콤해서 견딜 수가 없었다.

나의 상념을 방해라도 하듯이 '청포도기획' 점퍼를 입은 늙수그레한 할아버지 두 명이 신발을 신은 채 아파트 안으로 들어섰다. 그들은 네모난 스티로폼 박스에 주방기구며, 씽크대, 방문 손잡이까지 철이란 철은 모조리 떼어내 쓸어 담았다. 굶주린 이리떼들 같았다. 할아버지들이 지나간 스위트홈은 강간을 당한 것 같았다.

할아버지들이 떠난 것과 거의 동시에 커다란 쓰레기봉투를 든 중년의 아주머니 두 명이 들어섰다. 한 아주머니가 의자를 딛고 올라가서 커튼의 고리를 풀자 아래에 서 있던 아주머니가 나비 날개 같은 물 흐르는 듯한 디자인의 실크 커튼을 부북하고 인정사정없이 잡아당겼다. 기백만 원을 호가하는 이중 커튼은 가위로 난도질되어서 쓰레기봉투에 나뉘어 담겨졌다. 그들은 쓰레기봉투에 커튼이며 술이 달린 식탁보, 앤티크 시계 등 잡다한 물품들을 쓸어 담기 시작했다. 아주머니들이 떠나자 아파트 안은 정말 텅 비고 말았다. 문득 공포심이 밀려왔다. 지금 내가 여기서 무엇을 하고 있는가.

그때 또 다시 공구를 든 사내 대여섯 명이 들이닥쳤다.

"나가주셔야겠는데요."

"왜요?"

"여기 거실 확장공사 했잖아요. 원래 상태로 복원을 하려면 우선 이 부분을 철거해야 하거든요."

그는 고급스러운 플라워 패턴의 벽지가 발라진 거실 벽을 애인의 허리를 애무하듯이 쓰다듬었다.

"대충 얼마나 걸려요?"

"얼마 안 걸려요. 쓰레기까지 내려 보내는데 반나절 정도 걸려요. 여기서 왔다갔다하면 인부들이 일하는데 걸리적거려요. 거실을 원래대로 복구해 놓고 경비실에 열쇠를 맡겨놓으면 고객이 와서 열쇠를 찾아가니까 우리는 철거만 하고 떠나지요. 달리 걱정할 것 없어요. 그냥 퇴근하세요."

"저 회사가 어디세요?"

"어디긴 어디예요? 청포도기획이지. 어이 김씨, 안 복잡허게 주방부터 차근차근 허드라고 이?"

그가 나에게 어서 나가라는 손짓을 했다. 그가 손에 들고 있던 망치로 유리문의 유리를 "탁" 때리자 유리가 와장창창 파열음을 내면서 부서졌다. 쨍강쨍강 유리 깨지는 소리가 아파트 복도까지 쩌렁쩌렁하게 울려 퍼졌다.

그날 밤, 내가 낙원룸살롱에 들어서자 배용준이 득달같이 달려와서 고개를 꾸벅 숙이면서 반가운 체를 했다. 배용준을 따라서 룸으로 들어가자 룸에는 이미 판이 벌어져 있었다.

"김실자앙, 내가 얼마나 간절허게 자네를 기다렸는지 안가………."

룸살롱 아가씨의 허리를 부둥켜안고 노래를 부르고 있던 한사장이 나를 보자 내 손을 잡고 소파에 앉았다.

"이 세상에 하나밖에 둘도 없는 내 여인아 보고 또 보고 또 쳐다봐도 알 수 없는 내 사랑아…."

김사장과 부둥켜안고 노래를 하던 스물 두어살 먹은 아가씨가 눈을 감고 나훈아의 사랑을 열창했다. 비 내리는 날도 눈 내리는 날도 오로지 당신만을 사랑한다는 서정시 같은 가사였다. 나는 어깨를 움츠리고 자리에 앉았다.

"내 술 한 잔 받고이이?"

한사장이 나에게 술을 따랐다. 국가적인 거사를 치른 것 같은 융숭한 환대였다. 위스키를 스트레이트로 마시고나자 속이 뜨거워졌다. 그동안 잠들어 있던 이리 한 마리가 내 안에서 깨어나서 기지개를 켜는 것 같았다. 그 이리는 베란다의 화분을 발로 찼을 때 깨어났다.

"자 김실장, 인자 진정한 김실장의 새로운 인생이 시작되는 것이여. 사는 거 벨거 아니어도 살다 보믄 돈도 붙고, 돈 쓰는 재미도 있고 그런 것이여. 자 자 건배 허드라고이?"

술잔을 부딪히는데, 배용준이 들어섰다.

"여그 또 다른 시인님이 들어오셨네. 뭔 사연인지는 몰라도 여그가 거 뭐시냐 J대 거그 뭐시냐. 문예창작과를 다닌다네. 시인님이시랑게. 같이 술 한 잔 허세."

한 사장은 배용준의 손목을 나꿔채서 자기 옆에 앉혔다. 한사장 옆에 앉아서 과일 안주를 먹고 있던 가슴이 유난히 큰 아가씨가 샐쭉 토라지면서 자리를 비켜주었다. 한사장은 J대학교에 기부금을 냈을까. 말끝마다 J대 타령이었다.

하재형이 접시에 폭탄주를 올려서 내게 내밀었다. 폭탄주를 원샷했다. 머리가 핑 돌았다. 약을 쳤나? 시계 방향으로 폭탄주가 계속 돌았고 나는 정신을 잃었다. 잠에서 깨어났을 때 머리가 깨질 것 같았다. 서서히 지난 밤 광란의 시간들이 떠오르면서 나는 본능적으로 내 몸을 만졌다. 팬티만 걸친 채 발가벗겨져 있었다. 눈을 감고 옆 자리를 더듬었다. 물컹한 살이 만져졌다. 갈 데까지 갔구나 싶은 참담한 심정이었다. 그런데 내 옆에서 잠들어 있는 사람은 룸살롱 아가씨가 아닌 배용준이었다. 그는 갈색 면 트레이닝을 입고 얌전하게 잠들어 있었다. 내 재킷은 벽에 단정하게 걸려 있었다. 내가 잠에서 깨어난 곳은 배용준이 숙소로 쓰고 있는 벌꿀장 302호였다. 방 안에는 텔레비전 하나와 작은 냉장고와 테이블이 있었고 바닥에서부터 책들이 단정하게 쌓여 있었다. 시인지망생이 완전한 빈 말은 아닌 듯싶었다. 나는 샤워를 하고 옷을 입고, 쪼그리고 앉아서 배용준의 책 제목들을 읽어갔다. 그 제목들을 모두 읽고 나자 다리에서 쥐가 나려고 했다. 활자중독증은 때와 장소를 가리지 않고 나를 기습했다. 간밤에는 고마웠다는 쪽지를 남기고 책들 사이에서 에드거 앨런 포의 '우울과 몽상'이라는 두꺼운 소설집을 어렵사리 빼들고 방을 나섰다. 복도는 어두침침했다. 오전 11시였다.

청결한 오전의 스타벅스는 여전히 한가롭게 느껴졌고, 스탠더드 재즈가 흐르고 있었다. 영훈은 창가 소파에 앉아서 잡지를 넘기고 있었다. 나는 카페모카 두 잔이 든 쟁반을 나무 테이블 위에 놓았다.

"야. 이 버팔로 구두 죽이지 않냐?"

영훈은 구두 광고 사진을 내 앞에 내밀다가 내 구두에 눈길이 머물더니 재수 옴 붙었다는 떨떠름한 표정을 숨기지 않았다. 그의 위시리스트에 있는 구두를 내가 신고 있었던 것이다. 내가 빨대로 카페모카를 소리 내서 마시자 그가 짜증을 냈다.

"소리 좀 내지 말고 마셔. 그 회사에서 하는 일이 뭐길래 월급이 그렇게 많냐? 혹시 너희 조폭이냐? 홍보실장은 접대용 직업이고 밤에 호스트바에서 술 따르는 거 아냐?"

청포도기획. 내 고향 칠월은 청포도가 익어가는 계절. 사랑스런 나의 벗이여, 너무 많이 알려고 하지 말아라. 오늘밤 우리는 하이얀 모시 수건이 세팅된 식탁에서 은쟁반에 놓인 청포도나 함께 먹자꾸나!

보드게임 2
- 바로크 공주

보드게임 2
– 바로크 공주

편의점에서 맥주와 담배를 사 가지고 걷다보니 낙원룸살롱 앞이었다. 나는 그냥 오피스텔로 돌아가려고 발걸음을 돌리다가 퇴근을 하는 배용준과 마주쳤다. 그는 나를 보더니 흠칫했다. 새벽 2시가 약간 넘은 시간이었다.

"형, 자꾸 이러면 곤란해요."

배용준은 청바지에 손을 찌르고 천천히 걸었다. 나도 그 뒤를 느릿느릿 따라갔다.

"형, 저기 포장마차에서 소주나 한 잔 할까요?"

배용준은 '퓨전포차 지글' 이라고 씌어진 주점 간판을 손가락으로 가리켰다. 트레이닝 바지에 슬리퍼, 모자를 눌러쓰고 손에는 검정비닐봉지를 들고 퓨전포차에 들어갈 용기는 없었다. 내가 머뭇거리자 배용준이 얼굴을 씰룩거리면서 앞서 걸었다. 나는 어슬렁거리는 걸음으로 그의 뒤를 따랐다. 한참 걷다가 그제서야 배용준이 무슨 뜻으로 그런 말을 했는지 퍼뜩 이유가 떠올랐다.

"야, 배용준, 너 아까 무슨 뜻으로 그런 말 했어?"

배용준은 그제서야 자기도 화가 난 목소리로 대꾸했다.

"그렇잖아요. 같이 술을 마시자는 것도 아니고, 당구를 치자는 것도 아니고, 영화를 보자는 것도 아니고, 나 퇴근하는 시간에 가게 앞에 서 있으면 날더러 어쩌라는 거예요. 술집도 싫다, 해장국집도 싫다, 내 기둥서방도 아니고 달방에 같이 잠자러 오는 남자친구가 어딨냐구요."

듣고 보니 그건 그랬다. 하지만 하늘에 맹세코 이날 이때껏 나는 나의 성 정체성을 의심해 본 적은 단 한 번도 없다. 나는 정상적으로 공익근무를 마친 신체 건강한 대한의 남아다. 여자와의 섹스를 싫어한 적은 단 한 번도 없다. 아직 귀엽고 사랑스러운 여자 친구가 없어서 연애를 안하고 있을 뿐이지 당장 내일이라도 사랑스러운 애를 만나면 당장 데이트를 시작할 것이다.

그런데 왜 내 스카이오피스텔에 누워서 비디오를 보다가, 배용준의 퇴근 시간만 되면 맥주가 마시고 싶고, 그의 벌꿀장 302호에서 잠들고 싶어질까? 내 오피스텔의 모던함이 자꾸 신경을 자극하기 때문이다. 와인색 주방은 시각을 자극하고 오디오의 청량한 음질은 음악소리마저 쇳소리처럼 신경을 박박 긁어댔다. 초록색 소파와 바이올렛 색상의 침대시트까지 내 숨통을 조이기는 마찬가지였다. 그래서 우선 침대시트와 커튼 색깔을 편한 베이지톤으로 바꾸어보았지만 달라진 것은 하나도 없었다. 24평 복층 오피스텔의 모던함이 내 몸에 안 맞았던 것이다. 그리고 혼자서 견뎌야 하는 밤 시간이 너무 길었다. 그렇다고 다시 부모님이 살고 계시는 우리집으로 돌아갈 수도 없었다. 내가 오피스텔 쪽으로 발길을 돌리자 배용준이 버럭 소리를 질렀다.

"형, 그렇다고 그냥 가면 진짜 이상해지잖아요."

나는 검정 비닐봉지를 앞뒤로 달랑달랑 흔들면서 배용준의 뒤를 따라서 벌꿀장으로 들어섰다.

*

벌꿀장은 유흥가인 오거리의 골목에 있는 6층 건물이다. 벌꿀장 바로 옆에는 금빛노래방, 보세옷을 파는 모델라인, 맥주를 파는 오크통 등이 줄지어 서 있다. 모텔 출입구는 앞쪽에 있다. 그러니까 금빛노래방이나 생맥주집에 들어가는 것처럼 당당하게 걸어 들어가는 구조였다. 하기사 벌꿀장이라는 고스톱 판 엎어버린 듯한 간명한 이름하며.

그래도 한때는 이 지방도시에서 '언덕위의 하얀 집'이라는 주택가에 있는 로맨틱한 이름의 모텔과 더불어 상당한 유명세를 탔던 모텔이었다고 한다. 침실에서 욕실이 보이는 유리문 때문인지, 벌꿀장이라는 속물적인 이름 때문인지, 아니면 나이트클럽에서 춤을 추다가 눈 맞으면 십분 안에 곧바로 침실로 직행할 수 있는 거리 때문이었는지는 알 수 없지만, 벌꿀장은 선남선녀로 넘쳐났다고 한다. 군부 독재 정권 끝자락에서 체험하는 자유와 쾌락의 90년대를 풍미했던 원 나이트 스탠드의 산 증거다. 하지만 그 명성은 어디로 갔는지 6층 건물은 쇠락했고 룸의 반 이상이 호스티스나 웨이터들의 달방으로 전락한 지 오래였다. 그래도 그 금싸라기 땅에 주차 공간까지 갖추고 영업을 계속하는 것을 보면 절대

로 늙지 않는 마녀가 사는 마녀의 성같다. 그 벌꿀장 3층에 배용준의 방
이 있다.

내가 언제 배용준에게 필이 꽂혔을까. 나의 오피스텔에서 성능 좋은
오디오로 시인과촌장의 ‘가시나무’를 들으며, 내 불멸의 경전 ‘슬램덩
크’를 읽고 있었다.

“형, 시인과 촌장에서 시인이 누군지 아세요?”

“시인? 하덕규 아니냐?”

“그럼, 촌장은요?”

“촌장? 촌장이 누구지?”

“시인과 촌장 모두 합쳐서 하덕규예요.”

“에이, 설마 그럴 리가.”

나는 LP 디스크 재킷을 꼼꼼히 들여다보았다. 중3때부터 벽에 장식
용으로 썼던 연두색 그림이 아름다운 재킷이었다. 정말 하덕규밖에 없
었다. 나는 영훈에게 문자를 보냈다. 3초 후, 전화벨이 울렸다.

“너 지금 사람 약올리냐? 나 도서관이거든. 열나게 상식 공부하고 있
거든. 상식을 너무 많이 외워서 상식으로 머리가 터질 것 같거든, 그런
데 내가 시인과 촌장에서 촌장이 누군가까지 꼭 알아야겠냐? 알아야겠
냐고. 학교 때려치우고 돈 좀 벌더니 신이 났어요. 지도교수님이 와서
사정하면 재입학 시켜준대. 꼭 꼭 전해달라고 부탁하셔서 전하긴 전한
다.”

영훈은 자기 말만 하고 전화를 뚝 끊어버렸다.

참내. 황당할 일이었다. 시계를 보니 밤 11시였다. 도서관에서 밤 11

시까지 지식도 아니고, 상식을 공부하려면 화가 날 만도 했다. 배도 고프고. 그래도 그렇지 촌장 이름 물어본 게 그렇게까지 화나는 일일까. 아무튼 그때 배용준에게 필이 꽂힌 것 같다. 그리고 다른 애들은 4학년이어서 취업 준비를 하느라고 나랑 놀아줄 친구도 없었다.

청포도기획 일은 탄력이 붙었다. 현장에 가려고 자리에서 일어서면 머리에서 발끝까지 힘이 뻗치면서 발기가 되었다. 주윤발처럼 이쑤시개를 질겅질겅 씹고 싶어져서 대신에 후라보노껌을 씹었다. 스위트홈을 부수는 것에 점점 중독되어 가고 있었다. 스위트홈에 대한 환상이 없어져가고 있기도 했다. 만지는 돈의 액수가 커지면 커질수록 새로운 사업 아이템들도 구체적으로 떠올랐다. 이태리제 명품 가구가 헐값에 팔려나갔다. 파는 사람이 있으면 사는 사람도 있을 것이다. 도시 외곽에 있는 산자락의 땅을 빌려서 컨테이너박스로 가건물을 짓고 스위트홈에서 건진 버리기 아까운 가구들을 하나하나 모으고 있다. 모으다보면 길이 보이겠지.

나는 월급을 타자 지갑에 이백만 원을 넣고 작곡가가 근무하는 금융회사를 찾아갔다. 실제로 그 작곡가가 근무하고 있는지 미칠 듯이 궁금했기 때문이다. 하지만 작곡가 애널리스트는 코빼기도 못 봤다. 그곳에 있는 사람들은 이천만원을 이만원처럼 사뿐하게 발음했다. 이백만 원으로 작곡가의 펀드 상품을 사기는 샀지만 이만저만 실망이 아니었다. 나는 그 작곡가가 내 이백만 원을 어떻게 뻥튀기할지 달콤한 목소리로 속삭여줄 줄 알았다. 하지만 그 작곡가 이름도 못 꺼내보았다. 언젠가는 나의 통장 표지에 꼭 그 작곡가 애널리스트의 사인을 받고야 말테다.

붉은 카펫을 걸어서 302호에 도착했다. 키를 열고 들어서자 짧은 커트머리의 소녀 같은 여자가 키티가 그려진 분홍트레이닝복을 입고 분홍색 기린인형을 끌어안고 침대 위에서 새근새근 잠이 들어있었다.

나는 뻘쭘해져서 신발도 못 벗고 현관에 서 있었다.

"야, 야, 네 방 가서 자. 네 방 가서 자라고. 네 방 놔두고 왜 내 방에서 자냐고."

배용준이 분홍기린인형을 잡아 흔들었다. 소녀 같은 여자는 기린을 더 꼭 끌어안을 뿐이었다.

"에이 씨."

그는 바닥에서부터 단정하게 쌓여있는 자기 책을 발로 툭 걷어찼다. 책이 와르르 쏟아졌다. 배용준은 옷장에서 단정하게 수납되어 있는 트레이닝복 두 벌을 꺼내들더니 302호의 문을 잠그고 303호의 문을 열었다. 그가 열쇠로 303호의 문을 열자 달콤한 화장품 냄새와 여자 냄새가 확 달려들었다. 분홍 커튼과 분홍 침대커버, 갈색 화장대에 화장품이 요란스럽게 놓여 있고 행거 세 개에 옷이 쏟아져 내릴 것처럼 줄줄이 줄줄이 걸려 있었다. 속옷도 세트별로 옷걸이에 걸려 있는데 넉넉잡아 스무 벌은 되어보였다. 침대 아래에는 만화책과 과자 봉지, 그리고 담배와 라이터, 재떨이가 어지럽게 널려 있었다.

"너 동거하냐?"

"동거 아니야."

"그런데 왜 이리와. 여자가 쓰는 방이구만."

"쟤가 혼자 자기 무섭다고 자다가 내 방으로 기어든다니까. 이제 아예 내 침대에서 자고 있네."

"그게 동거지 뭐가 동거냐. 밥솥 걸고 밥그릇 국그릇 엎어야만 동거냐?"

"동거 아니라니까. 형, 나 여자 있어요."

그때 절정을 향해가던 첼로 연주가 뚝 끊긴 것 같았다. 여자 친구도 아니고, 애인도 아니고 여자 있어요라니, 너만 여자 있냐 나도 여자 있다라는 소리가 입안에서 맴돌았지만 내뱉지는 않았다.

"그럼 저 핑크공주하고는 안 잤냐?"

"내가 그렇게 양아치처럼 보여요?"

주먹이 나가려고 했다. 버젓이 자기 침대에서 새근새근 잠들어 있는 여자는 뭐고 또 다른 자기 여자가 있다니.

"여자가 있다니?"

"여자요. 사랑하는 사람. 평생을 함께 할 가족 같은 사람. 내가 영원히 지켜주어야 할 사람."

배용준의 얼굴에 미소가 번진다. 그는 사랑하는 여자가 있다고 말하는 것이다. 술맛도 잠잘 맛도 다 떨어졌다. 내가 자리에서 일어서려하자 배용준이 내 팔을 잡았다.

"그렇다고 그냥 가면 어떡해."

"내가 왜 내 침대 놔두고 생판 알지도 못하는 여자 침대에서 자냐. 쟤 뭐하는 애야?"

"우리 가게에서 일해."

"저렇게 어린데. 거기서 뭘 하는데?"

"뭘하긴 뭘해. 술 따르고 이차 나가지."

"돈 받고 한사장 같은 아저씨들이랑 잠을 잔단 말이야?"

"그럼 룸살롱 아가씨가 몸을 팔지, 마음을 팔아요?"

"왜 그러는데, 왜 그래야 하는데."

"어려 보여서 그렇지 열아홉이래. 빚이 조금 있대."

"빚이 얼만데?"

"왜 형이 갚아주고 데리고 살게? 재한테 신경 꺼. 신경 쏠리는 순간 형 인생 그날로 날아가는 줄 알아. 끝, 디 엔드, 인생 막 내리는 거야. 2막 같은 건 없어. 막 내리는 거라고."

배용준이 철제 옷걸이에 걸려 있는 바이올렛색의 가죽재킷을 뱀피를 집어들 듯이 손가락 끝으로 집어 들었다.

"이 가죽옷이 이백만 원이 조금 못 된대."

"몸 팔아서 옷을 사냐?"

"아무튼 깊이 알려고 하지 말고."

배용준은 침대 아래 뒹굴고 있는 그녀의 샤넬 지갑에서 지폐를 꺼내서 펼쳐보였다. 만 원 권 지폐와 수표가 가득했다. 나는 수표를 한 장 빼서 동그라미를 세 보았다. 다행히 십만 원 권이었다.

"윤영이 남의 지갑에도 손대. 옷에 필이 꽂히면 네 돈 내 돈 가리지를 않는다고. 현금만 손대기는 하지만. 돈 있으면 놀고, 돈 떨어지면 일하고. 이 정도면 한 달은 쉬겠네."

저 핑크공주는 인간이 아니고, 악의 화신이었다.

배용준이 핑크공주의 침대에 있는 이불을 돌돌 말아서 들고 302호로 들고 갔다. 나는 배용준을 따라갔다. 그는 바닥에 이불을 깔고 있었다. 바닥에 베개 두 개를 놓고, 303호와 302호 문을 잠그고 왔다. 그리고 형광등을 끄고 스탠드의 불을 켰다. 배용준은 이미 자리에 엎드려서 베개를 베고 책을 펴들고 있었다. 침대 밑에서 검정색 낡은 카세트테이프를 꺼내서 버튼을 눌렀다. 차이코프스키의 호두까기인형이 흘러나왔다. 언젠가 배용준이 독일 작가 E.T.A호프만의 '악마의 묘약'을 읽으면서 차이코프스키의 '호두까기인형'을 들으면 정말 다른 세계로 사라져 버릴 것 같다고 말한 적이 있었다.

나도 배용준처럼 엎드려서 호프만의 '악마의 묘약'을 펼쳐 들었다. 이번에 읽으면 세 번째였다.

"작가 이름 풀네임으로 읽어봐."

"그냥 대충 E.T.A 호프만이라고 읽어."

"그러지 말고 한번만 읽어봐. 여기 아마데우스가 모차르트 아마데우스하고 같은가 봐. 아마데우스 가(家)인가 보네."

"나도 잘 몰라. 대충 읽어. 그게 뭐가 중요해."

"펜하고 종이 없냐?"

배용준은 궁시렁거리지 않고 침대 아래로 팔을 뻗어서 모나미 볼펜과 하얀 A4용지 몇 장을 꺼내주었다. 배용준은 그렇게 바닥에 엎드려서 종이에 글을 써서 침대 밑으로 던져 놓는가 보았다. 나는 머지않아 그 침대 밑을 뒤지고 있을 것이라는 것을 뼈저리게 예감했다.

*

　향긋한 비누 냄새가 났다. 배용준이 샤워를 하고 수건으로 머리를 말리고 있었다. 나도 자리에서 일어나서 욕실로 들어갔다. 샤워를 하고 나오자 테이블에 야식집에서 배달된 은색 쟁반에 콩나물국밥 두 그릇이 놓여 있었다. 배용준이 수저와 젓가락을 놓고 있었다.

　"형, 아침 먹어요."

　나는 새우젓을 조금 넣고 숟가락으로 휘저었다. 핑크공주는 여전히 잠에 빠져 있었다.

　"깨워서 먹여야 되는 거 아니냐?"

　"윤영이한테 신경 끄라니까. 자기가 일어날 시간이 돼야 일어나. 불이 나서 소방차가 와서 물을 뿌려대도 그냥 자고 있을 애야. 단순하게 살아. 자고 사우나하고 클럽에서 춤추고 끝. 자고 사우나하고 가게에서 일하고 끝. 그 두 가지 버전밖에 없어."

　"학교는?"

　배용준이 짜증난다는 표정을 지었다.

　"형, 세상에서 대학 다니는 사람이 얼마나 될 것 같애? 형이 생각하는 것처럼 많지 않아. 대학 안 다니고 사는 사람도 많다고, 자기 말에 의하면 중학교 졸업장은 있대."

　나는 길게 한숨을 내쉬었다. 밥을 먹고 그릇을 밖에 내놓았다. 두 시가 조금 넘은 시각이었다.

　"형, 나 오늘은 조금 일찍 출근해야 돼, 나 지금 나가야 하는데. 같이 나가자."

내가 미적거리자 배용준이 화가 난 목소리로 말했다.

"같이 나가자고. 형 진짜 왜 그래? 이제 나도 만나러 오지 말고 윤영이한테도 신경꺼. 그냥 여태까지처럼 행복하게 잘 살아."

"여태까지처럼? 여태까지? 내가 어떻게 살았는데? 나 안 갈래."

"안 가면 뭐할 건데? 여기서 저 잠순이랑 둘이 뭐할 거냐고."

"악마의 묘약 읽을래."

"어젯밤에 읽었잖아."

"그럼 브람빌라 공주 읽지 뭐."

그때 핑크공주가 순식간에 잠에서 깨어났다. 작은 냉장고에서 생수병을 꺼내서 마시더니 담배를 빼서 불을 붙였다.

"너, 형 건드리면 죽는 줄 알아."

핑크공주가 나를 한 번 힐끗 보더니 내 얼굴에 담배 연기를 확 뿜었다.

"오빠 진짜형이야?"

"진짜형이건, 가짜형이건 아무튼 손가락 하나 건드리지 마."

그때 느닷없이 그녀가 바닥에 주저앉아서 내 발등을 손가락으로 간질였다.

"뭐하는 짓이야?"

나는 깜짝 놀라서 발을 뺐다.

"오빠가 손가락 하나 건드리지 말래잖아. 그래서 발가락이라도 건드려본 거야."

그녀는 담배 연기를 후후 불어댔다.

"형은 여기 있다가 정각 여섯 시 되면 형 오피스텔로 가. 알았지? 에 이 씨."

배용준은 애꿎은 책을 발로 툭 차더니 어깨를 구부정하게 구부리고 302호를 나갔다. 핑크공주는 303호로 건너가더니 초록색 아디다스 트레이닝복에 청색 폴로 모자를 뒤집어쓰고 나타났다.

"오빠, 밤에 뭐해? 할일 없지? 나랑 놀게. 나 사우나 가는데 시간이 조금 걸리니까, 저기 야식 집 전화해서 저녁 먹고 혼자 놀고 있어. 기다릴 거지? 침대 밑에 뒤져보면 담배하고 캔맥주 있어."

그녀는 트레이닝복 주머니에 손을 찌르고 방을 나섰다.

그녀가 나가자 휴대폰 전원을 끄고 불을 끄고 스탠드를 켰다. 배용준의 침대에 엎드려서 분홍기린인형을 배에 받치고 배용준이 카세트테이프에 녹음해 놓은 오펜바흐의 '호프만의 뱃노래'를 반복해서 들으면서 호프만의 '브람빌라 공주'를 읽었다. 그러다가 깜빡 잠이 들었나보다. 귀가 간지러웠다. 윤영이 상냥한 미소를 띠고 서 있었다.

"오빠, 나가자."

무의식적으로 시계를 보았다. 열시였다. 한숨 잤나보다.

"이 꼴로 어딜 가게."

윤영이 배용준의 옷장을 열더니 청바지 한 장과 하얀 면티 한 장을 꺼냈다.

"이거 입으면 되겠네. 왜, 내가 자리 비켜줘야 해? 그럼 입고 나와."

윤영이 302호를 나갔다. 그녀는 짧은 데님 미니스커트에 데님 재킷을 입고, 하얀 면 목양말에 청색 나이키 스니커즈를 신고 양 손을 재킷

주머니에 찌르고 있었다. 참, 가발을 썼는지 미스코리아들이 하는 사자 머리를 하고 있었다.

환락의 밤거리를 오 분 쯤 걸어서 윤영은 2층 계단을 올라섰다. 1층에는 호프집이 있는 평범하기 이를 데 없는 건물이었다.

"여기는 술값 같은 건 없고 들어갈 때 만원만 내면 돼."

클럽은 별다른 장식 없이 '유로댄스바' 라고 적혀 있었다.

유로댄스? 처음 듣는 말이었다. 윤영이 어깨로 문을 밀치고 들어서자 고막을 찢을 것처럼 음악이 밀려들었다. 대화가 불가능할 정도였다. 바 한쪽에 생맥주를 따르는 생맥주 기계가 있었고 정말 아무것도 없었다. 검은 정장을 입은 것으로 보아 웨이터인 듯한 남자가 와서 검지손가락 한 개를 펼치자 나는 지갑에서 만원을 건네주었다. 끝이었다. 테이블이서 너 개 있었지만, 테이블에 앉아 있는 사람은 없었다. 60평 정도 되는 공간에 싸이키 조명이 돌아가고 거의 200여명 정도의 사람들이 들어차서 춤을 추고 있었다. 춤은 거의 군무 같았다. 중독성 있는 리듬이 반복되었다. 내가 이런 음악을 들었던 적이 있었을까? LP나 CD를 가졌던 적은 없었는데, 나는 이 음악들을 본능적으로 알고 있었다. 기억이 안 났다. 하지만 분명히 나는 이 음악들을 알고 있었다. 내가 대체 이런 음악들을 어디서 들었던 것일까?

'도쿄타운, 저니저니, 예티, 밤비나, 리틀 러시안, 쿠바, 스위스보이, 엘도라도, 헤이헤이가이, 섹시 뮤직, 선샤인보이' 등 유로댄스가 쉴새 없이 흘러나왔다. 클럽 안의 사람들은 정말 춤에 중독된 사람들 같았다. 심지어 술을 마시는 사람도 없었고 자리에 앉아 있는 사람도 없었다. 오로지 리듬에 맞추어서 춤을 추고 있었다. 순식간에 윤영이 어디론가 사라져버렸다. 나는 저절로 리듬에 맞추어서 몸을 흔들면서 윤영을 찾아 헤맸다. 그때 누군가 내 허리를 휘감았다. 깜짝 놀라 돌아보자 윤영이 데님 재킷을 벗어서 내 허리에 감고 있었다.

이런 제길. 행거에 걸려 있던 속옷 세트는 속옷이 아니었다. 란제리룩이었다. 윤영이 재킷을 벗자, 비키니가 드러났다. 그러니까 청색 비키니 상의와 데님 스커트, 면양말에 스니커즈를 신은 윤영이 무대 한 가운데 있는 넓은 테이블 위로 올라갔다. 그녀에게 신경 쓰는 사람도 없었다.

'Joy'의 'Touch by touch'가 계속해서 서른 번쯤 반복되자 클럽 안의 모든 사람들이 리듬에 미쳐버린 것 같았다. 여자들의 절반 이상이 비키니 차림이었다. 남자들도 청바지에 소매 없는 면티를 입고 있었다. 이유는 단순했다. 클럽 안이 너무 더웠다. 그녀가 더 이상 옷을 벗어던지지 않은 것에 감사하면서 춤추는 윤영의 몸을 보았다. 리듬은 단순했고, 윤영의 춤도 단순했다. 중독성 있는 몸짓이 반복되었다. 몸을 팔아 옷을 사는 여자, 몸을 팔아 리듬을 사는 여자. 테이블에 앉아서 맥주를 마시는 사람은 나밖에 없었다.

클럽은 세 시에 문을 닫았다. 윤영은 정확히 다섯 시간 동안 단 한 순간도 쉬지 않고 춤을 추었다. 침대에 누우면 골아 떨어지는 것은 너무도 당연해 보였다. 엘도라도. 그녀의 엘도라도는 진정 어디에 있는 것일까.

*

항상 생각하는 것이었지만 사랑이란 머릿속에 벌레 한 마리가 둥지를 트는 것이다. 벌레가 내 뇌를 기어 다니면서 한 가지 생각을 하게 한다. 윤영의 춤, 귀엽고 상냥한 그녀의 유로댄스. 스윙 더 문. 달의 댄스.

윤영이 생각이 났지만, 내가 할 수 있는 일은 아무것도 없었다. 그저 견디는 것 이외에 정말 아무런 것도 생각이 나지 않았다. 어떻게 이렇게 아무것도 할 수 없는 관계가 있을까. 아직 그녀가 룸살롱에 나가지 않는 것만을 위안 삼으면서 하루하루를 힘겹게 버티고 있었다.

배용준을 만나는 일도 시들해지고 말았다. 호프만의 '악마의 묘약' 보다 내가 겪고 있는 상황이 더 악마적이었다. 그녀가 내 첫사랑이 될 수도 있었다. 그런데 내 첫사랑이 몸을 팔아서 옷을 사는 여자일 수도 있는 것이다. 솔직히 몸을 판다는 게 뭔지 감도 안 왔다. 고등학교를 졸업 안했다는 것이 뭔지도 잘 모르겠다. 그럼 학교를 안 다니고 어디를 다녔다는 말인가. 유로댄스바를 다녔다는 말인가.

배용준 이 녀석은 대체 뭔가. 하기사 자기 여자가 있다니까, 그럼 윤영이와 배용준은 룸살롱 동료 직원인가. 머리가 깨질 것 같았다. 윤영으로부터는 단 한 통의 전화도 오지 않았다. 그녀와 내가 무엇을 했는가. 얼굴보고 유로댄스바에 가서 하룻밤 춤춘 것밖에 없었다. 그날 이후로 나는 스카이 오피스텔 503호에서 608호로 퇴근을 하면 바퀴벌레처럼 혼자서 침대에 누워 있었다. 그러다가 어느 날 울었다. 그 다음날은 이불을 뒤집어쓰고 울었다. 결국 나는 유로댄스바로 향했다. 밤 열두시가 조금 넘은 시간이었다. 클럽 안에는 '매거진60' 의 '판쵸빌라' 가 반복해서 흐르고 있었다. 윤영이 핑크색 비키니를 입고 테이블 위에서 춤을 추고 있었다. 그녀의 중독성 있는 몸짓 내가 선택할 수 있는 것은 없었다.

아니 선택은 아주 단순했다.

내가 몸을 팔아서 그녀의 명품 옷과 명품 백을 사든지, 아니면 그녀의 바이올렛색 가죽재킷과 란제리룩을 가위로 모두 잘라 버리고 그녀의 머리카락도 박박 밀어버리고 동굴에 백일 동안 가두어 두고 마늘과 쑥만 먹여서, 그녀의 몸에 인박혀 있는 샤넬 로고와 섹시 뮤직 리듬을 모조리 빼낸 후에, 빼낸 후에, 그다음에 뭐였더라, 향유를 발라서 죄를 사해서 순결하게 하던가, 아 고백성사를 하는 거다. 고백성사를 하려면 영세를 받아야 하고, 영세를 받으려면 교리 공부를 해야 하는데, 그녀를 어떻게 성당까지 끌고 가지. 인도로 여행을 가자고 꼬셔가지고 갠지스 강에 처박아 버릴까? 그러면 캐피탈걸이 순결해질 수 있을까.

청포도기획 사무실로 출근하고 퇴근하는 바퀴벌레의 일상 같은 시간들이 흐르고 있었다. 소파에 앉아서 리모콘으로 케이블텔레비전 채널을 이리저리 돌리고 있는데 전화벨이 울렸다. 배용준이었다.

"형, 문 좀 열어줘요. 의논할 일이 있어서 왔어요."

문을 열자 배용준과 녹색 아디다스 트레이닝복을 입은 윤영이 양손에 맥주를 잔뜩 들고 서 있었다.

"어쩐 일이냐? 이 시간에."

"오빠, 보고 싶어서 왔지. 어쩌면 그렇게 무심하냐? 전화 한 통 없이."

핑크공주는 여전히 상냥하고 귀여웠다.

"오빠, 눈이 왜 그래? 팅팅 부었네? 이리 해봐."

윤영이 금세 촉촉해진 눈으로 나를 올려다보면서 오른손으로 내 뺨을 쓰다듬었다.

"이거 놔."

나는 윤영의 손을 냉정하게 뿌리쳤다. 윤영은 금세 시무룩해져서 소파에 다리를 올리고 무릎을 감싸 안았다.

"신발 벗고 앉아. 소파에 먼지 묻잖아."

윤영이 다리를 쭉 펴서 테이블 위에 걸치고 의자에 등을 기댔다.

"나 가서 안주 좀 더 사올게."

배용준이 청바지 주머니에 손을 찌르고 천천히 오피스텔을 나갔다.

화가 난 새끼 고양이처럼 고개를 숙이고 있던 윤영이 천천히 자리에서 일어났다.

"재수 없어."

윤영이 모자를 깊숙이 눌러쓰더니 천천히 오피스텔 문 쪽으로 걸어갔다.

나는 자리에서 일어나서 그녀의 왼쪽 손목을 잡았다. 나도 모르게 힘이 들어갔다.

"놔."

윤영의 목소리는 탁했다. 내가 더 세게 그녀의 손목을 비틀었다.

"놔."

그녀가 몸을 비트는 것과 동시에 탁자 위에 놓여 있던 버드와이저병을 오른손으로 잡더니 탁자 모서리를 한 치의 오차도 없이 "탁" 하고 내리쳤다. 금속성의 유리 파열음이 나면서 병은 정확히 반으로 갈라졌다. 유리 파편이 튀었다. 그녀는 나머지 병을 바닥에 휙 집어 던지고 트레이닝 주머니에 손을 찌르고 오피스텔을 빠져나갔다.

*

　이리저리 튀어 있는 유리파편 속에서 맥주를 마셨다. 그때 배용준이 소주와 마른안주를 사가지고 들어왔다. 그는 테이블에 소주를 놓고 장식장에서 술잔 두 개를 가져오더니 소주를 한 잔 따라주었다. 그리고 빗자루를 가져와서 유리파편을 쓸어 담기 시작했다. 신문지에 유리파편을 싸서 청색 테이프로 단단하게 봉해서 쓰레기봉지에 버린 후에 내 맞은편에 앉았다. 배용준과 나는 소주를 세 병쯤 마셨다. 그러자 하늘이 빙글빙글 돌기 시작했다. 변기를 붙잡고 모두 토해냈다. 장식장에 있던 양주를 내와서 마시고 토하고 마시고 토하고 하다가 잠이 들었다.

　잠에서 깨어나자 머리가 깨져버릴 것 같았다. 잠이 덜 깬 상태에서 욕실로 들어가서 변기를 붙잡고 속엣것을 모두 게워냈다. 그 상태에서 옷을 주섬주섬 벗고 샤워기의 물을 틀었다. 미지근한 물로 샤워를 하고 양치질을 하고 나자 속이 조금 나아졌다. 마른 수건으로 머리카락의 물기를 털면서 침대 끝에 엉덩이를 걸쳤다. 침대 위의 이불이 애벌레처럼 동그랗게 말려 있었다. 배용준인가 하고 이불을 들쳤더니 분홍기린인형을 품에 안고 키티트레이닝복을 입은 윤영이 새근새근 잠들어 있었다. 내 침대 위에서. 내 품 안에서.

　"야, 일어나 봐. 윤영아. 윤영아."

　내가 분홍기린인형을 흔들면 흔들수록 그녀는 기린을 점점 더 끌어안았다. 그녀는 잠을 자는 것이 아니라, 어떤 병증 상태인 것 같았다. 뭐

기면증이나 그런 병 있지 않은가.

"야, 윤영아, 일어나 봐. 제발."

나는 일단 속옷부터 입고 문을 확인해 보았다. 문은 분명히 잠겨있었다. 내가 윤영이에게 열쇠를 준 적이 없는데 이게 대체 어떻게 된 것일까. 아 그녀는 필이 꽂히면 내 것이건 남의 것이건 가리지 않는댔지. 그녀는 벌꿀장에서 키티트레이닝복으로 옷을 갈아입고 분홍기린인형을 품에 안고 나한테서 훔쳐서 복사한 열쇠를 들고 내 오피스텔로 기어 든 것이다. 내가 잠이 든 사이에.

일단 사무실에 출근 못한다는 전화부터 하고 서랍을 뒤져서 술병에 먹는 드링크제를 마셨다. 윤영은 색색 잘도 잤다. 될 대로 되라는 기분이었다. 그저 만사가 귀찮았다. 생각하는 것이 한계에 이른 것이다. 버티컬을 닫자 방이 조금 어둑해졌다. 그녀가 내 품을 파고들었다. 그녀의 가슴은 작고 단단했다. 작고 단단한 그녀의 젖가슴을 조물락거리다가 잠에 빠졌다.

잠에서 깨어나자 새벽 두 시였다.

이제 내 일상은 어둠의 자식들이 되어버렸다. 낮과 밤, 낮과 밤이 아니라 눈을 뜨면 낮이기도 하고, 밤이기도 하고, 오전이기도 하고 정오이기도 했다. 배용준은 내 오피스텔로 퇴근을 한 것 같았다. 잠에서 깨자마자 배가 고팠다. 식탁에 배달된 콩나물해장국이 놓여 있었다. 침대에서 천천히 일어나서 식탁으로 가서 콩나물해장국을 천천히 먹었다. 연애도 기운이 있어야 하지. 배용준과 윤영은 무엇이 즐거운지 깔깔거리고 있었다.

밥을 모두 먹고 소파로 왔다. 윤영이 소파에서 책상다리를 하고 화장을 하고 있었다.

"또 클럽 갈 시간이냐?"

"오빠는, 아니야. 나 낙원 정리하고 새 인생을 시작할 거야."

"형, 그렇게 무섭게 쳐다보지만 말고. 윤영이가 나름대로 오랫동안 생각한거래. 혀엉."

윤영은 얇고 달콤한 화장을 끝내더니 내가 서재로 쓰는 방으로 들어갔다.

"너희들 대체 뭐하는 거야?"

"형만 윤영이 좋아하는 거 아니야, 그러니까 윤영이를 그냥 바라봐달라고. 제 나름대로 노력하는 거니까. 윤영이는 수렁에서 건져야 할 딸이 아니야. 여고생이 원조교재를 할 때는 그만한 이유가 있는 거라고. 세상에는 형이 상상도 못할 일들이 널리고 널려 있다고."

그래 너 잘났다. 나는 다시 태어나도 여고생이 학교를 안 다니고 어디를 다니는지는 모르겠으니까. 그때 윤영이 문을 열고 나타났다. 그녀는 허리가 잘록한 하늘색 원피스를 단정하게 입고 긴 생머리에 리본이 묶인 베이지색 구두를 신고 있었다. 그녀는 쑥스러운지 혀를 내밀었다.

"야, 진짜 예쁘다."

배용준이 달콤한 목소리로 속삭였다.

"뭐냐?"

"바로크공주야. 형 데이트메이트라고 있지? 사랑은 안하고 데이트만 하는 사이 말야. 윤영이는 돈을 받는 데이트메이트인 거지. 별거 아니야. 같이 차 마시고 영화 보고, 노래방 가고 뭐 원한다면 유로댄스바도 가고. 인터넷의 데이트메이트 구하는 사이트에 올리려고. 아저씨들한테 술 따르는 것보다는 더 낫잖아. 형 그런 표정 좀 짓지마. 영원히 윤영이 안 볼 생각아니면. 오늘밤이 마지막이야. 그런 생각 안 들어? 형이 정말 냉소적으로 굴면 윤영이는 그냥 사라지는 거야. 휙, 바람과 함께 사라지는 거라고."

"갠지스의 바람이 부냐? 바람이 휙 불어서 어디 갠지스 강가로 데려다준대? 차라리 그러라 그래라. 갠지스 강에 처박아 버리게. 재생 좀 하자고."

"형이 윤영이에 대해서 아는 게 뭐가 있어? 아무것도 없잖아. 나이가 스물한 살인지 스물두 살인지 열아홉인지 아느냐고. 집이 어딘지 형제가 있는지 아느냐고 모르잖아. 이름이 진짜 윤영인지 누리인지 아무것도 모르잖아. 그래도 형은 윤영이를 좋아하잖아. 남자하고 여자하고 꼭 연애를 해야 하는 거 아니잖아. 꼭 결혼을 해야 하는 거 아니라고. 지금 윤영이가 우리를 원하잖아. 그냥 잠깐만 윤영이 옆에 있어주자고. 어려운 일 아니잖아."

배용준이 디지털카메라로 그녀를 찍자 그녀는 정말 순진한 소녀처럼 활짝 웃으면서 포즈를 취해주었다. 그리고 보니 나는 배용준에 대해서도 아는 것이 하나도 없었다. 에드거 앨런 포와 E.T.A 호프만을 좋아한다는 것을 제외하고는. 그래도 나는 그를 좋아한다. 한참 사진을 찍다가 윤영이 진지한 표정이 되었다.

"오빠, 그런데 바로크가 뭐야?"

"바로크?"

"내 닉네임이 바로크공주라며. 바로크가구, 바로크모텔, 바로크라는 간판은 많이 봤는데. 그 뜻을 모르겠어. 그러니까 바로크가 무슨 뜻이냐고."

"야, 배용준 네가 지었으니까 네가 설명해라."

"바로크, 그러니까 르네상스 아니고, 로코코 아니고, 빅토리아도 아니고, 바로크."

"르네상스는 레스토랑 이름이고, 로코코는 재즈바 이름이고, 빅토리아는 나이트클럽 이름이고."

"바로크는 그러니까 시간의 이름이야. 건우 형하고 너하고 나하고 함께 사는 시간이름. 어렵냐? 네 가죽 중에서 바이올렛 가죽 있지? 그거야 너무 단순하지 않고 너무 치렁치렁하지 않고 너처럼 우아한 시간. 한마디로 우아한 공주라는 말이야."

포즈를 잡던 윤영이 왼손으로 눈물을 닦았다. 윤영은 한참 울다가 청명한 목소리로 말했다.

"그런데 하루 데이트 해주고 얼마를 받지?"

그녀에게는 그 문제가 가장 중요한 문제인 것이다.

나는 302호 바닥에 누워서 차이코프스키의 호두까기인형을 들으면서 '악마의 묘약'을 읽고, 읽고, 또 읽는다. 가끔씩 잠든 윤영의 입술과, 담뱃불로 지져대서 난장이 된, 그녀의 왼쪽 팔 안쪽에 있는 나비 모양의 흉터에 사무치는 키스를 하면서. 제 여자가 있다는 배용준은 단 하루도 거르지 않고, 밤에는 낙원룸살롱에서 술을 나르고 유리 파편이 난장이 된 바닥을 쓴다. 그의 침대 밑에는 그가 쓴 시들이 쌓인다. 나는 그 시들을 읽는다. 그가 왜 대학을 포기하고 룸살롱의 웨이터가 되었는지는 아직 모른다. 그러나 그것이 그가 제 여자를, 제 인생을 사랑하는 방식이다.

데이트가 직업인 나의 사랑스런 바로크공주는 오늘, 데이트가 힘들었는지 그녀의 손톱이 내 살을 파고들어 상처를 남길 정도로 내 왼팔을 꼭 붙잡고 새근새근 잠들어 있다. 깊이 자라고 불을 꺼 주었다.

보드게임 3
– 파란 토마토

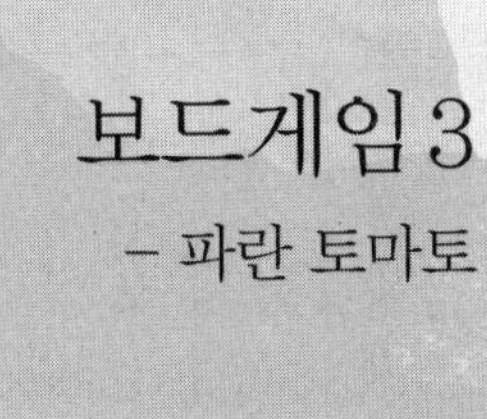

보드게임 3
– 파란 토마토

배용준이 헤드폰 하나를 구해왔다. 나는 우주선 조종사가 끼는 것 같은 은색의 세련된 헤드폰을 끼고 유로댄스 모음집을 들으면서 호프만의 '악마의 묘약'을 읽는다. 김수로의 꼭짓점 댄스 때문이다. 인터넷에서 꼭짓점 댄스를 출 때 나오는 음악들이 유로댄스바에서 나오는 음악이라는 것을 알았다. MP3파일인 음악들은 뮤지션이 'V.A'라고 적혀 있었다. 'V.A'. 이런 뮤지션도 있나 싶어서 네이버 지식검색에 'V.A'라고 쳐 보았다. 그랬더니 'V.A'의 음반들이 줄줄이 떠올랐다. 한 뮤지션이 어떻게 이렇게 많은 음반을 만들었는지 의아했지만, 일단 그 곡의 제목들을 출력해서 '신나라레코드'를 찾아갔다. 왼손 약지 손가락에 은으로 된 커플링을 끼고 머리카락을 갈색으로 염색을 한 카운터에 있는 아저씨는 내가 내민 곡의 제목들을 보더니 진열되어 있는 CD들 사이에서 음반 한 장을 꺼내왔다.

음반 제목이 '나도 왕년에 나이트 좀 다녔다.'라는 황당한 제목이었다. 나도 왕년에 나이트 좀 다녔다니.

"V.A라는 가수가 있나요?"

신나라레코드 주인아저씨는 비웃는 듯한 표정이 아닌, 간곡하게 설명하는 어조로 말했다.

"V.A는 가수 이름이 아니고 여러 곡을 모았다는 뜻이에요. 컴필레이션이라고 들어봤죠? 그런데 이 음악을 누가 들어요?"

"아저씨. 김수로 몰라요? 김수로가 대학 다닐 때 이런 음악으로 춤을 췄대잖아요. 그게 아니고 내 여자 친구가 이 음악들에 중독되어 가지고 밤이면 밤마다 클럽으로 춤을 추러 다녀요."

주인아저씨 얼굴에 의아한 표정이 떠올랐다.

"여자 친구가 이 음악으로 춤을 춘다구요? 여자 친구가 몇 살이에요?"

"열아홉이요."

"그럼 이런 유로댄스를 트는 클럽이 있어요?"

"아, 이게 유로댄스군요. 정말 미치겠네. 클럽 이름이 유로댄스바에요."

"어디에 있어요?"

"벌꿀장 있는 골목에요."

"벌꿀장이요?"

신나라레코드 아저씨는 벌꿀장이라는 말에 확 돌아버린 듯했다. 그때 2층에서 왼쪽 귀에 이어링을 하고 조인성에게나 어울릴 법한 샤랄라 오렌지색 땡땡이 실크셔츠에 몸의 라인이 그대로 드러나는 검정색 스판

텍스 가죽바지를 입고 무릎까지 오는 부츠를 신은 남자가 내려왔다. 말로만 듣던 T팬티를 입었는지 팬티 라인도 없었다. '기생오래비'란 단어가 퍼뜩 떠올랐다.

신나라레코드 아저씨는 내 손에서 '나도 왕년에 나이트 좀 다녔다'라는 CD를 빼앗아서 기생오래비에게 보여주었다. 기생오래비 얼굴에서 화색이 돌았다.

"이 음악을 트는 바가 있대. 벌꿀장 옆에 있다는데."

"벌꿀장?"

갑자기 두 아저씨가 웃어대기 시작했다. 그리고 114로 유로댄스바를 묻는 전화를 해댔다. 기생오래비가 "웬만하면 우리 같이 놀죠?"라는 기절할 뻔한 멘트를 날렸다.

"여자 친구가 열아홉이래."

"몇 살이세요?"

"스물다섯 살이요."

"여자 친구랑 같이 오면 우리가 원조교제로 잡혀가니까 여자 친구는 놔두고 혼자 와요. 내일 밤 12시에 만납시다."

나는 신경질이 나서 CD를 빼앗았다.

"얼마예요?"

"그냥 가져가세요."

"왜요? 내가 왜 CD를 그냥 가져가요? 얼마냐구요."

"그냥 가져가시라구요."

나는 지갑에서 2만원을 꺼내서 카운터 위에 올려놓았다. 아르바이트

아가씨가 4천원을 남겨주었다.

"내일 밤 12시에 클럽에 있을 거니까 꼭 와요."

"됐어요."

에이, 씨. 자기가 무슨 신데렐라냐. 나는 유리로 된 출입문을 발로 탁 차고 나왔다. 정말 황당한 상황을 겪고 어렵게 구한 유로댄스 CD는 확실하게 중독성이 있었다. 하지만 '악마의 묘약'은 차이코프스키의 '호두까기인형'과 함께 읽는 것이 제 맛이다.

＊

사람들은 나른한 봄에 너무너무 권태로워서 이혼이라는 이벤트를 하는 걸까. 봄이 되면서 일이 넘쳐났다. 경기가 침체되어서 병원들이 줄줄이 망해나가나. 이유는 알 수 없었지만 갑자기 일이 몰리면서 내가 현장에 직접 가야할 일이 늘어나고 있었다. 현장에서 인부들이랑 일을 하고 나면 나도 모르게 삼겹살이 먹고 싶어졌다. 일을 끝내고 하재형과 소주에 삼겹살을 먹고 오피스텔로 돌아왔다.

샤워를 하고 트레이닝복으로 갈아입으려다 시계를 보니 11시 30분이었다. 어제 그 기생오래비가 만나자고 한 시간이 12시였다. 설마 그 아저씨들이 20대 초반들이 노는 클럽에 올까 싶으면서도 궁금해서 견딜 수가 없었다. 결국 나는 청바지를 꿰어 입고 천천히 걸어서 유로댄스바로 향했다.

클럽 안은 발 디딜 틈이 없을 정도로 사람들로 들어차 있었다. 사이키 조명 하나 달랑 돌아가고 있는 이 후줄근한 클럽에 왜 이렇게 많은 사람들이 들어차서 미친 듯이 춤을 추고 있는지 정말 이해하기 힘든 노릇이었다. 클럽 안을 둘러보던 나는 입을 딱 벌렸다. 윤영이 올라가서 춤을 추곤 하던 그 테이블에 기생오래비가 올라가 있었다. 'Goombay dance band' 의 '엘도라도' 가 시작되었다.

기생오래비는 입고 있던 오렌지색 실크셔츠를 면도칼로 샤샤삭 잘라냈다. 옷이 짝짝 잘려나갔다. 그는 실크셔츠를 벗어 던지더니 리듬을 타면서 면도칼로 몸에 착 달라붙어있는 면티를 삭삭 잘라냈다. 면티가 모두 잘려져 나가자 검은 망사 티셔츠가 나타났다.

그는 양손으로 천천히 검은색 망사 티셔츠를 끌어올렸다. 기생오래비의 몸은 필라테스로 단련되어서 그리스의 다비드조각상 같았다. 완전하게 자기 자신에게 바쳐진 몸의 선이었다. 그는 스트립쇼를 하고 있었다. 왕년에 칠공주파나 백장미파에게 면도칼 씹는 법을 전수해준 선배처럼 도루코 면도날을 자유자재로 사용하면서 스트립쇼를 했다. 클럽 안은 점점 광란의 상태로 빠져들었다.

나는 테이블에 앉아서 생맥주를 마시면서 기생오래비의 화려한 유로댄스를 보았다. 왕년의 직업이 무엇이었는지 정말 궁금했다. 클럽에서 돌아오자 피곤이 몰려왔다. 새롭게 사람 만나는 일이 참으로 힘에 부쳤다. 다들 각자의 방식으로 살아가겠지만 제도를 아주 조금 이탈했을 뿐인데 만나는 사람마다의 삶의 방식 하나하나가 모두 낯설었다.

윤영이는 데이트메이트라는 직업을 나름대로 열심히 하는 눈치였다. 그녀가 정한 컨셉은 핑클의 '성유리이미지' 였다. 청순하고 귀여운 소녀. 그녀는 패션 잡지를 보면서 청순한 이미지를 연구했다. 드디어 그녀가 책을 읽는 순간이 도래한 것이다.

토요일 오후, 퇴근을 한 후 같이 영화나 보려고 303호로 갔다. 문을 열자 그녀는 엎드려서 우산으로 침대 밑을 들쑤시고 있었다.

"뭐하는 거야?"

얼굴에 땀방울이 송글송글하게 맺힌 그녀는 스크랩북을 내밀었다.

"오빠 석모도라고 알아? 거기에 있는 펜션으로 여행을 가려는데 차가 있어야 폼이 나지. 작년에 우리가 폐차하기 귀찮아서 버린 차가 하나 있거든. 그거 건지러 가려고. 차 열쇠가 분명히 어디엔가 있을 거야."

그녀는 이십분쯤 더 침대 아래를 쑤시면서 물건들을 끄집어냈다. 베네통 로고가 찍힌 사각으로 생긴 종이상자가 나왔다. 나는 베네통에서 악세사리도 만드나 싶어서 열어보았다. 콘돔이었다. 에이 씨. 콘돔을 쓰레기통에 쑤셔 박았다. 캐피탈걸은 콘돔도 브랜드를 쓰는 줄은 처음 알았다.

"여기 있다."

윤영이 화색이 도는 얼굴로 내 앞에 승용차 열쇠 하나를 내밀었다.

"오빠 운전할 줄 알지?"

"운전? 운전면허증은 있는데 운전은 잘 못해. 석모도를 가는데 꼭 그 차가 있어야 돼? 그냥 렌트하거나 아니면 중고차를 하나 사면 되지."

"안돼, 그 차가 멋지단 말이야. 조금 덜덜거리기는 해도 오픈카고, 그거 부잣집 아들들만 타는 차거든."

"부잣집 아들 같은 소리 하고 있네. 그리고 지금까지 그 차가 거기 있으란 법이 어딨냐?"

"제정신 가진 사람은 못 들어가는 산속에다 버렸거든. 일 년 전에 사귀었던 아저씨가 하늘을 나는 접신가 대문만 한 접신가 하는 이태리 레스토랑 사장이었거든. 그 아저씨 취미가 신문에 나온 맛집 찾아가서 밥 먹는 거였어. 오린 신문 들고 찾아가서 밥 먹고 거기다 차 버리고 택시 불러서 타고 왔어. 무슨 돌할아버지도 있고, 돌할머니도 있고, 부처님도 있고 그래."

"절 이름이 뭔데?"

"운흥사."

"운흥사?"

"뭐 그런 절 있어. 아무튼 돌할아버지, 돌할머니가 서 있는 운흥사 뒤쪽에 있는 시실리라는 마을의 파란 대문집으로 백숙 먹으러 갔었어. 그 파란 대문집이 신문에 나왔었거든."

윤영이가 여직껏 한 말 중에서 가장 길고 어렵고 우아한 단어들의 조합이었다. 그녀가 작은 장롱을 열고 아래 서랍에서 작은 상자를 열었다. 상자 안에는 날카롭게 구부러진 철사와 십 원짜리 동전 하나가 들어 있었다. 십 원짜리 동전은 다보탑을 중심으로 양 옆이 날카롭게 갈려 있었다.

"내가 비상용으로 쓰는 거야. 여기 탑 안에 사자 앉아 있는 거 보이지? 이거 하나면 웬만한 문은 다 따는데 혹시 차가 녹슬어 있을지도 모르잖아"

"와 진짜 신기하다. 다보탑에서 정기가 나오냐? 네 사부가 사기꾼치고는 미학을 아는 사람이었나 보다."

"나도 잘 몰라. 동전에 새겨진 문양이 섬세하잖아. 아무튼 이 각이면 웬만한 건 다 열려. 달각."

윤영은 달각하고 돌리는 시늉을 해 보였다.

"배용준 오빠 오늘 비번이어서 쉬어. 조금 있으면 올 거야."

"갈 때는 뭐로 가니?"

"뭐로 가긴 택시로 가야지. 그래야 코란도를 끌고 오지. 윤영이는 승용차 열쇠와 십원짜리동전만능키를 호주머니에 넣고 모자를 눌러쓰는 것으로 준비를 끝냈다. 그 때 석유통을 든 배용준이 들어왔다. 택시 클랙션 소리가 나자 석유통과 만능키를 들고 코란도를 건지러 출동했다. 과연 있기나 한지. 굴러는 갈지. 창 밖에 나부끼는 봄바람은 향긋했다.

두 시간쯤 달렸을까. 차는 시골 면소재지를 지나더니 산길로 접어들었다.

절 이름이 줄줄이 나타났다. 이 길을 계속 달리면 그녀의 엘도라도에 도착할 수 있을 것 같았다.

"어디로 가는 거냐?"

"형. 초의선사가 태어나고 벅수가 있는 운흥사 들어본 적 없어요?"

초의선사는 뭐고 벅수는 뭐고 코란도는 뭔지 어지럽기만 했다. 운흥사를 지나서 한참 구불구불한 산길을 올라가자 정말 뚜껑이 열리는 빨간 코란도가 밭고랑에 처박혀 있었다. 누가 보면 사고가 나서 방치한 것처럼 보였다.

"그것 봐, 저기 있잖아."

윤영이는 손바닥이라도 칠 요량이었다. 봄바람에 초록빛이 묻어 있었다. 배용준이 그녀에게서 차 열쇠를 받았다. 윤영은 오른손 검지에 침을 묻히더니 승용차 열쇠 구멍에 침을 발랐다. 배용준이 조심스럽게 키를 밀어 넣고 오른쪽으로 돌리자 달각 하는 소리가 나면서 차 문이 열렸다. 차 안은 신문이며 영화 잡지들로 쓰레기통 같았다.

"너 이렇게 공부 좋아하는 남자랑 사귀었냐?"

"아니라니까. 신문이나 책에 나오는 집에서 매일 밥을 먹으려면 얼마나 열심히 자료를 수집을 해야겠어."

배용준은 승용차 주유구에 기름을 붓고 있었다. 트렁크를 열자 세차할 때 쓰는 수건도 있었다. 그는 차 안의 잡동사니를 모두 끄집어냈다. 신문, 휴지, 베네통 콘돔 케이스, 에이스 껍질, 에비앙 생수병, 마른 귤껍질, 십자수 방석까지. 그는 나뭇가지로 흙이 보이게 땅바닥에 원을 그리고 잡동사니를 원안에 부리고 라이터로 불을 질렀다. 물건들을 모두 태우더니 운홍사에 가서 물을 길러 와서 본격적인 세차를 시작했다. 그가 세차를 하는 동안 그녀와 나는 땅바닥에 앉아서 수첩에 오목을 두었다. 세차를 끝내자 차는 말끔해졌다.

배용준이 운전석에 오르자 윤영과 나는 코란도를 밀었다. 차는 위잉 소리를 내면서 도로 위로 올라섰다.

"그런데 왜 폐차를 안했지?"

"귀찮아서."

윤영이 지갑에서 운전면허증을 꺼내서 보여주었다.

"운전면허증 땄어?"

"내가 안 땄어. 선물 받았어. 오빠는 아직도 이 세상에서 돈으로 안 되는 게 있다고 생각해? 돈으로 안 되는 것은 없어.”

“당연히 있지. 없기는 왜 없냐?”

“뭔데, 아는 거 있으면 한 가지만 말해봐.”

“있어.”

“있어? 뭔데? 혹시 처녀성 같은 거 생각하는 거야? 웃기고 있어. 왜, 오빠 여자친구가 처녀였어? 했는데 피났어? 그거 이쁜이수술 하면 돼. 얼굴 필링하는 거랑 별로 다르지 않아. 수술비도 비슷할 걸. 얼굴피부나 처녀막이나 재생이 가능하다고. 놀던 부잣집 딸들 결혼할 때 거의 다 해. 아닐 거 같애? 그냥 스무 번 선보고 하는 결혼에 대한 예의로 하는 거야. 일종의 혼수지. 오빠 같은 사람이나 속아 넘어가는 거지. 남자들은 피만 나고 나무토막처럼 뻣뻣하게 누워만 있으면 왜 그렇게들 좋아하냐? 등신들 같애.”

에이, 씨. 내가 말을 말아야지. 저 악의 화신이랑 대화를 하다가는 혈압으로 머리가 팽 돌아버릴 것 같았다.

“여자들이 진짜 그런 수술을 하냐?”

“그런 수술이 있으니까 당연히 하지. 자기 자신만 알지 아무도 몰라. 똑같애.”

배용준이 남은 물을 재에 뿌리고 차에 올라서 시동을 걸었다. 윤영이 앞좌석에 타고 나는 뒷좌석에 탔다. 배용준은 천천히 산길을 운전했다.

“석모도를 가려면 운전을 해야 하는데. 오빠가 남자고 나보다 더 영리하니까 오빠가 먼저 운전을 배워. 알았지?”

오피스텔로 돌아왔다.

　그 다음날부터 2주일 동안 시내 연수를 받았다. 그리고 2주일 후, 배용준이 쉬는 날에 운전연습을 하러 갔다. 샤로테호텔 뒤쪽으로 한참 가면 백숙이나 흑두부 요리를 하는 먹거리촌이 있었고 삼십분쯤 더 달리면 한적한 국도가 나왔다. 국도에 도착해서 배용준과 좌석을 바꿔 앉았다.

　“나 운전 잘 못하는데 안 무섭냐?”

　“무서워도 사고 나면 같이 병상에 누워서 놀면 되니까 괜찮아.”

　윤영이의 우정에 눈물이 나려 했다. 배용준이 왼손으로 핸드브레이크를 잡았다.

　“이거 뭐냐? 오토 아니고 스틱이냐? “

　“천천히 왼발을 떼면서 오른발을 서서히 밟으면 돼.”

　차는 서서히 출발했다. 유리창을 내리고 직진으로 삼십분쯤 달렸다.

　“잘하네. 잘하네.”

　배용준은 왼손으로 핸드브레이크를 잡은 채 말했다.

　“서서히 서서히 브레이크를 밟으면서 정지해봐.”

　나는 도로 옆에 차를 서서히 세웠다. 윤영이는 차 뒷좌석에서 잠에 빠져 있었다. 오전에 일찍 출발해서 잠잘 시간이 된 것이다. 담배를 한 대 피우고 다시 서서히 출발했다. 두 시간쯤 직진을 하자 처음 그 자리로 되돌아왔다. 같은 풍경을 두 번째 보자 자심감이 붙었다. 배용준이 담배를 피우면서 어른스러운 목소리로 “잘하네.”를 연발해주자 내가 정말 잘 하는 것 같았다. 두 시간쯤 지나자 뒷목에서 피곤이 몰려왔다.

　“오늘은 그만하자.”

배용준이 운전석으로 왔다. 그때 멀리 하얀 건물이 보였다.

"형, 저기 레스토랑인가 봐요. 가서 커피나 한 잔 해요."

레스토랑으로 진입하는 길은 평범한 시골길이었다. 그런데 우회전을 하자, 백평 정도의 평평한 주차장이 나타났고, 중형 승용차가 즐비하게 서 있었다. 배용준이 차를 주차시켰다.

"윤영이 어떡하냐? 다른 사람이 보면 우리가 납치한 줄 알겠다."

배용준이 운전석에서 내려서 키를 잠그면서 유리창을 손가락으로 두어 번 두드렸다. 선팅이 아주 시커멓게 되어 있어서 차 밖에서는 차 안에서 무슨 짓을 하는지 전혀 알아차리지 못하게 되어 있었다. 나는 낡고 낡은 코란도 바퀴를 발로 툭 걷어찼다.

도로에서 볼 때는 흰 건물 하나였는데, 주차장으로 들어오자 돌계단 뒤쪽에 정원수가 가득한 삼백평 정도 되는 잔디가 깔려 있는 정원이 나타났다. '신데렐라의 파티'라는 간판이 보였다. 망했는지 테이블이며 의자들이 바닥에 차곡차곡 쌓여 있었다. 산허리를 깎아서 숲 속에서 파티를 할 수 있는 공간을 만든 것이다. 도로변에서는 하얀 건물이 가로막고 있어서 '신데렐라의 파티'는 전혀 보이지가 않았다. 호랑가시나무 아래에 원탁 테이블과 의자 네 개가 놓여 있는 테이블이 하나 있었다.

"멋지다. 산을 깎아서 정원을 만들었네. 저 돌들을 어떻게 옮겼을까."

"윤영이가 돈으로 안 되는 건 없대잖아요. 까짓 돌 옮기는 게 뭐 어려웠겠어요. 돈이 있는데."

내가 정원을 돌아보는 동안 배용준은 나무 아래 주저앉아서 담배를 피우고 있었다. 돌길을 따라 올라가자 산길이 나타났다. 산에는 소나무가 아닌 정원수가 심어져 있었다. 소나무를 모두 잘라내고 정원수를 심었는지 정원수로 산을 만들었는지는 알 수 없었다. 아주 어린 나무도 많았다. 계속 걸어 올라갈 것 같아서 일단 내려왔다. 배용준이 천천히 자리에서 일어났다.

레스토랑 이름이 '언덕위의 하얀집' 이었다. 건물 외장은 그다지 화려하지 않았다. 네모반듯한 하얀 목조 건물로 조립식 건물이었다. '언덕위의 하얀집' 이라는 단순한 간판이 보였고 정말 생뚱맞게 크리스마스 때 쓰는 작은 전구들이 줄줄이 줄줄이 장식되어 있었다.

입구로 들어가려는데 어디서 많이 본 남자가 BMW를 주차시키고 건물 앞으로 성큼성큼 걸어왔다. 내가 고개를 갸웃하는데 그 남자가 반가운 체를 하면서 오른손을 내밀었다.

"어떻게 알고 왔어? 원준이가 알려줬어?"

날아갈 것 같은 오렌지색 땡땡이 무늬의 실크 셔츠를 입은 기생오래비였다.

"아닌데요. 우연히 들렀어요."

"에이, 어떻게 우연히 여기까지 올 수가 있어. 일단 들어와."

실내에 들어서자. 한가운데에 이십여 가지의 샐러드가 진열되어 있는 샐러드바에서 향긋한 냄새가 났다. 실내에는 스탠더드 재즈가 흐르고 있었고 청결한 요리 향이 났다. 실내는 전면이 유리창이어서 굉장히 밝다는 느낌이 들었다. 50평 정도 되는 프랑스 레스토랑이었다. 테이블이 반 이상이 차 있었다. 사람들은 거의 네 명 정도를 기준으로 마주앉아서 음식을 먹고 있었다. 전체적으로 아름답다는 기분이 들었다. 사람들은 조용조용했지만 밝고 쾌적했다. 특이한 것은 여자들은 여자들대로 남자들은 남자들대로 앉아서 식사를 하는 것이 특이했다. 여자들도 남자들도 다정하고 행복해보였다.

삼십대 중반 가량의 여자들은 요란한 화장을 한 사람은 거의 없었고 단순했지만 굉장히 세련되었다는 느낌을 주었다. 그때 쟁반에 유리물잔을 든 기생오래비가 내 앞에 물잔을 사뿐히 내려놓고 맞은편 좌석에 앉았다.

"내가 왕년에 파라오호텔 나이트 디제이였어. 저기 언니들이 다 내 팬들이야. 나를 따라서 움직이다가 결국 여기까지 밀려온 거지."

나이트에서 놀던 언니들이 저렇게 우아하게 나이 든다는 것은 처음 안 사실이었다. 그가 담배 케이스에서 담배를 빼 물었다.

"여기 담배 피워도 돼요?"

"그럼 여기서 안 피우고 성당 가서 피우려고?"

실내가 청결해서 금연 청정구역 같았다.

"원준이가 안 알려주고 그냥 걸어서 왔다고?"

"차타고 왔어요."

그가 모델처럼 우아하게 오른손을 치켜들자 웨이터가 쟁반에 샐러드를 들고 왔다. 그가 쟁반 위에 있는 명함을 내밀었다. 명함에는 '언덕 위의 하얀 집 대표 서민혁' 이라고 적혀 있었다. 안심스테이크가 코스대로 나왔다.

"우리 집에 처음 온 손님이니까 내가 식사 대접하려고. 앞으로 친하게 지내자고."

그때 배용준이 일어서서 꾸벅 고개를 숙여서 인사를 했다.

"낙원룸살롱 배용준입니다."

배용준이 명함을 내밀었다. 서민혁은 명함을 뚫어져라 쳐다보았다.

"언제 한번 들르지. 열아홉살 먹었다는 여자 친구는 같이 안 왔어?"

"네."

"식사 잘 하고. 한적한 곳이 필요하기도 했지만. 여기가 미네랄워터가 깨끗해서 여기까지 오게 됐어. 점심 한 끼 먹기에는 조금 멀지? 그래도 바람도 쐴 겸 가끔 들르라고."

서민혁은 자신이 가지고 왔던 쟁반을 들고 자리에서 일어섰다.

"저 나이가 어떻게 되세요?"

"서른일곱."

이것은 운명적인 만남이다. 이 넓고 넓은 지구에서 이렇게 먼 곳에서 기생오래비를 만나다니. 요리는 초록과 노란 색깔이 유난히 청명했다. 초록 피망, 노란 파프리카. 초록 브로콜리, 노란 레몬 한 쪽. 물 때문에 이곳까지 왔다는 미네랄워터도 맑고 청량했다. 요리를 먹고 나서 다시 한번 왕년에 나이트에서 놀던, 나이트디제이를 배신하지 않고 이곳까지 따라온 언니들을 돌아다보았다. 그녀들의 표정은 풍부했다.

바로 옆자리에 앉아있는 여자 커플은 분위기가 묘했다. 한 소파에 앉아서 맥주를 마시고 있었다. 불륜커플처럼 애틋했다. 한 여자는 우아했고 한 여자는 섹시했다. 우아한 여자는 끊임없이 이야기를 했고 섹시한 여자는 담배 연기만 후후 불었다. 우아한 여자는 뭐가 억울한지 훌쩍거렸다.

"학과장 뺨을 한 대 올려 부쳐 버리지 그걸 내버려두냐?"

"내가 대학원 성적이 별로잖아."

"대학원 같은 소리 하고 있네. 너 고등학교 때부터 논 거 여기 있는 사람들이 다 알거든. 별것도 아닌 시간강사자리에 그렇게 연연해 하는 이유가 뭐야?"

"우리 시댁 토옹통 털어서 내 직업이 제일 고상하거든. 우리 시어머니가 아들 셋 키우면서 우리 대학 원서 써보는 게 소원이었대. 5년만 잘 버티면 스파 있는 3층 건물 준댔어. 시어머니 인생에서 자기한테 도움 주는 인생은 나밖에 없대."

"너는 결혼 전에는 엄마 관리를 받더니, 결혼하고 나서는 시어머니 관리를 받냐? 잘 버텨라. 그거면 우리 평생 놀고먹을 수 있겠다."

"나는 관리 받는 게 좋아. 생각하는 거 싫고 뭐 결정하는 건 더 피곤해. 하라는 대로 하는 게 젤 편해."

"오전 강의 있는 날 일어나기는 일어나?"

"일어날 때까지 엄마랑 시어머니가 번갈아가면서 계에속, 계에속, 계에속, 깰 때까지 전화해서 깨워줘."

그때 전화벨이 울렸다.

"네 교수님. 네. 감사합니다."

우아한 여자가 조용하게 핸드폰 폴더를 닫더니 섹시한 여자에게 애교를 부리면서 섹시한 여자의 뺨에 입맞춤을 했다. 돈도 섹시한 여자가 계산했다. 저 다중인격의 왕년에 나이트에서 놀던 우아한 여자의 정체가 궁금했다.

"형, 음식 진짜 끝내주네요. 이렇게 바삭바삭한 새우 요리는 처음 먹어봐요. 저 사장님을 어떻게 알아요?"

"내가 저런 사장님을 어떻게 알겠냐? 모르는 사람이야. 윤영이 다니는 유로댄스바 같이 다니자고 나를 꼬시는 거야."

세상물정 다 아는 것 같은 얼굴의 배용준이 유리컵에 담긴 미네랄워터를 벌컥벌컥 마셨다.

*

밖으로 나오자 해가 뉘엿뉘엿 넘어가고 있었다.

차에 버려둔 윤영이가 생각나서 발걸음이 조급했다. 그런데 윤영이는 '신데렐라의 파티'의 정원에 있는 테이블에서, 흰 머리가 희끗희끗한 초로의 남자와, 서민혁과 함께 앉아서 이야기를 하고 있었다. 초로의 남자는 낡은 청재킷 안에 초록색 터틀 넥을 받쳐 입고 있었다. 머리는 짧은 스포츠형이었는데 희끗희끗하게 흰머리가 나 있었다. 나이가 들었는데도 온 몸에서 성적인 윤기 같은 것이 흘러넘쳤다. 무대 위에서 연주를 하고 있는 나이든 재즈 뮤지션 같았다.

한참동안 윤영이의 이야기를 듣고 있던 서민혁이 윤영의 왼팔을 잡더니 그녀의 왼팔에 있는 담뱃불 자국을 혀로 핥았다. 태양 아래서 혀로 하는 애무가 너무 노골적이어서 아찔했다. 윤영은 나무 인형처럼 왼팔을 내맡긴 채 앉아 있었다. 흉터를 혀로 핥고 난 그는, 윤영의 폴로 모자를 벗기고 그녀의 머리카락을 손가락으로 흐트러뜨렸다. 그리고 천천히 자리에서 일어나더니 BMW를 타고 '언덕위의 하얀집'을 빠져나갔다.

전생처럼 짧은 순간이었다. 황혼이었다. 다정한 오렌지색의 봄바람이 불었다.

서민혁이 윤영의 담뱃불 자국에 끈적끈적한 애무를 하고, 모자를 벗기고, 머리카락을 흐트러뜨리고, 자리를 떴다. 윤영이는 화사했고 들떠 보였다. 그녀가 배용준과 나를 보더니 손을 흔들었다. 우리는 겅중겅중 걸어서 그녀에게 다가갔다.

"오빠, 여기 언덕위의 하얀집 주방장님이신 듀크 아저씨야."

듀크가 손을 내밀어서 악수를 청했다. 길고 단단하고 아름다운 손이었다. 내가 손을 잡자 그가 약간 힘을 주었다. 친밀한 악수였다. 그는 배용준에게도 악수를 하고 자리에서 일어섰다. 우리는 듀크를 따라서 산길을 걸어 올라갔다.

산 위에 평범한 벽돌로 지은 단층 양옥집이 보였다. 문양이 새겨진 뚜껑이 있는 장독대도 있고 작은 창고도 있고 정원도 있었다. 아니 정원이 산 전체처럼 보이기도 했다. 황토로 지어진 작은 통나무 창고로 들어간 듀크가 벽에 걸린 붉은 망에 담긴 통마늘 한 다발을 윤영에게 내밀었다. 그녀는 마늘 다발을 받아들고 내려왔다.

낡은 청바지를 입은 듀크는 언덕 위에서 어여 가라는 뜻으로 손짓을 해 보였다. 배용준이 차에 오르고 윤영이가 옆자리에 앉고 나는 뒷자리에 앉았다. 차가 부드럽게 '언덕위의 하얀집'을 빠져나갔다. 윤영은 시무룩했다. 그동안 보아왔던 새끼악마 같은 그녀가 아니었다.

"이 마늘을 다 까고, 들판에 있는 쑥을 캐서 이 망에 가득 채워오면 듀크가 막내 요리사로 받아준대."

배용준은 점점 스피드를 냈다. 나는 서민혁이 그녀에게 했던 행동에 너무 충격을 받아서 아직도 머리가 먹먹했다. 반나절도 안 되는 짧은 시간동안 그녀에게 무슨 일이 일어났을까?

배용준은 302호로, 윤영은 303호로, 나는 608호로 돌아갔고, 빨간 코란도는 나의 오피스텔 주차장에 세워졌다. 서민혁이 윤영의 입술에 키스했다면 충격이 덜했을 것이다. 그런데 내가 가끔씩 몰래몰래 했던 담뱃불 자국에 키스도 아닌 애무를 했다. 그 짧은 시간동안 대체 무슨 일이 있었을까. 질투로 가슴이 터져버릴 것 같았다.

하루하루가 평이하게 흘러갔다. 봄꽃들이 넘쳐났다. 나는 퇴근을 하고 초밥을 사 들고 303호로 갔다. 배용준은 출근을 했을 시간이었다. 303호 벨을 누르자 윤영이 문을 열어주었다. 방 안에 마늘 냄새가 가득했다. 윤영의 눈이 벌갰다.

나는 윤영을 품에 안았다. 그녀가 새끼 고양이처럼 안겨왔다. 그녀의 고개를 받치고 입술에 키스했다. 다정한 윤영의 혀가 밀려들어왔다. 나는 그녀의 허리를 받쳐 안고 침대에 걸터앉았다. 윤영의 트레이닝복을 올리고 그녀의 가슴에 혀를 가져갔다. 말랑말랑한 그녀의 가슴을 애무하자, 그녀가 다리로 옷을 모두 벗었다. 그녀의 손가락을 빨자 마늘 냄새가 났다. 그녀의 온 몸에 꼼꼼하게 입맞춤했다. 그녀의 몸은 활짝 열렸다. 그녀가 내 목을 끌어안았다. 그녀의 몸속으로 들어가자 손가락 끝까지 쾌락이 밀려왔다. 그녀가 다리를 오므리면서 자연스럽게 몸을 움직여주었다. 사정을 하고나자 몸이 완전하게 풀렸다. 나는 그녀를 품에 안고 그녀의 등을 오래오래 쓰다듬어주었다. 마늘 냄새가 났다.

*

윤영이는 정말 그 마늘 한 망을 모두 깔 생각인 것 같았다. 케이블 텔레비전을 보면서 과도로 마늘을 하나하나 깠다. 나하고 배용준도 마늘 까는 일을 거들기 시작했다. 대신에 마늘은 303호에서만 깠다. 1분 동안 세 개를 까기도 힘들었다. 십분쯤 마늘을 까던 윤영이 과도를 집어던졌다.

"뭔가 대책을 세워야 해. 이걸 언제 다 까냐?"

"까지 마."

"그러면 듀크를 만날 수가 없잖아."

"서민혁이 아니고?"

"서민혁도 그렇고."

윤영은 정말 심각해보였다. 깐 마늘은 양푼에 가득했다. 윤영은 마늘을 까다가 잠에 빠져 들었다. 그녀를 침대에 뉘어놓고 303호를 나왔다. 이제 그녀의 일상은 자고 사우나하고 마늘 까고, 자고 사우나하고 마늘 까고, 자고 사우나하고 마늘 까고로 바뀌었다. 마늘 까는 시간을 연결시킨 일주일이 지나자 정말 한 망의 마늘을 모두 깠다.

일요일 오전에 시실리로 쑥을 캐러갔다. 낙원룸살롱 웨이터인 장동건과 원빈이 카메오 출연했다. 커다란 플라스틱 바구니와 과도를 들고 코란도를 타고 시실리로 향했다. 오전 10시여서 차가 출발하자마자 윤영이, 장동건, 원빈 모두 잠에 곯아떨어졌다.

배용준은 화가 나는 일이 있는지 운전에 점점 속도가 붙었다.

"얌마, 사고나, 천천히 몰아, 뭐 화나는 일 있냐?"

“윤영이가 걱정되기도 하고.”

“나는 네가 더 걱정된다. 왜 네 이야기는 전혀 안 하냐?”

“여자가 있다니까.”

“여자…그놈의 여자…….”

담배를 꺼내 물었다.

‘언덕위의 하얀 집’이 멀리 보였다. 정말 하얀 가건물처럼 보였다. 저런 곳에 그렇게 아름다운 요리를 하는 레스토랑이 있으리라고는 아무도 상상을 못할 비쥬얼이었다. 도로에서 간판도 안 보이는 하얀 목조 건물. 그러고 보니 그 곳에 멤버쉽카드 같은 게 있을 것이라는 생각이 문득 들었다. 서로서로 소개를 받지 않고서는 절대로 출입할 수 없는 요새 같은 곳 말이다. 그런데 그곳에서 저녁이 아닌 점심을 먹는 것이 조금 이해가 안 갔다.

듀크의 집 위로 한참을 더 가자 평지가 나타났고, 정말 쑥이 듬성듬성 나 있었다. 쑥 사이에 보라색 제비꽃도 있었다. 차를 세우고 돗자리를 깔고 김밥과 딸기를 모조리 먹어치운 후에 본격적으로 쑥을 캐기로 했다. 쑥은 손바닥만 했다. 배용준이 먼저 시범을 보였다.

“왼손으로 이렇게 쑥을 잡고, 칼로 이렇게 캔단 말이야.”

이렇게 하나하나 캐서 저 바구니를 가득 채워야 한다고? 우리는 오종 종 흩어져서 쑥을 캐기 시작했다. 한참 쑥을 캐다보니 서민혁이 돗자리에 앉아서 사과를 베어 먹고 있었다. 나는 서민혁에게 다가가서 꾸벅 인사를 했다. 그는 여전히 스판덱스 가죽 바지를 입고 있었다. 어떻게 저런 몸의 선이 나올 수 있는 것인지 감탄밖에 안 나왔다.

"어떻게 알고 오셨어요?"

"그냥 아는 거지. 쑥을 캐서 뭘 하려고?"

"모르겠어요. 윤영이가 원하는 일이니까 그냥 하는 거죠 뭐. 클럽에서 춤추는 거나, 쑥 캐는 거나 자기가 원해서 하는 거니까."

오렌지색 땡땡이 실크 셔츠를 입은 서민혁은 교태로운 자세로 사과를 깨물었다. 오후 여섯시가 된 후에야 빨간 망에 쑥이 가득 찼다. 일단 퇴각했다.

우리는 두 대의 차로 나누어 타고 시내로 돌아왔다. 303호에 쑥망태를 던져놓고 삼겹살집으로 향했다. 신나라레코드 사장까지 오니까 일곱 명이나 됐다. 삼겹살은 20인분을 먹었고, 참이슬은 열병을 마셨다. 취기가 약간 오른 상태에서 유로댄스바로 향했다.

클럽 안에는 엘도라도가 흐르고 있었다. 마늘 까느라고 일주일 동안 춤을 못 춘 윤영이 테이블 위로 뛰어올라갔다. 음악은 계속되었다. 스윙 더 문, 달의 댄스. 클럽 안은 열광의 상태에 빠져들었다.

쑥은 일주일 동안 방바닥에 펴서 말렸다. 재래시장에서 빨간 망을 구해서 깐 마늘과 잘 말린 쑥을 담았다. 윤영은 데님 재킷과 스커트, 목양말에 스니커즈를 신고 양손에 빨간 망에 담긴 마늘과 쑥을 들고 코란도에 올랐다.

내가 운전을 해서 '언덕위의 하얀 집'에 도착했다. 넓은 주방에서는 'Sandy posey'의 '싱글 걸'이 흐르고 있었다. 윤영은 마늘과 쑥이 든 빨간 망을 주방 바닥에 내려놓았다. 머리에 하얀 요리사 모자를 쓰고 무명 앞치마를 두른 듀크가 다가와서 윤영을 다정하게 안았다. 그리고 윤영의 허리에 길고 넓은 무명 앞치마를 둘러주었다. 배용준과 나는 듀크에게 꾸벅 인사를 하고 주방을 나섰다. 문이 닫혔다.

배용준이 내 어깨를 툭 쳤다.

"가게요."

"어딜 가?"

"안 가고 여기서 살 거예요? 설마 윤영이 오늘 데려갈 생각은 아니었죠? 걱정하지 마세요. 다음주에 보러오면 돼요."

나는 '언덕위의 하얀 집' 기둥을 발로 툭 찼다. 어른스러운 배용준은 그녀를 이곳에 두고 가는 것을 알고 있었다. 나는 모르고 있었다. 내가 인생에서 알고 있는 것이란 얼마나 먼지의 바람 같은 것인가. 언제 먼지가 나를 향해 달려들지 내가 인생에 대해 아는 것이 대체 무엇이란 말인가. 봄바람이 찼다. 스윙 더 문, 달의 댄스. 나는 사랑을 시작한 것이다.

창조의 아침

창조의 아침

쌀쌀한 날씨다. 좁은 책상에 고개를 박고 책을 들여다보고 있던 학생들이 하나 둘씩 자리에서 일어났다. 도서관의 자리는 벌써 절반가량이 비었다. 나는 지갑과 햄버거와 커피가 든 종이 쇼핑백을 들고 자리에서 일어났다.

내가 2년 동안 다니던 입시학원을 그만둔 지 보름쯤 지났다. 대학을 졸업하고 1년 동안은 매일 밤 이력서를 썼지만, 일 년이 지나자 세상이 나를 원하지 않는다는 것을 알았다. 대학원을 갈 요량으로 궁여지책으로 입시학원에서 영어를 강의하기 시작했고, 밤에는 영어 과외를 했다. 그래서 국립대 석사를 끝낼 수 있는 돈을 겨우 모았다. 한달여를 준비해서 영문과 석사 과정에 합격했고, 입학을 준비하면서 도서관에서 토익을 공부하고 있다. 솔직하게 말하면 대학원에 간다고 뭐 특별한 일이 생길 일도 없었다. 하지만 이렇게 입시학원에서 애들하고 아웅다웅하면서 내 이십대를 모두 흘려보내기가 너무너무 억울했다. 단지 그것뿐이었다. 사실, 아직 부모님께는 말도 꺼내지 못했다 우선 저질러보고 보자는 심산으로 입시학원을 그만두고 과외만 남겨 두었다.

나는 점심시간마다 의대 뒤편에 있는 벤치에서 햄버거와 캔콜라로 점심을 때웠다. 조금 쌀쌀했지만 학교 식당에서 나 혼자 꾸역꾸역 밥을 먹는 것보다는 더 나았다. 어제는 데리버거, 오늘은 불고기버거 이렇게 메뉴가 조금씩 바뀌기는 했지만, 간단하게 점심을 때우기에 햄버거보다 더 좋은 메뉴는 없었다. 입시 학원 선생을 하면서 늘어난 것은 몸무게밖에 없었다. 수업이 밤 10시경에 끝나는데 수업이 끝나고 나면 고통스러울 정도로 허기가 몰려왔다. 나만 그런 것이 아니어서 다른 선생님들과 같이 치킨집에서 양념통닭을 먹으면서 맥주를 한 잔씩 하다보니 몸무게가 거의 10kg이 늘어나서 몰골이 말이 아니었다.

초등학교 교사인 여동생 상은은 언제부터인지 나를 보면 노골적으로 짜증난다는 표정을 지었다. 그녀는 오후 여섯 시경이면 퇴근을 했다. 그녀가 하는 일이라고는 마사지와 쇼핑밖에 없었다. 어제는 그녀가 레이스가 잔뜩 달린 실크 슬립을 두 벌이나 사들고 들어와서 처음이자 마지막으로 잔소리를 했다. 그러자 그녀는 단 1초도 머뭇거리지 않고 나를 향해 쏘아부쳤다.

"내가 내 돈으로 샤넬을 사건, 프라다를 사건 언니 네가 상관할 일이 아니잖아? 언니 네 과외비하고 등록금을 모두 모았으면 아파트 한 채는 샀겠다. 언니 너 과외 시키느라고 시장 옷 입고 산 게 억울해서 그런다. 왜? 그런 너는 엄마 스카프 한 장 사 드린 적 있니?"

그녀는 나 보란 듯이 거품 목욕을 하고, 혼자서 숨겨 놓고 쓰는 샤넬

향수를 뿌리고 나서 실크 잠옷으로 갈아입고 침대에 들었다. 우리 집에
서 그녀의 월급이 어느 정도인지 아는 사람은 아무도 없었다. 그녀는 보
너스를 타는 달에도 생활비로는 한 푼도 내놓지 않고, 옷과 화장품을 사
들였다. 그녀는 나 때문에 자신이 가고 싶은 사립대학을 못 가고, 교육
대학을 갔다고 생각하는 것 같았다. 물론 나는 전혀 그렇게 생각하지 않
는다. 나 같으면 단식 투쟁을 해서라도 기어이 내가 가고 싶은 대학을
가고야 말았을 것이다. 교육대학을 선택한 것도 자신의 의지였다. 엄마
의 눈물 바람에 속아 넘어간 것이 자기 잘못이지, 왜 내 잘못인가! 오늘
아침에도 대놓고 말은 안했지만 내 곱창을 보고 시커먼 돼지꼬리같다고
궁시렁거렸다. 아무래도 나한테 열등감이 있는 모양이다.

　도서관에서 밥을 같이 먹을 친구를 사귀어볼까 생각을 하다가도 눈
앞에 와 있는 토익 시험 날짜를 보면 일분일초가 아까웠다. 커피를 다
마시고 천천히 걸어서 내 자리로 돌아왔다. 자리에 돌아와서 토익 책을
펴고 나서, 습관처럼 휴대폰을 확인했다. 모르는 번호가 네 번이나 찍혀
있었다. 그때 진동으로 해 놓은 전화벨이 울렸다. 나는 조심스럽게 도서
관 밖으로 나와서 화장실로 들어갔다.

　"여보세요."

　"상희니? 나 호정이야. 잘 지냈어?"

　"누구라구?"

　"호정이…… 어머 기집애, 벌써 친구를 잊어버린 건 아니지?"

　나도 모르게 입술을 깨물었다.

　"아직 화가 안 풀렸나보네. 상희야 어쨌든 만나서 이야기하자. 상희

야, 뭐라고 말 좀 해.”

나는 휴대폰 폴더를 탁 소리가 나게 닫았다. 다시 전화벨이 울렸다.

“너 도서관이지? 나 여기 도서관 앞 조각상 앞에 있어. 얼굴 좀 보자. 기다릴게. 너 나올 때까지 기다릴 거야.”

호정은 정말 아무 일도 없었던 사람처럼 굴었다. 그녀가 피라미드 회사에 나를 끌어 들여서 내 카드로 백만 원을 긋고 도망쳐 버린 것이 불과 2년 전이었다. 지금이야 백만 원이 그렇게 큰돈이 아니지만, 대학을 갓 졸업한 나에게 카드빚 백만 원은 그야말로 생사가 왔다갔다할 정도로 큰 액수였다. 그녀가 건강식품까지 들고 튄 것은 아니니까, 꼭 사기라고 볼 수는 없지만 아무튼 비타민인지 단백질인지 하는 그 캡슐은 엄마의 히스테리와 함께 쓰레기통에 처박혔다.

다시 전화벨이 울렸다. 그녀는 도서관 안까지 쳐들어 올 기세였다. 어떻게 생겼는지 얼굴이나 보려고 책을 주섬주섬 챙겼다. 도서관 밖으로 나오자 호정이 빨간 스포츠카 앞에서 샤넬 선글라스를 끼고 서서 손을 흔들었다. 꼴값을 떨어요. 저 스포츠카도 아마 72개월 할부가 분명했다.

“상희야⋯.”

호정은 절친한 친구를 만난 것처럼 호들갑을 떨었다.

“상희야! 여기야 여기.”

나는 속에서 올라오는 울화를 삼키면서 천천히 빨간 스포츠카를 향해 걸어갔다. 호정이 나풀나풀 잠자리 날개 같은 상아색 물방울 원피스를 휘날리면서 내 앞으로 달려왔다. 그녀가 나를 안은 것과, 내가 숄더백으로 그녀의 얼굴을 내리친 것은 거의 동시였다. 나는 숄더백으로 그녀의 얼굴을 이리저리 내리쳤다. 그러자 숄더백 속에서 싸구려 트윈 케이크와 립스틱, 필통 등이 튀어 나와서 잔디밭에 나뒹굴었다.

"상희야……이러지 마, 이러지 마……."

그 와중에도 호정이는 선글라스가 깨질까봐 잽싸게 선글라스를 벗어서 오른팔을 공중으로 쳐들었다. 나는 분이 풀릴 때까지 가방을 휘둘렀다. 정신을 차리고보니 그녀는 잔디밭에 주저앉아서 훌쩍거리고 있고, 학생들이 웅성거리면서 우리 주위를 감쌌다. 휴대폰이며 필통, 립스틱은 바닥에 나뒹굴고 있고, 내 눈에서는 광기가 번들거렸고, 상아색 물방울 원피스를 입은 연약한 호정이는 내 폭력을 견디면서 훌쩍거리고 있었다. 빚 받으러 온 여자폭력배 같은 나. 70kg에 육박하는 나의 몸매와 하늘거리는 호정의 몸매가 너무도 선명하게 대비가 되면서 가방을 내려놓는 남학생마저 있었다.

"이봐요. 지금 뭐하는 거요?"

한 남학생이 내 멱살을 잡을 기세로 나를 향해 달려들었다. 술이 확 깨듯이 정신이 번쩍 들었다. 호정이는 더 연약한 포즈를 취하면서 훌쩍거렸다.

"야! 기집애야, 내숭 그만 떨고 빨리 일어나."

나는 호정이를 일으켜 세우고, 바닥에 떨어져 있는 내 소지품들을 주섬주섬 주워 담았다. 호정이는 하늘하늘한 원피스에 묻은 잔디를 손으로 탁탁 털면서 일어서더니 우아한 포즈로 눈물을 닦고 선글라스를 끼었다.

*

　연탄불 위에서 삼겹살이 지글지글 익어갔다. D대 후문에 있는 이 집은 간판도 없고 의자며 살림살이들도 더 이상 후줄근할 수 없을 정도로 낡았음에도 불구하고 소문을 듣고 다른 학교 학생들이 몰려올 정도로 유명세를 타고 있었다. 나는 술잔에 소주를 따랐다. 호정이는 핸드백에서 담배를 꺼내서 불을 붙였다.

　"담배도 피우냐?"

　"넌 내가 아직도 공부 못하는 네 동창인 줄 아니? 그 잔소리꾼 같은 말투 좀 고쳐."

　그녀는 앞니로 잘근잘근 담배를 씹으면서 삼겹살을 뒤집었다. 그리고 능숙한 솜씨로 상 위에 놓여 있는 내 술잔에 소주를 찰랑찰랑 따랐다.

　"내 카드값이나 갚어. 이 기집애야."

　호정이 지갑에서 수표 한 장을 꺼내서 왼손으로 내 앞으로 밀었다. 오른손으로는 열심히 삼겹살을 뒤집었다.

　"이게 웬 황당한 상황이니? 너 내 돈 갚으러 나타났니?"

　"니 돈 갚으래매? 비타민은 다 먹었니? 진짜 기미가 다 없어지는데."

　"시끄러."

　나는 소주잔을 털어 넣으며 짜증난다는 듯이 소리 질렀다. 꼭 상은이가 나한테 하는 말투다. 내가 왜 이러지. 미쳤나. 그녀는 새침한 표정으로 고기만 굽고 있다.

　"안 먹냐?"

"돼지고기는 지방이 많아서 안 먹어."

호정의 목소리는 여전히 새침했다.

"대체 내 앞에 정체를 드러낸 속셈이 뭐니? 그 피라미드는 어떻게 됐어?"

"피라미드 아니라니까. 멀티 레벨 마케팅이라니까."

"시끄럽다 그랬지? 나까지는 괜찮다 그래. 혜영이 너 땜에 어떻게 된 줄이나 알아? 나쁜 기집애."

"어떻게 되긴 뭘 어떻게 돼? 결혼해서 애기 낳고 잘만 살고 있더구만."

"혜영이가 결혼했니?"

"몰랐어? 혜영이 임신 4개월째에 결혼했잖아. 너는 집들이에 초대 못 받았나 보구나. 우리는 스탠드 사가지고 집들이 갔다 왔는데."

할 말이 없었다. 한참 수업에 과외에 바쁠 때였다. 초대를 받았는지 안 받았는지조차 가물가물했다. 그러고 보니 나는 여전히 왕따인가 보다.

"너는 도서관에서 뭘 하는 거니?"

"뭘 하긴 뭘 해. 공부하지."

"무슨 공부를 하는데?"

"토익."

"토이익?"

호정이는 외계어를 들은 사람처럼 생뚱맞다는 표정을 지었다.

"너 4학년 때, 토익 900점 넘었잖아. 그런데 그걸 왜 또 해? 너 토익

만점에 도전 중이냐?"

들고 보니 그랬다.

"아직도 방송국 아나운서의 꿈이 남아 있는거야?"

"그런 건 아니야."

그것이 시작이었다. 불과 2년 전에 사기를 당한 호정에게 정확히 2년이 지난 후에 똑같은 방식으로 휘말리고 있었다. 이유가 무엇이었을까? 외로웠기 때문이다. 나는 고등학교 때도 왕따였고, 대학 때도 왕따였고, 사회생활을 하는 지금도 왕따다. 눈에 드러나지는 않지만 마음을 터놓고 내 문제를 의논할 친구가 없었다. 그때마다 호정이 수호천사처럼 내 앞에 나타났고 나는 번번이 배신당했다.

*

호정이 운전하는 빨간 스포츠카를 타고 시내 외곽을 달렸다. 그녀는 의자에 비스듬하게 등을 기대고, 능숙한 솜씨로 운전을 했다. 그녀가 나를 데리고 간 곳은 깔끔한 한정식집이었다. 대여섯 가지의 밑반찬이 깔리고 구이 정식이 나왔다. 이렇게 호사스러운 점심 식사는 몇 년 만에 처음이었다. 정갈한 흰 접시에 담겨진 고슬고슬하게 잘 구어진 삼치구이를 먹는데 눈물이 날 것 같았다. 햄버거로 점심식사를 때운 지 몇 개월 만에 사람대접을 받은 것 같았다.

한정식집 옆에 있는 '메디슨카운티의 다리' 라는 요사스러운 이름의 커피숍에 들어가서 커피를 앞에 두고 호정은 본색을 드러냈다. 그녀가 내 앞에 명함 한 장을 내밀었다. 군청색 고급 종이로 만들어진 명함에는

'창조의 아침. 칩 매니저 김호정' 이라고 새겨져 있었다.

"창조의 아침? 이게 무슨 말이야?"

"우리 프로젝트명이야."

"요새는 피라미드도 이름을 이렇게 서정적으로 짓냐? 창조의 아침? 크리에이티브 모닝?"

호정이 앞니로 담배를 질근거리면서 낄낄거렸다.

"크리에이티브 모닝, 맞어. CM이 우리 로고거든. 아무튼 꼭 어디서나 전교 1등 티를 낸다니까."

"여긴 뭘 하는 곳이니?"

그때부터 호정이 눈빛을 반짝이면서 홍보를 시작했다. 생뚱맞기는 했지만 한 마디로 정리를 하면, 연예인이 아닌 일반인을 매니지먼트한다는 씨알도 안 먹힐 소리였다.

"진짜 웃기고 있어."

"믿건 안 믿건, 그 다음이라니까. 일단 한 번 와서 강의를 들어봐. 네가 그렇게 열망하던 아나운서가 될 수 있다니까. 넌 학벌이 되잖아. 너 우리 학교 전교 1등. Y대 영문과 학벌이 많은 줄 아니? 우리 스쿨이 끝나도 스물일곱밖에 안 돼. 꼭 방송국 아나운서만 있는 건 아니잖아. 케이블 텔레비전 아나운서도 있고, 홈쇼핑 쇼호스트도 있고. 밑지는 기획이 아니라니까. 너 한두번 속았냐? 담임한테 속아서 영문과 가. 한 거라고는 공부밖에 없어서 학점 4.3에 토익 900점. 그래서 너한테 남은 게 뭐냐? 넌 결국 학원 영어 선생하고 있잖아. 다들 널 속인 거야. 진실을 말하지 않은 거라고, 캐피탈리즘의 진실을. 대학원? 웃기고 있어. 네가

거기서 잠 안 자고 학위 따면 뭐가 남을 것 같애? 텅 빈 잔고하고 70kg
에 육박하는 네 몸무게하고 여전히 남아 있는 취업 부담하고 아, 한 가
지 남겠다. 네 엄마도 처치곤란해 할 논문 남겠네."

"캐피탈리즘의 진실? 그게 뭐야?"

"일단 우리 프로젝트에 합류하라니까. 정확히 1년 후에 네가 원하는
위치에 있을 거야. 상희야아. 한 번만 한 번만 나를 믿어주라. 정말 속는
셈 치고 한번만. 응? 싸게 해 줄게."

"싼 게 얼만데?"

"네 한 학기 등록금이야."

"정말 미쳤어."

"뭐가 미쳤어? 대학원은 4학기잖아. 너 합격한 것도 다 알고 돈 모아
놓은 것도 다 알아. 석사학위보다 더 확실한 걸 보장한다는데 뭐가 미쳤
다는 거지? 그럼 너 알아서 해. 빛나는 미래를 선택하든지, 아무 비전도
없는 대학원을 무뇌충처럼 계속해서 다니든지."

호정은 팽 토라져서 제 빨간 스포츠카를 향해 걸어갔다. 여기서 터덜
거리고 버스를 타고갈 수는 없으니까 일단 호정의 승용차에 올랐다. 호
정이 라디오를 틀자 싸이의 '낙원'이 흘러나왔다. 될 대로 되라는 심정
이었다.

"호정아, 나 결혼을 하면 어떨까?"

"글쎄 결혼을 하든, 취직을 하든 우리 프로그램을 해야 한다니까. 몸
무게 70kg이 들이밀긴 어딜 들이밀어."

입학금을 포함한 등록금을 낼 시기가 왔다. 정말 몸에 경련이 일어날

만큼 갈등이 되었다. 상은이와 의논이라도 해 볼 요량으로 대학원 입시 요강을 화장대 위에 올려놓았다. 최소한 나는 그녀가 이게 무엇이냐는 질문 정도는 할 줄 알았다. 그러면 나는 대학원에 관해 이야기를 하면서 내 마음도 정리하고 넌지시 엄마에게도 통보하는 수순을 밟고 싶었다. 그러나 화장을 지우려고 화장대에 앉은 상은은 대학원 입시요강을 집게 손가락으로 화장대 끝으로 밀어놓았다. 그리고 가운데 손가락으로 마사지크림을 듬뿍 찍어서 얼굴에 바르고 커다란 원을 그리면서 마사지를 시작했다. 십여 분쯤 꼼꼼하게 마사지를 한 그녀는 티슈로 섬세하게 크림을 닦아내고 샤워캡을 쓰고 욕실로 향했다. 끝이었다. 그녀는 나의 대학원 입학을 냉소하고 있었다.

다음날 새벽부터 나는 교회에 가서 울면서 눈물 기도를 했다. 새벽에 잠자리에서 일어나는 것이 너무도 고통스러웠지만 내 인생 일대위기였다. 여기서 또한번 판단을 잘못하면 나는 아무 가진 것 없이 서른 살이 되고 만다. 나는 일주일 동안 울면서 눈물기도를 했다. 부디 부디 제가 올바른 선택을 할 수 있게 해 주소서라고. 그리고 결전의 날이 다가왔다.

등록금 납기 마지막 날이었다. 나는 500원짜리 동전을 높이 던졌다. 학이 나오면 창조의 아침으로 가고, 500이라는 숫자가 나오면 대학원으로 간다. 동전이 탁 소리를 내며 바닥에 떨어졌다. 학이었다. 그날 나는 대학원을 포기하고 창조의 아침에 가입했다. 그들은 입학이라고 했다.

상은은 아침부터 선을 본다면서 부산을 떨어댔다. 샤워를 하고 향수를 뿌리고 한 시간이 넘도록 꼼꼼하게 메이크업을 했다.

"소개팅이 아니고 선을 본다고? 네 나이가 몇 살인데 선을 봐. 그리고 엄마도 모르게 선은 무슨 선이야?"

"내 나이가 스물다섯이니까 선을 보지. 그럼 서른다섯에 선을 볼까? 그리고 커플 매니저가 있으니까 부모님 안 계셔도 돼."

나는 신경을 쓰지 않으려고 하면서도 결국 묻고 말았다.

"뭐 하는 사람이야?"

"한의사야."

상은은 짧게 대답을 하고, 속눈썹을 붙이기 시작했다. 상은은 속눈썹을 붙일 때 말 시키는 것을 제일 싫어했다. 속눈썹을 붙이고 아이라인을 그리고 마스카라를 칠하고 아이섀도를 칠했다. 그녀가 눈화장을 끝내자 얼굴선이 확 살아나면서 다른 사람처럼 보였다. 보랏빛이 도는 파우더로 살짝살짝 누른 후, 메이크업 브러시로 가볍게 볼터치를 했다. 그녀의 붓질은 자신감 있고 정확해서 자신의 그림에 사인을 하는 화가의 손길 같았다. 그리고 핸드백에서 통장 두 개를 꺼낸 후, 노란 고무줄로 묶어서 맨 윗서랍에 넣고 키를 잠그고 그 키를 핸드백에 넣었다. 그녀는 부자만들기펀드 같은 금융 상품을 이용했다. 그녀가 날렵한 샤넬 도트백을 팔에 걸치고 방에서 나가자, 나도 커다란 숄더백을 메고 천천히 걸어서 지하철에 올랐다.

궁전처럼 둥그런 장식이 있는 6층 건물인 '창조의 아침' 건물은 의외로 아담하고 예뻤다. 전화를 하자, 호정이 경쾌한 걸음걸이로 걸어왔다. 현관을 들어서는데 혹시 여기가 모텔이 아니었을까, 싶은 생각이 들었다. 입구에는 잔잔한 피아노곡이 흐르고 있었다.

"혹시 이거 모텔 건물 아니었니?"

"맞어. 창조의 아침이라는 모텔이었어. 왜 너를 팔아넘길까봐? 네 몸매를 봐라. 너 사 갈 사람 아무도 없으니까, 신경 끄시고. 딱 한 번만 나를 믿어봐봐."

믿기는 뭘 믿냐고. 창의력 없는 40등끼리 모여서 회사 이름에 모텔 이름 그대로 갖다 붙여놓고서는. 창조의 아침은 칩 매니저가 세 명으로 각 반이 블루, 화이트, 레드로 칭해졌다. 우리는 블루반이었다. 반 이름은 폴란드 출신의 영화감독 키에슬로프스키의 영화제목을 따서 지었다고 했다. 창조의 아침에 있는 모든 것은 럭셔리했다.

블루반은 모두 20명이었다. 그러니까 스무 명의 비만의 여자들이 대학원 한 학기의 등록금에 해당하는 돈을 내고 이 프로그램에 참가했다. 아침 9시에 강의가 시작되어서 오후 4시에 끝이 난다고 했다. 과외가 두 명이었는데, 모두 8시 이후여서 어차피 밑져야 본전이라는 생각이 들었다. 호정이야 원래 사기꾼 기질이 있는 애니까, 속는 셈치고, 라는 말이 나를 안심시켰다. 혼자 데리버거 먹는 일도 신물 나고, 그나마 호정이랑 노는 것도 나쁘지는 않았다. 호정이가 자칭 내 매니저라니까, 일단 믿어보기로 했다. 강의를 수강하면서 아르바이트 정도는 할 수 있었다. 하지만 이곳의 수강생들은 중류 이상의 집안 딸들이 많아서 태어나서 단 한 번도 제 손으로 돈을 벌어 본 적이 없는 백수들이 대부분이었다. 한 것이라고는 학교에서 하라는 공부를 계속한 것밖에 없었다. 스텝들은 우리를 타조라고 불렀다. 앞으로 전진하는 것, 오로지 한가지밖에 모르는 모범생인 우리를 비아냥거리는 말이었다.

이네스조라는 창조의아침 스텝이 발랄한 걸음걸이로 강의실로 들어왔다.

"블루반 여러분 안녕하세요? 여러분의 프로그램을 진행할 이네스조입니다. 우리들의 강의는 6개월 동안 진행됩니다. 폴란드 출신의 영화감독 키에슬로프스키 감독의 블루라는 작품의 테마는 자유입니다. 줄리는 피크닉 길에서 교통사고로 남편과 다섯 살 난 딸을 잃습니다. 그녀는 그때부터 사랑하는 사람들을 잃어버린 죄의식으로 고통 받습니다. 남편에 대한 모든 기억을 잊으려고 냉소적으로 변해가던 줄리는 어느 날 남편에게 정부가 있었다는 사실을 알게 됩니다. 그때부터 줄리는 모든 집착을 떨쳐내면서 진정한 자유를 얻게 됩니다. 진정한 자유는 마음 안에 맺힌 것이 없는 것을 말하지요. 자기 자신의 몸과 마음에 관한 완전한 긍정을 말합니다. 우리 내부에 잠들어 있는 자기 긍정의 설득파워를 이끌어내는 것이 우리 프로그램의 궁극의 목표입니다. 우리 내부에 잠재되어 있는 성공파워와 완전하게 만나면 우리는 진정한 자유에 이르게 될 것입니다."

수강생들은 경탄의 표정으로 이네스조를 바라보았다. 그녀의 언변이 유창해서가 아니라, 172㎝의 늘씬한 키와 완벽한 트리트먼트를 자랑하는 머릿결과 컬, 색조라고는 찾아볼 수 없는 누드메이크업, 입술에서는 연분홍립글로스가 반짝이고 있었다. 그녀는 산뜻한 크림색 니트 티셔츠에 잘빠진 청바지를 입고 9cm 검정 하이힐을 신고 있었다. 그녀가 칠판에 필기를 하기 위해 오른 팔을 올리면 배꼽에 한 피어싱이 살짝살짝 드러났다. 보그 같은 패션잡지에서 빠져 나온 것처럼 완벽하게 스타일리쉬했다. 그녀는 미스코리아 대회에 출전했던 경험이 있다고 했다.

"자, 거기 학생 캐피탈이 뭐죠?"

"기아자동차 승용차 아닌가요?"

우리 아빠가 두 번째 바꾼 승용차이기도 했다.

"네 맞아요. 기아자동차 승용차 이름이기도 하지요. 하지만 캐피탈은 다른 말로는 자본이라는 말이에요. 여러분들은 모두 일류대를 졸업하신 분들이에요. 그런데 일류대를 졸업하신 여러분들이 왜 사회의 중심부로 진입을 못했을까요? 그것은 여러분들의 노력이 부족해서 그런 것이 아닙니다. 여러분들은 다른 사람들보다 세배 다섯배 더 노력한 사람들이에요. 여러분은 이제 우리와 함께 여러분들의 그동안의 노력을 보상을 받는 거예요. 앞으로 여러분은 나비처럼 변신하게 될 겁니다."

그녀가 강의실의 불을 끄고 빔프로젝트를 켰다. 파워포인트로 작성한 문서가 나타났다. 우리는 이네스조의 프리젠테이션을 받는 것 같았다. 그 문서의 제목은 '나비 신화'였다. 애벌레가 고통스러운 변태의 과정을 거쳐서 나비가 된다는 이야기였다. 그녀는 우리에게 애벌레처럼 목표를 세우라고 말했다. 자신의 꿈을 종이에 적고 매일 세 번씩 읽으면서 그 꿈을 내 안에 새겨 넣으라고. 그러면 꿈은 이루어진다고. 마녀가 주문을 걸듯이 하루에 세 번씩 내 꿈에 주문을 걸라고, 그러면 그 꿈이 자기암시가 되어서 자신을 꼭 그렇게 변신시켜 줄 것이라고. 그녀가 하는 말보다 그녀의 24인치 허리와 그녀가 입고 있는 니트 티셔츠와 청바지가 우리를 매혹시켰다.

왠지 눈물이 났다. 잃어버린 나의 꿈, 아나운서라는 나의 꿈이 내 몸무게 때문에 좌절되었다는 참담한 진실 앞에서 눈물이 났다. 참회는커녕 억울해서 흘리는 눈물이었다. 대학 4년 동안 도서관에서 몸이 퉁퉁 붇도록 토익을 공부하고 있었던 미련한 곰 같았던 나 자신을 모독하는 눈물이었다.

친구도 생겼다. 같은 대학 불문과를 졸업한 예원이라는 아이였다. 나보다 한 살이 어렸다. 그녀가 "언니" 하면서 내 팔짱을 끼었다. 귀염성 있는 얼굴인데 70kg에 육박하는 살집 속에 귀염성이 박혀 있었다. 나는 그녀와 단짝이 되었다. 그리고 드디어 의심을 접었다. 나는 창조의 아침이라는 프로그램에 집중하기로 했다.

나는 모든 시간을 투자해서 내가 모은 돈이었지만, 그녀는 시내에서 쥬얼리숍을 하는 어머니가 대준 돈이었다. 그녀의 어머니도 창조의 아침이라는 프로그램을 특별히 신뢰하는 것 같지는 않았다. 다만, 70kg의 육중한 몸무게로 남자 친구 하나 없이, 폴 발레리의 시를 공부한다고 캠퍼스를 오가는 스물네 살의 딸을 보고 있기가 딱했던 것이다. 키우면서는 눈에 넣어도 안 아플 자랑스런 딸이었다. 예원은 하루에 다섯 시간 이상 자는 일이 없이 공부를 했고, 제 할일은 다 알아서 하는 애였다. 다만 한 가지 고등학교 때부터 찌기 시작하던 살이 대학을 가고 나서도 계속 올라서 뚱보가 되고 만 것만 제외하면 말이다.

이네스조가 키에슬로프스키의 '블루' 라는 영화로 이야기를 시작해도 우리는 더 이상 냉소하지 않았다. 창조의 아침에는 무엇인가 우리를 설득시키는 것이 있었다. 바로 희망이었다. 창조의 아침이 우리에게 파는 상품은 희망이었다. 대학원을 가기 위해 그렇게 악착을 부리면서 돈을 벌고, 공부를 하면서도 나에게는 그 어떤 희망도 없었다. 데이트를 신청하는 남자 친구 하나 없었고, 속을 털어놓을 여자 친구 하나 없었다. 엄마는 가끔씩 가여운 눈빛으로 나를 바라보았고, 상은은 짜증난다는 표정을 감추지 않았다. 학원에서는 강사들이 자신의 일류대 학벌에 대해 은근한 자부심과 자괴감이 공존하고 있어서 술 한 잔 마음 편하게 마실 사람이 없었다.

그런데 창조의 아침에 오자 무엇인가 나에게도 변태하는 나비처럼 변화의 조짐이 보였다. 강의를 마치고나자 조금 변해 있는 나 자신을 느꼈다. 호정이가 알고 있는 캐피탈리즘의 진실은 무엇일까. 세상 사람들이 나를 속인 것은 무엇일까? 일주일이 지나자, 호정이가 나를 따라다니면서 설득하지 않아도 블루반에 자연스럽게 합류했다. 블루반의 평균 몸무게는 75kg이었다. 평균 학벌 대졸. 놀랍게도 석사과정에 합격해 있는 상태였던 사람이 열 명이나 되었다. 우리는 똑같은 프로그램으로 삶을 살고 있었던 우리 자신에게 다시 한 번 놀랐다. 두 번째 '나비 신화' 강의가 시작되었을 때, 우리는 더 이상 의심을 품고 있지 않았다. 나비가 되어 있는 자신을 상상하고 있었다.

*

내 가슴에서 희망이 출렁거렸다. 대학에 입학한 이후 몇 년 동안 나를 억압해왔던 취업에 대한 공포에서 비로소 벗어날 수 있었다. 두 시간에 걸친 강의가 끝나면 점심시간이었다. 식당은 따로 있었다. 식단은 커다란 쟁반에 가득 쌓인 배추쌈과 반공기의 잡곡밥이었다. 사실 우유 한 잔, 과일 두 조각을 주면 어떡하나 내심 걱정을 했는데, 산더미처럼 쌓여 있는 배추쌈을 보는 것만으로도 안심이 되었다. 창조의 아침은 나를 억압하지 않는다. 나를 주눅들게 하지 않는다.

그리고 며칠 후 1박 2일의 첫 합숙이 시작되었다. 합숙은 창조의 아침 건물 2층에서 했다. 우리가 입고 온 옷을 모두 벗어서 락커룸에 넣고 지급된 청색 비키니와 하얀 면으로 된 트레이닝복을 입었다. 이네스조가 미스코리아대회에 출전했을 때 입었던 트레이닝복을 빅사이즈로 늘린 것이었다. 그래서 디자인은 챠밍했다.

우리는 교복을 입은 수강생들처럼 천진난만해졌다. 첫 과정은 우리의 현재를 알아보는 '비포' 과정이었다. 우리는 한 사람씩 트레이닝복을 벗고 비키니 차림으로 사진 스튜디오로 들어섰다. 은테 안경에 검정 터들넥과 블랙진을 입은 포토그래퍼가 섬세한 동작으로 우리를 맞아주었다.

"어머 언니, 콧날이 너무 이쁘시다. 자 이쪽으로 서세요."

나는 카메라 앞에 섰다. 포토그래퍼가 다가오더니 흘러내린 내 머리카락을 살짝 뒤로 넘겼다. 손길이 산들바람처럼 부드러웠다. 우리는 스튜디오에 오종종 오그리고 앉아서 서로서로 사진 찍는 것을 지켜보았다. 다들 비슷비슷한 부위에 살이 올라 있었다. 수강생들은 어떤 열기에 휩싸여갔다. 진실게임 같은 것이었다. 너무 두려워서 자신의 내부에 숨기고 있었던 비밀을 온 천하에 커밍아웃 하는 듯한 그런 기분이었다. 20명이 모두 비슷한 비밀을 지니고 있었다.

"저 혹시 강성진 씨 아니세요?"

"어머 언니, 센스 있으시다. 저 포토그래퍼 강성진이예요. 언니 우리 쪽에서 일하셨구나. 저 블루밍 광고 사진 많이 찍었어요."

수강생들 사이에서 블루밍이라는 브랜드에 헉하는 신음소리가 흘러나왔다.

"그럼 이라영도 보셨어요?"

"그럼요. 이번 지면 광고 사진 내가 찍었어요."

그 다음은 일사천리였다. 이라영 화장품 광고 사진을 찍은 포토그래퍼가 자신의 몸매를 찍는다는데 빼고 말고 할 일이 아니었다. 사진 촬영은 두 시간을 넘지 않고 빠른 속도로 끝났다. 수강생들이 거침없이 카메라 앞에서 포즈를 취했기 때문이다.

"언니들, 꼭 성공하길 바래요. 그럼 6개월 후에 만나요."

사진 촬영을 끝내고 '블루밍메디컬' 이라는 룸으로 옮겨졌다. 우리는 세련된 미소를 짓고 있는 한 의사와 마주앉았다. 흰 가운에 성형외과의 '닥터K' 라고 새겨져 있었다.

"옷을 올려보세요."

그는 청진기로 내 심장을 체크했다 그리고 등과 입안 눈동자까지 까보고 나서 한마디 했다.

"자기도 이미 잘 알고 있을 거예요. 잘못된 식습관과 운동이 부족해서라는 걸요, 자 이리 올라와 보세요."

그날은 체지방 검사를 했다.

"자기는 체지방 0이 되려면 18kg을 감량해야겠네. 걱정 안해도 되는 거 알죠? 창조의 아침 프로그램만 잘 따라가면 돼요."

"정말 그러면 돼요? 정말 그렇게 될 수 있어요?"

"그럼요. 자기는 아직 마인드컨트롤이 덜 되셨나보다. 다들 성공해서 나가니까 걱정 안해도 돼요. 언니 정크푸드는 절대 안 되는 거 아시죠? 정크푸드란 한마디로 음식같지도 않은 쓰레기들을 말하는 거예요. 영양분은 하나도 없으면서 칼로리만 높은 그런 음식 있잖아요. 뭐 햄버거나 프라이드치킨 같은 거요. 우리 몸 속을 황폐하게 하는 쓰레기예요. 앞으로 칼로리표하고 식단표 나가면 꼭, 꼭, 꼬옥 지켜야 돼요."

닥터K는 정말 흥측하다는 표정을 지었다. 나는 18kg 감량보다도 일 년 동안 내 몸 속에 꾸역꾸역 밀어 넣은 햄버거들이 떠올랐다. 그리고 토악질이 솟구쳤다. 나는 화장실로 뛰어가서 변기를 붙잡고 위 속에 있는 모든 음식을 토해냈다. 억울하다는 생각밖에 들지 않았다. 정크푸드라는 단어 자체를 모르고 오로지 토익과 상식 책을 끼고 뒹굴었던 나의 이십대 전체가 억울했다. 내가 무엇인가에 홀리고 있었다. 나는 지금 캠퍼스에서 연구자가 될 준비를 하고 있어야 했다. 대학원 진학까지 때려 치고 내가 지금 이곳에서 무슨 짓을 하고 있는 것인가.

하지만 그날 밤 캔들 파이어를 하고 나서 나는 정확하게 나의 목표를 설정할 수 있었다. 창조의 아침에서 개인 사생활이 굳이 비밀은 아니었다. 일류대를 졸업한 사람들이었다. 세상에서 죄를 짓고 온 것도 아니고 세상을 오래 산 것도 아니어서 비밀을 만들래야 만들 시간도 없었다. 하지만 본명이 아니고 자신이 지은 닉네임을 사용하고 있어서 본명을 부를 때와는 확실히 느낌이 달랐다. 우리 타조들의 칩 매니저인 호정만이 우리를 본명으로 불렀다.

저녁을 먹고 드디어 캔들 파이어가 시작되었다. 우리는 크고 넓은 둥그런 원탁에 둘러앉았다. 우리 앞에는 밀랍양초와 하얀 종이, 볼펜 한 자루가 놓여 있었다. 그리고 한 사람씩 돌아가면서 이야기를 시작했다. 생물학을 전공했다는 '아이리스' 라는 닉네임을 쓰는 나와 동갑인 여자였다.

"중학교 3학년 때였어요. 학교에서 가장 인기가 있었던 수학 선생님이 너는 공부도 잘하는데 어쩜 머릿결까지 이렇게 예쁘니? 그러시면서 제 머리를 계속 쓰다듬었어요. 성적인 느낌은 없었던 것 같아요. 그런데 제가 백점을 맞았던 중간고사가 시험이 굉장히 어려운 편이어서 반 평균이 50점을 넘지 못했어요. 그것이 반 아이들을 자극했어요. 대부분 단발머리인데 저 혼자 머리를 기르고 있었거든요. 머리도 기르고 거기다가 수학까지 백점을 맞는 제가 반애들이 보기에 너무너무 재수 없었던 거죠. 전 왕따가 되었어요. 대 놓고 나를 왕따 시키지는 않았지만, 반 아이들이 나를 그림자처럼 대했어요. 옆에 있어도 마치 눈에 보이지 않는 것처럼요. 그해 겨울 방학에 저는 거의 60kg이 넘도록 살이 쪘고 나는 그 몸으로 고등학교에 갔죠. 나는 공부도 잘하고 몸매도 예쁜 그런 재수 없는 아이보다는 공부는 잘하지만 몸매는 안 예쁜 그래서 왕따가 되지 않는 쪽을 선택한 것 같아요."

아이리스는 조용하게 흐느꼈다. 대부분 비슷비슷한 사연들이 있었다.

살이 찌게 된 어떤 무의식이 있었던 것이다. 나는 대체 왜 살이 쪘을까. 언제부터 살이 쪘던 걸까. 내 차례가 올 때까지 곰곰이 생각을 하자 놀랍게도 나에게도 아이리스와 너무나 비슷한 경험이 있었다. 나는 그 시기가 조금 늦었을 따름이었다.

고2때였다. 나도 반애들로부터 은근한 따돌림을 받았다. 내 인생에 자신의 인생을 올인했던 엄마는 교복을 티 안 나게 매일 다리미질을 했다. 나는 원래 키가 큰데다 엄마가 식단조절을 잘 해서 살집이 많은 편도 아니었다. 그런데 언제부터인가 나는 혼자서 밥을 먹고 있는 나 자신을 발견했다 그리고 어느 날 올 것이 오고 말았다. 하교를 하고 있던 내 앞을 대여섯 명 정도의 여학생들이 가로막았다.

"야, 5반 왕재수! 네가 자칭 퀸카라며? 넌 조오켔다. 얼굴도 되고 몸매도 되고 공부도 돼서. 이제 백마 탄 왕자님만 기다리면 되겠네."

"비켜줘. 나 학원가야 돼."

"학원? 웃기고 있네. 니네 엄마가 마트에서 아르바이트해서 족집게 과외한다며? 니 동생이 나불거려서 온 세상이 다 아는데 학원 같은 소리 하고 있네. 야. 뒈져."

그때 나타난 것이 호정이었다.

"그만해. 그 애는 그냥 보내줘."

"네가 뭐 얘 애인이라도 되나?"

"그냥 보내자고오~. 넌 내 말이 좆같냐."

호정이 느닷없이, 목소리를 높였던 여학생의 뺨을 손바닥으로 탁, 탁,

탁 때렸다.

"그냥 보내자면 보낼 것이지. 왜 토를 다냐고오~."

그날 일은 그렇게 수습이 되었다. 호정이가 그 패거리의 짱이었던 것이다. 나는 호정이의 눈에 보이지 않은 비호를 받으면서 왕따를 면했다. 그러나 나도 모르게 은밀하게 살을 찌우고 있었다. 문제가 드러나자 모든 것은 너무도 선명해졌다. 나는 드디어 창조의 아침을 완전하게 신뢰하게 되었다.

*

합숙을 끝내고 난 블루반 원생들은, 무엇인가 눈빛이 확실하게 달라져 있었다. 그동안 자신들의 인생에서 안개 속에 희미하게 가려져 있던 실체가 드러난 것 같았다. 그 다음날은 점심 식사를 하고 피부관리실로 갔다. 피부관리실로 들어서자, 칠십년대풍으로 머리에 넓은 스카프를 쓰고 화려한 청색펄이 들어간 눈화장을 하고 꽃무늬 드레스를 입은 40대 초반의 여자 스텝이 가슴에 '향님'이라고 씌어진 명찰을 차고 있었다.

"언니, 여기서는 전신마사지를 해. 좌욕할 거니까 옷을 모두 벗어."

"옷을 모두 벗어요? 전부요?"

"좌욕 한 번도 안해 봤어?"

"네."

"그러셨구나. 속옷까지 모두 벗어요."

나는 옷을 모두 벗고 스텝이 내민 가운을 입고 좌욕실로 들어갔다. 내 옆자리에는 예원이 땀을 뻘뻘 흘리면서 앉아 있었다. 나는 엉거주춤한 자세로 빨간 비닐 가운을 걸치고 좌욕기에 걸터앉았다. 세상 여자들은 참 별짓을 다하면서 살고 있었구나 라는 생각이 들었다. 20분쯤 지나자 온 몸에서 땀이 줄줄 흘러내렸다. 생각보다 후끈거렸다. 좌욕을 끝내고 샤워를 하고 있는데 향님이 샤워실 문을 열고 다시 새로운 가운을 들고 왔다. 나는 순간적으로 가슴을 가리면서 바닥에 주저앉았다. 노크도 안 하고 샤워실 문을 열다니. 나는 가운을 입고 팬티를 입으려고 옷장 문을 힘껏 잡아당겼지만 옷장 문은 닫혀 있었다.

"언니, 속옷 입지 말고 그냥 와."

향님이 내 손목을 휙 나꿔채서 침대에 뉘었다. 그녀가 내 가운의 끈을 풀려고 했다.

"왜 이러세요?"

"언니. 전신마사지 한 번도 안해 봤어?"

"네."

그녀는 부드러운 손길로 가운을 펼치고 가슴 사이에 면수건을 끼웠다. 그러자 젖가슴이 노출되었다. 아무리 표정을 관리해도 수치감이 들었다. 향님은 부드러운 손길로 내 등과 어깨를 훑어내렸다. 아악, 소리가 흘러나올 정도의 통증이 전신을 뚫고 지나갔다.

"어 언니 너무나 너무나 아파요. 조금만 살살해 주세요."

"조금만 참아. 몸을 쓰기만 하고 기름칠을 안해놔서 그러잖아. 전신이 뭉쳐 있어서 그래."

그녀가 양 손끝으로 내 자궁 부근에서 가슴까지 좌악 훑어올리자 급

기야 "아악" 소리를 내지르고 말았다. 그녀는 출렁거리는 내 뱃살을 인 정사정없이 주물렀다. 전신마사지가 끝나자 힘이 쭉 빠졌다.

"언니, 석고팩 하는 거니까. 조금만 참아. 석고팩은 열이 많이 나."

그녀는 내 얼굴에 석고를 바르고, 손등에는 에센스를 바르고 비닐장 갑을 씌웠다. 그리고 배 위에는 우주선 같은 전기 기구를 올려놓았다. 십 분이 지나자 얼굴에서 땀이 줄줄 흘러내리면서 호흡이 가빠왔다. 손 등도 답답하고 배도 후끈거렸다. 숨이 막힐 것 같았다. 그 통에도 솔솔 잠이 왔다. 깜박 잠에서 깨어나자 향님이 화사하게 웃고 있었다.

"언니가 봐도 피부가 촉촉해졌지? 일주일 동안 관리 잘했다가 다시 보자구요."

그녀는 벌써 다른 회원에게 가고 있었다. 몸이 풀린 것 같기는 한데 여기저기에 통증이 남아 있었다. 나는 가운을 입은 채 메디컬룸으로 들 어갔다. 속옷을 안 입고 있다는 생각이 들어서 가운의 끈을 동여맸다. 메디컬룸에서는 카복시테라피라는 주사를 아랫배와 허벅지에 맞는다고 했다. 예원이 대기실에서 대기하고 있었다.

"그러니까 주사기로 이산화탄소를 몸속에 집어넣어서 그 이산화탄소 가 지방을 분해한다는 말이잖아."

그때 왜 내 머릿속에서 광합성작용이 떠올랐던 것일까? 머릿속에서 광합성식이 빙빙 돌고 있었다. 이산화탄소가 내 몸을 풍선처럼 부웅 부 풀려서 공중으로 날려버리는 것이 아닐까 의심스러워졌다.

"수소풍선이 하늘로 날아가지? 이산화탄소 풍선이라는 말은 없지?"

예원도 공포스러운 표정이었다. 그러나 닥터 K가 가슴이 떨려올 정도로 친밀한 미소를 날렸다.

"자기, 걱정 안하는 거지? 벌써 체지방이 많이 줄었네?"

주사는 뱃살 부위에 다섯 대 정도 맞았는데 귀를 뚫을 때처럼 따끔따끔했다. 피부관리실에서 몸이 기진맥진해 있는 상태여서 주사가 아픈지 어쩐지는 잘 느껴지지도 않았다. 우리는 카복시테라피까지 마치고 나서야, 창조의 아침의 메인 프로그램이라고 할 수 있는 4층으로 입성할 수 있었다.

4층은 헬스클럽이었다. 음악이 쿵쾅쿵쾅 흘러나왔다. CM 로고가 새겨진 트레이닝복을 입은 개인 트레이너를 소개받았고, 우리는 개인 트레이너의 지도를 받으면서 몸 만들기를 시작했다. 헬스는 유산소운동과 무산소운동으로 나누어서, 정확하게 시간과 칼로리를 계산해가면서 진행되었다. 그러니까 1개월 간의 정신 수련 과정을 마치고나서 본격적으로 헬스를 시작한 것이다.

9시에 등교해서 PC로 자기관리를 하고, 지겹게 반복되는 이네스조의 성공학 관련 나비신화 강의를 들은 후 식단 조절이 되어 있는 점심 식사를 한다. 그리고 11시 40분부터 4시까지 쉬는 시간 없이 헬스를 했다. 살이 안 빠질래야 안 빠질 수 없는 구조였다. 나는 러닝머신을 45km부터 시작을 했다. 처음에는 20분 걷는 것도 숨이 찼는데 한 달이 지나자 서서히 걷는 것에 탄력이 붙었고, 기구 운동도 서서히 재미가 생겨났다. 운동이 은근히 중독성이 있어서 4개월째부터는 나 스스로 운동을 즐길 수 있었다. 개인 트레이너는 솜사탕처럼 상냥하면서도 엄격했다.

이네스조를 비롯해서 칩매니저인 호정, 닥터K에 이르기까지 창조의 아침 스텝들은 모두 솜사탕처럼 상냥했다. 살이 쪘다고 우리를 구박하지 않았다. 살이 찐 것은 우리 잘못이 아니었다. 우리의 좋은 머리를 시샘한 어떤 정체를 알 수 없는 검은 조직의 음모였다. 나는 놀라운 집중력으로 모든 식품의 칼로리표를 암기했고 하루에 제시된 칼로리를 정확하게 지켰다. 체중이 서서히 줄기 시작했다. 내 체중이 줄어들기 시작하자 내 인생에 올인했다가 잠시잠깐 패배를 경험한 후, 자신의 체중을 불려나가던 엄마가 돌연 활기를 되찾았다. 엄마는 또 다시 적극적으로 내 인생에 개입할 구상을 하고 있었다. 체중이 줄기 시작하자 타조 근성이 있는 모범생인 나는 더욱 더 규칙적으로 운동을 했고, 마침내 6개월이 지나자 체지방 0에 도달했고 18kg 감량에 성공했다.

창조의 아침 마지막 단계는 메이크업과 패션 스타일링 강의였다. 드디어 내 손으로 누드 메이크업 하고 나서 내가 선택한 의상을 입는 날이 왔다. 내가 선택한 의상은 배꼽이 살짝살짝 드러나는 검정 면티와 블루진바지였다.

이네스조는 감격에 찬 목소리로 강의를 이어갔다.

"여러분은 이제 새로운 삶을 시작할 준비를 마쳤습니다. 힘겨운 변태의 과정을 거쳐서 나비가 되었습니다. 그 다음 럭셔리 코스인 마리 앙트와네트로 진급을 하시든지 아니면 사회에 첫발을 내딛게 됩니다. 여러분의 앞날에는 무궁한 축복만이 가득하실 겁니다. 여러분 사랑합니다."

이네스조가 눈물을 글썽이자 내 가슴도 먹먹해졌다. 도심 고급 주택가의 전업주부가 꿈인 예원은 6층에 있는 마리 앙트와네트 과정에 등록을 했고 나는 또 다시 한 학기 등록금에 해당하는 방송국에서 운영하는 홈쇼핑 쇼호스트 과정의 아카데미에 등록했다.

드디어 내가 직접 메이크업을 하고, 스타일링한 의상을 입고 '에프터' 사진을 찍는 날이 왔다. 포토그래퍼 강성진은 변함없이 은테 안경에 검정 터틀넥, 블랙진 차림새였다.

"오 마이 가앗, 뷰티풀, 뷰티풀, 원더풀 월드예요."

그가 카메라를 조작하는 사이, 나는 호정의 손을 잡고, 12㎝ 블랙 하이힐에 발을 밀어 넣고 허리를 곧게 펴고 자리에서 일어섰다. 내 양쪽 어깨에서 날개가 솟아났다. 날개에 아주 작은 필기체로 'Capital, CM' 이라는 로고가 새겨져 있었다.

천국으로 가는 계단

천국으로 가는 계단

내가 좋아하는 것은 술, 음악, 스피드다. 한 밴드의 곡을 한 달이고 두 달이고 반복해서 듣는다. 락 음악을 들으면서 비 내리는 밤거리를 달리는 일이 나에게는 가장 즐거운 일이다. 누군가의 온기가 없어도 나는 외롭지 않다. 사람의 온기가 내 인생에 스며드는 일 따위는 없으리라 생각했다. 핸드백을 들고 여자 화장실 앞에 서 있거나, 창문이 예쁜 카페에서 카페라떼를 마시거나, 크리스마스이브에 빨간 장미 백송이를 사는 일 따위 말이다. 사랑을 위해 헌신하는 것 같은 건 잊은 지 오래다.

생은 나에게 우호적이지 않았다. 나는 두 살 때부터 집이 없었다. 술에 취해서 물건을 부수는 아버지와 내가 두 살 때 나를 버리고 집을 나가 버린 어머니. 나는 어머니도 없었고, 나를 보호해 주는 사람도 없었다. 내가 학교라는 울타리를 벗어난 것은 중3때다. 왜 수학 선생의 얼굴을 주먹으로 갈겼었는지 그 이유조차 기억에 없다. 그 후 어느 곳엔가 소속되었던 적이 없다. 그저 완벽하게 혼자였다. 혼자 밥을 먹고 혼자 잠을 자고 심심하면 가죽 바지를 사거나 피어싱을 한다. 귀만 뚫는다. 어쩌다보니 양쪽 해서 거의 열 개쯤 뚫었다. 그러고 보니 나는 술보다 초록색 가죽 바지를 더 좋아하는 것 같다.

여자.

나에게 여자는 그저 내 인생을 유지하는 도구다. 나는 여자를 진정으로 좋아해 본 적이 단 한 번도 없다. 섹스는 진정으로 피로한 노동이다. 내가 몸으로 돈을 벌 수 있다는 것을 안 것은 열아홉살 때다. 그때부터 지금까지 나는 섹스를 해서 돈을 벌었다. 한 여자와의 관계는 육개월쯤 간다. 두서너 명을 동시에 만날 때도 있지만, 한 여자에게 집중하는 편이다. 그래서 그녀들은 나와 연애를 한다고 느낀다. 그녀들이 성적 욕망을 푸는 도구로 내 몸을 이용하고 나서 사랑한다고 우길 때가 가장 당황스럽다.

그날은 이여사와 관계를 정리한 날이다. 이여사의 남편은 부동산으로 돈을 벌었는데 강남에 빌딩이 서너 채 된다고 했다. 그녀는 돈을 제외하고는 모든 것에 허기져 있었다. 섹스도 허기져 있었고, 사랑도 허기져 있었고, 문화적 욕망도 허기져 있었다. 항상 가난했다. 내가 그녀에게 줄 수 있는 것은 내 몸밖에 없는데, 그녀는 나에게서 모든 것을 얻으려고 했다. 그녀가 나를 붙들고 사랑 타령을 하기 시작했다. 미치고 환장할 일이었다. 호스트바에서 만나서 처음부터 화대를 주고 섹스를 시작한 여자가, 마치 첫사랑에 빠진 여자처럼 전화기를 붙잡고 훌쩍이는데 질리지 않을 남자가 있겠는가.

"나 자기가 보고 싶어서 잠을 잘 수가 없어. 미칠 것 같애. 아무 것도 할 수가 없어. 나도 정말 이렇게 될 줄은 몰랐어. 가슴이 너무 답답해. 나 이제 정말 어떡해……."

계속해서 부드럽게 응대했다. 그것이 그녀와 관계를 지속하지 못한 결정적인 실수다. 거리 유지에 실패했다. 그녀는 정말 사랑에 빠져버린 것이다. 그리고 터무니없이 나와의 인생을 설계하고 있었다. 나와 손을 잡고 은행잎이 깔려 있는 공원을 산책하고 싶다는 말을 듣는 순간 몸에서 소름이 돋았다. 그녀는 자신을 불륜에 빠진 여자로 착각하고 있었다. 그녀는 사랑을 위해 모든 것을 버릴 각오를 하고 있었다. 그녀가 버리는 것은 겨우 남편의 돈뿐이겠지만.

나는 휴대폰 번호를 바꾸고, 오피스텔을 옮겨 버리는 것으로 그녀와의 관계를 끝내버렸다. 오피스텔은 보증금 없이 전부 월세여서 정리하고말것도 없었다. 살고 있는 곳에서 다른 곳으로 옮기는 데는 반나절이면 충분했다. 이삿짐센터에서 짐을 옮겨 놓았고, 나는 십년 쯤 살았던 보금자리를 찾아들듯이 새로운 집으로 갔다. 그녀가 나에 관해 아는 것은 휴대폰 번호와 오피스텔 호수가 전부다. 그녀는 한 달쯤 미친 듯이 나를 찾아 헤매다 결국 자신의 감정을 소비할 다른 먹잇감을 고를 것이다.

혼자서 포장마차에서 술을 마시고 게임방으로 향했다. 사람들이 북적이는 곳에 있고 싶었다. 술이 좀 과했는지 머리가 윙윙거렸다. 게임방 안은 담배 연기로 자욱했다. 담배에 불을 붙이면서 인터넷에 접속했다.

이메일을 확인한 후, 긴 손톱 매니아들이 모여 있는 카페 '롱네일클렌' 으로 옮겨갔다. 대화방이 열려 있었다. 접속자를 보았다. 칼리가 접속해 있었다. 대화방에는 여섯 명이 채팅을 하고 있었다. 칼리는 별 말이 없었다. 나도 말없이 화면만 보았다. 채팅은 일상적인 대화들로 채워지고 있었다. 담배 연기를 깊이 빨아들이면서 자판을 두드렸다.

"나는 몸을 팔아요."

모두들 멍한 표정을 짓고 있었다. 나는 에라 모르겠다, 하는 심정으로, 수학 선생 얼굴을 갈기고 학교를 퇴학당한 것에서부터, 카페 웨이터, 주점 웨이터를 거쳐 호스트바에 이르기까지를 단숨에 얘기해 버렸다. 얘기가 끝나자 칼리가 두 가지를 물었다.

"몇 살이에요?"

"스물한 살이요."

"돈만 내면 당신과 잘 수 있어요?"

"물론이죠."

"그럼 내일 밤 9시, 블랙 아프리카에서 만나요."

대화방 사람들이 모두 어처구니가 없어서 입을 다물어 버렸다. 칼리는 대화방을 빠져나갔다. 술이 확 깨는 기분이었다. 내가 롱네일클렌에서 칼리의 글을 읽은 것이 벌써 오개월이 넘었다. 그리고 그녀를 현실에서 직접 만나는 것이다. 그런데 그녀를 나의 고객으로 만난다. 하필이면 말이다. 나는 컴퓨터를 끄고 게임방을 나왔다. 거리에는 비가 추적추적 내리고 있었다. 가로수라도 붙잡고 울고 싶어졌다.

*

지하에 있는 락카페 '블랙 아프리카' 에는 테이블마다 화려한 모양의 촛대에서 밀랍 양초가 타고 있었다. 인공조명 없이 촛불만이 타고 있는 지하의 성, 레드 제플린의 'Stairway to heaven'이 흐르고 있다. 칼리는 소파에 비스듬히 등을 기대고 음악을 듣고 있었다. 나는 그녀가 칼리라는 걸 직감적으로 알았다. 연보라색 원피스에, 보석이 박힌 은팔찌를 하고 있었고, 갈색으로 염색한 머리칼은 어깨 부위에서 단정하게 출렁이고 있었다. 내가 겅중겅중 테이블로 다가가자 놀랍게도 그녀가 자리에서 일어났다.

"우리 롱네일클렌에서 만났죠? 저 김여진이에요."

그녀가 자연스럽게 오른손을 내밀어서 악수를 청했다. 모든 일이 순식간에 일어났다. 그렇게 정중한 첫 만남은 처음이었다. 나는 호스트바에서처럼 아예 접대 스타일로 끌고 가려고 했는데 그녀가 의자에서 일어서는 순간부터 그리고 칼리가 아닌 김여진이라고 자기를 소개하는 순간부터 좀 복잡해졌다. 그녀가 담배케이스를 살짝 밀었다. 어쨌거나 나는 섹스 비즈니스를 하러 이곳에 온 것이고 내 임무에 충실하면 될 터였다. 그녀는 다리를 꼬고 의자에 등을 기대고 앉아 있었지만, 스커트가 샤넬라인이어서 다리가 드러나지는 않았다.

"누나라고 불러도 돼요?"

칼리는 외국 여배우처럼 어깨를 으쓱했다. 그리고 담배 연기를 길게 내뿜었다. 이상하게 속이 뒤틀리기 시작했다. 그녀는 소파에 기대앉아서 음악을 듣고 있었다. 미쳐버릴 일이었다. 고객을 처음 만나는 날이라서 그래도 좀 긴장을 하고 왔는데 이 고객이라는 여자가, 그저 음악만 듣고 있었다.

웨이터가 왔다. 나는 위스키를, 그녀는 화이트와인을 시켰다. 그녀는 하얀 손가락으로 와인 잔의 다리를 잡았다. 그리고 조용히 와인을 마셨다. 목선은 반듯하고 어깨선은 둥그스름하다. 한 치의 흐트러짐도 없다.

왕족들이 와인을 마신다면 저런 포즈가 될 터였다. 이상하게 화가 났다. 홧김에 위스키를 스트레이트로 마시고 나자 속이 뜨거워지면서 몸이 풀어졌다. 나도 의자에 비스듬히 기대앉아 담배에 불을 붙였다. 뭔가 틀려버린 것 같다. 적응하기가 좀 피곤했다. 블랙 아프리카의 소파는 몸을 푹 파묻히게 했다. 그녀와 나는 느긋하게 담배를 피워가면서 레드 제플린의 음악을 들었다.

"누나는 무슨 일해요?"

"직업을 묻는 거지? 불문학 전공이고 프랑스 기업에 소속되어 있어요. 주로 기업 합병과 관련된 일을 해요."

불. 불어. 영어도 아니고 불어란다.

"공부를 아주 잘했나보군요."

"아니. 아버지가 파리에서 사업을 하셔서 고등학교까지 파리에서 다녔어. 대학만 국내에서 다녔고. 공부를 잘한 게 아니고 불어를 잘하지. 음악 많이 들어요?"

"많이 듣죠. 일상 대부분."

음악을 듣는 것만이 내 삶의 진실. 트루 러브, 모든 것이다.

"음악을 하지는 않구요?"

"중학교 때 생각만 했죠. 생각만. 누나 결혼했어요?"

"아니."

"그럼. 이혼했어요?"

"아니."

그녀는 도대체 왜 섹스를 사는 걸까?

칼리는 청담동에서도 물이 좋다는 블랙 아프리카의 웨이터도 쳐다볼만큼 우아한 미인이다. 그녀는 자신이 서른다섯이라는 나이를 밝혔지만, 실제로는 이십대 후반으로밖에 보이지 않는다. 연보라색 실크 원피스가 저렇게 잘 어울리는 여자는 처음이다. 그녀는 뭐랄까. 기품이 있으면서 섹시하다. 그녀가 원한다면 굳이 섹스를 돈으로 사지 않아도 자신이 원하는 남자를 얼마든지 만날 수 있을 것 같았다. 그녀는 내가 묻는 말에 아주 짧고 명료한 단어로 대답했다. 우리는 야릇한 침묵 속에서 한 시간쯤 더 음악을 듣다가, 블랙 아프리카를 나왔다.

*

칼리를 처음 만난 것은 5개월쯤 전, 인터넷 카페 '롱네일클렌' 자유 게시판에서다. 나는 긴 손톱 페티쉬가 있다. 중학교 때 우연히 손톱 페티쉬라는 걸 알게 되었는데, 신체 중에서 손톱을 제일 좋아한다. 롱네일클렌의 회원이 되면서 본격적으로 손톱을 기르기 시작했다. 그것은 내가 주점 웨이터를 그만 두고 호스트바에 나가기 시작할 무렵이다.

롱네일클렌 회원들은 손톱 보호 크림에서부터 네일 아트에 이르기까지 손톱에 관한 모든 정보들을 주고받는다. 지금 내 손톱은 2센티미터 정도이고, 초록색 천연 조팝나무꽃이 그려져 있다. 2주일에 한 번씩 뷰티숍에서 피부 관리와 손톱 관리를 받는다. 사람들이 가끔씩 쳐다보는 걸 제외하면 별다른 불편은 없다. 물론 섹스하는 데는. 사는 것이 지루해지면 5센티미터 정도의 인조 손톱을 부치기도 한다.

칼리는 롱네일클렌에 자주 오는 회원인데, 자유게시판에 그로테스크한 문장들을 올려놓았다. 그 문장들은 마술처럼 나를 매혹시켰다. 무슨 말인지 전혀 알 수 없었지만, 모니터로 그 문장들을 읽다 보면 문장이 내 피 속으로 스며드는 것 같았다. 나는 자유게시판을 샅샅이 뒤져서 그녀의 글을 읽고 또 읽었다. 한참 후에야 그녀가 자유게시판에 올린 이상한 문장들이 프랑스 초현실주의 시인 '로트레아몽'의 '말도로르의 노래'라는 시의 구절들이라는 걸 알았다.

어느 날 오후, 인터넷 서핑을 하고 있었다. 자주 가는 사이트들을 이리저리 헤매고 다니다가 롱네일클렌으로 갔다. 칼리가 직전에 올리고 간 초현실적인 문장이 있었다. 무슨 말인지 한 마디도 알아들을 수 없었지만, 그 언어는 나에게 주술을 걸어왔다. 컴퓨터를 끄고 그야말로 무엇엔가 홀린 사람처럼 자리에서 일어나 서점으로 향했다. 홀연히 걸어서 시집들이 진열되어 있는 서가로 향했다. 그녀가 자유게시판에 올린 그 마술 같은 글귀를 읽고 나면 이 세상에는 내가 모르는 세계가 있으리라고 막연하게 짐작이 되었다. 내가 절대로 갈 수 없고 풀 수 없는 암호 같은 세계 말이다. 서점에서 시집을 사면서 그 느낌은 더욱 선연해졌다. 만약 칼리가 아니었다면 나는 죽는 날까지 그 곳에서 그런 시집을 사는 일은 없었을 테니까. 나는 그녀 글에 나오는 시집을 샀다.

고객을 만나는 시간을 제외하고는 음악을 들으면서 그 글들을 읽고 또 읽었다. 정말 단 한 마디도 알아들을 수가 없었다. 악마의 주절거림 같았다. 메피스토의 속삭임. 그러나 매혹적이었다. 제니스 조플린의 음악이 왜 매혹적인지 설명할 수 없는 것처럼, 그 시들이 왜 매혹적인지 알 수 없었다. 그 시들은 아니 칼리의 자유게시판의 문장들은 나에게 피그말리온의 갈라테이아였다. 차갑고 생명이 없지만 나는 따뜻한 몸을 가진 사람보다 그 문장들을 더 사랑하게 되었다. 모니터를 만지고 책의 문장들을 만지고 조용조용하게 발음해 보았다. 아, 내가 프랑스어를 안다면 정말 달콤하게 그 시들을 읽었으련만.

롱네일클렌에는 회원들끼리 이메일을 주고받는 기능이 있다. 그러니까 내가 상대방의 주소를 몰라도 이메일을 보낼 수가 있는 것이다. 나는 잠이 오지 않는 밤 그녀에게 이메일을 보냈고, 그녀에게서 답장이 왔다.

보름 동안 손톱이 자라도록 내버려두어야 한다. 활짝 열린 눈을 가진, 윗입술의 위에 아직 아무것도 나지 않은 어린아이를 침대에서 난폭하게 끌어내려, 그의 아름다운 머리털을 뒤로 쓸어주면서, 그의 이마에 그윽하게 손을 내미는 체하는 것, 아, 그것은 얼마나 감미로운가! 그 다음, 그가 가장 예기치 않은 순간에, 갑자기 긴 손톱을 그의 부드러운 가슴에 박아넣는다.

내가 갖고 있는 시집 로트레아몽의 '말도로르의 노래' 속의 한 구절이었다.

*

칼리의 승용차는 검은색 체로키였다. 내가 그녀의 옆자리에 앉자마자 그녀가 음악을 틀었다. 퀸의 '보헤미안 랩소디'가 흘러 나왔다. 그녀는 나 못지않은 락음악 매니아였다. 음악을 들으면서 승차감 좋은 승용차에 앉아 있으니까 기분이 그럴싸했다. 그녀의 운전 솜씨는 침착하고 중후했다. 그녀가 멈춘 곳은 그곳을 지나칠 때마다 저 곳에 투숙하는 사람들은 어떤 사람들일까, 궁금해지던 특급 호텔이었다. 호텔 정문에 도착하자 도어맨이 승용차 문을 열어 주었다. 그녀가 도어맨에게 열쇠를 넘겨주자 그가 승용차를 발레파킹했다.

점점 더 이상해졌다. 나는 항상 죄인처럼 남의 눈을 피해서 모텔을 드나들었는데, 그녀는 아주 능숙하고 가벼운 걸음으로, 나를 에스코트해 주었다. 국가 원수나 조직의 보스가 된 듯한 느낌이었다. 왜 그런 거 있지 않은가. 아주 중요한 국가 행사에 검은 정장을 입은 여자들이 화면을 바람처럼 휙 스쳐가는 것 말이다. 휘파람이라도 불어야할까?

그녀는 프런트에서 키를 받아들고 왔다. 룸에 그녀의 짐이 있었다. 그러니까 그녀는 이 방에서 최소한 하루 이상 묵고 있다는 말이다. 그녀에게서 나는 바람 소리는 집이 없는 사람에게서 나는 바람 냄새였나보다. 아무튼 좀 피곤했다. 모든 것이. 칼리가 말한다.

"우리 술 마셔요."

나는 컵에 거품이 넘치지 않도록 맥주를 따랐다. 그녀는 의자에 단정한 자세로 앉아 있었다. 섹스를 사는 여자치곤 참 특이한 종족이었다.

"누나는 왜 사랑하는 사람하고 섹스를 안하고 이런 식으로 해요?"

“너와 섹스를 하러 온 거지, 토론을 하러 온 게 아니야.”

미칠 일이었다. 왜 자꾸 그녀에게 무엇인가를 묻고 싶어지는 걸까? 나는 그녀와 섹스에 관해 토론을 하고 싶어 미칠 지경이 되었다.

“나랑 이야기하고 싶지 않아요?”

그녀가 담배에 불을 붙였다. 그리고 의자에 등을 기댔다.

“사랑하는 사람 있어요?”

“피지컬한?”

“자꾸 섹스 말구. 누나는 섹스밖에 몰라요? 그냥 사랑하는 사람.”

칼리가 짜증나는 표정을 지었다.

“네가 원하는 건 나한테 없어. 내가 먼저 샤워할게.”

그녀는 사업상 비즈니스를 끝내는 사람처럼, 단호한 표정으로 담배를 비벼 껐다. 그녀가 샤워를 하러 욕실로 가고 나자, 머릿속이 실타래가 엉기듯이 막 엉기기 시작했다. 지금 내가 원하는 건 조용히 일어나서 이 방을 나가는 것이다. 그러나 나는 멍청하게 앉아서 맥주를 마시고 있었다.

칼리가 샤워를 끝내고 흰 타월로 몸을 감싸고 나왔다. 내가 침대에 앉은 채 그녀의 허리를 감싸자 타월이 흘러내렸고, 그녀의 입술이 다가왔다. 운동으로 단련된 그녀의 속살은 선텐을 했는지 까무잡잡했다. 군살 없이 매끈했고, 심지어 근육질마저 느껴졌다. 왼쪽 어깨뼈에서부터 허리라인까지 큐빅을 이용해서 장미 문양의 크리스탈 타투를 했다. 내가 그녀의 몸 위로 올라가려는데 그녀가 내 손을 살짝 쥐었다. 그리고 천천히 나의 입술에 키스했다. 달콤한 입맞춤이었다. 국화향이 났다. 눈을 감고 침대에 몸을 뉘었다. 그녀가 내 몸을 쓰다듬었다. 나의 어깨뼈를 손톱으로 자극하는데 발가락에서 쥐가 나려 했다.

그녀의 애무는 탐미적이었다. 적당히 취기가 오른 나의 몸은 그녀의 입술이 스쳐 지나는 곳마다 열꽃이 피어올랐다. 그녀는 나의 열 개의 손톱에 꼼꼼하게 키스했고 나의 젖꼭지를 오랫동안 깨물었다. 그녀가 이끄는 대로 그녀의 호흡에 몸을 내맡겼다. 양파즙 같은 섹스가 시작되었다. 나의 육체는 쾌락의 정점에 이르고 말았다.

섹스가 끝이 났을 때 나는 내 인생의 지반이 무너져버렸다는 걸 직감적으로 알았다. 처음이었다. 나는 비로소 섹스를 알아 버렸다. 욕실로 향하는 그녀의 길고 흰 목덜미를 보면서, 그녀의 목덜미를 이빨로 물어 뜯어서 그녀를 죽여 버리고 싶다는 생각에 빠져들었다. 샤워를 끝내고 나온 그녀의 몸은 차가웠다.

나는 그녀를 침대에 쓰러뜨리고, 그녀의 온 몸에 시퍼런 이빨 자국이 남도록 애무를 했다. 그녀는 필사적으로 목을 비틀었다. 나는 그녀의 목을 시퍼렇게 만들어 버릴 작정이었다. 결국 그녀가 돌아눕자 나는 그녀의 어깨를 물어뜯었다. 그녀가 내 몸을 샅샅이 탐했듯이 나도 그녀의 몸을 탐했다. 그리고 그녀의 입에서 신음 소리가 흘러나올 때까지 애무를 멈추지 않았다. 칼리와 나는 한바탕 기이한 춤을 추고 난 것 같았다. 그녀는 나의 팔을 베고 가슴에 안겨 있었다. 무슨 말인가 해야 할 것 같았다. 지금 무슨 말을 할까. 우리의 거래는 끝났다고 할까. 우리의 관계는 시작이라고 할까. 그녀가 나의 품에 안겨서 혼곤한 잠에 빠져 들었다. 머리칼을 두어 번 쓰다듬다가 그녀 목의 핏줄을 엄지손가락으로 꾹꾹

눌러 보았다. 이곳을 누르면 그녀의 숨은 멎을까. 나도 스르르 잠에 빠져 들었다. 눈을 떴을 때. 그녀는 내 팔을 베고 내 품에서 잠이 들어 있었다. 팔이 저려서 잠에서 깬 것이다. 시퍼렇게 멍이 든 그녀의 어깨를 조심스럽게 쓰다듬었다.

"더 자요."

내가 다시 팔베개를 해주자 그녀는 십분 쯤 그렇게 누워 있었다. 그리고는 자리에서 일어났다.

"그냥 있어요."

"안 돼. 지금 일어나야 해. 11시에 출국이야."

"출국이요? 어디로요?"

"파리. 일주일 후에 아주 중요한 협상이 있어. 절대 실패하면 안 되는 일이야."

"그 말을 왜 이제 해요?"

"이제 하지 않으면? "

그렇지. 나는 어제 몸을 팔기 위해 고객을 만났고, 지금은 아침이니까 헤어지는 거다. 그녀가 욕실로 향했다. 나는 베개에 얼굴을 파묻었다. 이런 젠장. 내 인생에 일어나서는 안 되는 일이 일어나고 있었다. 감정에 휘말리지 않는다는 것은 이 세계의 철칙이다. 감정에 휘말리면 안 된다. 절대로. 절대로. 샤워를 끝낸 그녀는 화장대 앞에서 화장을 시작했다.

"누나 이제 롱네일클렌에 안 와요?"

"아니. 가요."

"우리 이런 관계 말고 만날 수 있어요?"

칼리가 벗은 내 몸에 입술을 가져다 댔다.

"물론 만날 수 없지. 이런 관계밖에 안 돼. 내가 섹스를 원할 때 내가 너에게 전화를 하고 네가 응하거나 거절하거나 둘 중 하나야. 설마 사랑이나 섹스에 관해 토론을 하자고 데이트 신청을 하려는 건 아니지?"

칼리가 나의 목덜미를 이빨로 살짝 깨물었다.

"누나. 만약에 만약에 말예요. 내가 누나를 사랑하게 된다면요?"

"그런 일은 없을 거야. 넌 섹스가 직업이잖아. 나는 돈이 많은 게 좋아. 대신 한 명의 남자 친구를 원하지 않아. 많으면 많을수록 좋지. 너는 어제부터 자꾸 사랑이라는 추상적인 말만 해. 나는 너의 몸이 좋은데."

"정말 사랑하게 된다면요?"

"그걸 왜 나한테 물어? 난 가족을 원하지 않아. 지금도 순결이 없고, 앞으로도 그런 건 없을 거야. 네가 날 사랑하게 되는 건 네 문제야. 네가 나를 사랑하면서 내 성을 독점하려고만 하지 않으면, 우리는 애인도 될 수 있고, 친구도 될 수 있어. 하지만 너 때문에 다른 남자 친구들을 포기할 순 없어."

"누나는 그렇게 사는 게 현명하다고 생각해?"

"너는 현명하게 살고 싶은가 보구나. 널 만나고 싶을 거야. 난 네가 원하지 않는 여자와 잠을 자지 않아도 될 만큼 돈을 줄 수 있어. 하지만 너의 성을 독점하겠다는 건 아냐. 거기까지가 우리가 나누어 가질 수 있는 전부야. 사랑이라는 너의 말이 굉장히 무겁네. 사랑이라는 너의 짐은 네 어깨에, 삶이라는 나의 짐은 내 어깨에."

칼리는 며칠 전 나를 사랑하게 되었다고 흐느끼는 이여사에게 내가 한 말과 거의 흡사한 말을 하고 있었다. 이건 함정이다. 내 인생의 맨홀.

"난 네 손톱이 맘에 들어. 다녀와서 롱네일클렌 게시판으로 갈게."

칼리는 내 입술에 가벼운 키스를 하고 단정하고 총총한 걸음걸이로 룸을 빠져 나갔다. 테이블 위에 하얀 봉투가 단정하게 놓여 있었다.

*

날들이 지나갔다. 드라이브를 했다. 음악을 들으면서 밤마다 고속도로를 달렸다. 유난히 비가 많이 내리는 가을이다. 차창으로 흘러내리는 빗속을 달리다보면 삶을 그대로 끝내 버릴 수도 있을 것 같았다. 이미 흔들려버린 내 마음을 어떻게 할 수가 없었다.

칼리를 생각하면 무작정 화가 났고 그녀의 연보라색 실크 블라우스를 죽죽 찢어버리고 싶었다. 나의 흔들림이 싫었다. 이 분노의 실체가 무엇인지 알 수 없었다. 그저 승용차를 폭발시켜 버릴 것 같은 사운드에 몸을 맡긴 채 드라이브를 했다.

나도 모르게 그녀의 휴대폰 번호를 누르다가 화들짝 놀랐다. 흘러내리지 못한 눈물이 온 몸을 채워갔다. 그리움이라는 감정이 있기는 있었다. 보고 싶었다. 안고 싶었다. 그녀의 머리칼을 쓰다듬고 싶고, 그녀의 이마에 키스하고 싶었다. 그런데 나는 아무것도 할 수가 없었다.

그녀를 생각하면 그리운 것만큼 화가 치밀어 올랐다. 어느 날 잠에서 깨어 보니, 오른손이 피범벅이었다. 주먹으로 시멘트벽을 내리친 것이다. 그리움은 병이었다. 혼자서 감당하기에는 너무나 고통스러운 병. 문제는 그녀를 그리워한다는 것이었다. 그녀를 품에 안고 잠을 재우고 싶다는 것이다. 칼리가 그것을 거부한 것도 아니다. 그녀는 내가 원한다면 언제든지 내 품 안에서 얼마든지 잠이 들 수 있는 여자다. 그녀는 남편도 없고 자식도 없으며 그녀가 연인으로 나를 거부한 것도 아니다.

그런데도 가슴이 찢어져 버릴 것 같은 통증 때문에 술을 마시고서야 잠이 들었다. 나중에는 가슴이 뜨거워져서 차가운 물만 마셔댔다. 유행가 가사가 거짓말이 아니었다. 가슴이 아프다는 것은 감정이 아니었다. 육체의 병이었다.

긴 머리카락을 초록 색깔로 바꾸고, 손톱은 검정색으로 매니큐어를 했다. 그렇다고 기분이 썩 좋아진 것도 아니었다. 사랑에 빠져버린 것이 억울했지만 어쩔 수 없는 일이다. 블랙 아프리카에 들어서자 촛불 때문에 순식간에 현실감이 사라졌다. 칼리는 소파에 몸을 깊숙이 파묻고 담배를 피우면서 음악을 듣고 있었다. 맞은편에 앉아서 다리를 꼬았다. 그녀가 첫사랑에 빠진 여자처럼 화사하게 웃는다.

"멋있어졌네?"

갑자기 재채기가 터져 나왔다.

"어울려?"

"멋있어."

긴 한숨이 나왔다. 미칠 것 같았다. 소파를 그녀 옆으로 끌어당겨서 그녀의 입술에 입맞춤했다. 가슴이 떨려왔다. 내 심장 뛰는 소리가 내 귀에까지 들렸다. 입맞춤은 소프트 아이스크림 같았다. 달콤하다.

"일은 잘 끝났어요?"

그녀는 고개를 끄덕인다. 칼리는 와인잔을 입술에 가져간다.

"우리 여행 갈래? 나 일주일 동안 시간이 있거든. 숙소는 내가 예약해 놨는데. 여기서 조금 멀어. 속초에 있는 펜션이야."

"그러죠 뭐. 나는 시간이 많거든."

"자꾸 심술부리지 마."

자리에서 일어서는데, 그녀가 나의 허리를 살짝 안는다. 이상하게 그녀와 함께 있으면 에스코트를 받는 듯한 기분이 든다. 그녀가 무엇인가를 하지 않았는데도 말이다. 그저 살짝 나의 허리를 안았다 놓았을 뿐이다. 그리고 내 발걸음에서 반 보 뒤쳐져서 걸었고 살짝살짝 나의 등에 오른손을 가져다댔다. 아무튼 특이한 종족이다. 내가 알아왔던 그 어떤 여자와도 다르다.

밤거리에는 네온사인이 반짝인다. 밤공기가 차갑다.

"지금 출발하면 열두시 이전에는 도착할 수 있겠다. 그런데 거긴 펜션이라서 요리를 해 먹어야 돼."

"일주일 동안 우리가 어떻게 요리를 해서 먹어요?"

"어떻게 계속 해먹니? 말이 그렇다는 거지. 근처에서 쇼핑 좀 하게. 나도 아무것도 준비 못했거든."

나는 칼리와 함께 쇼핑을 하기 위해 근처에 있는 백화점으로 향했다. 크리스마스를 앞두고 있어서 백화점에는 아이들의 손을 잡은 사람들로 북적였다. 환했다. 로비에는 호두까기인형의 한 장면이 설치되어 있었다. 다른 사람들은 이렇게 환하고 넓은 공간에서 다른 사람들과 어깨를 부딪치면서 연인의 목도리를 고르고, 아이스크림을 먹고, 가족들과 함께 햄버거를 먹으면서 살아가고 있었다.

지하 식품매장에서 식료품을 샀다. 호박, 두부, 고추를 사고, 오렌지 주스와 치즈, 그리고 와인을 골라서 쇼핑 카트에 담았다. 속옷을 사고 잠옷을 같이 고르고, 일상복도 서너벌 샀다. 스킨도 사고, 향수도 사고, 꽃잎을 넣어서 만든 밀랍 양초도 샀다. 칼리는 신혼살림을 준비하는 여자처럼 아주 오랫동안 와인잔 두 개를 골랐다. 양 손에 쇼핑 꾸러미를 들고 백화점을 나서는데, 그녀와 아주 오래 전부터 그렇게 살아온 것 같았다. 식료품을 사고 일상용품을 사고 입맞춤을 하고, 요리를 하고, 눈물이 났다.

스피드를 즐기면서 밤거리를 달렸다. 속도에 몸을 맡겼다. 어디선가 밤의 악령이 나에게 손짓한다. 칼리는 새근새근 잠이 들었다. 이마에 살짝 입을 맞추려다 마주 오는 차와 부딪힐 뻔했다. '파라다이스 4㎞'라는 펜션의 이정표가 보였다. 이름 한번 촌스럽기는. 차 두 대가 겨우 지나갈 수 있는 오솔길을 달려 파라다이스 입구에 도착하자 입이 저절로 벌어졌다. 푸른 잔디가 깔려 있는 동산 위에 동화 속에 나오는 것 같은 노란 단층집. 정원에는 이국적인 종려나무와 동백나무가 심어져 있었고 계단 옆에는 탐스러운 꽃이 피어 있는 국화 화분이 가득했다. 우리가 차에서 내리자 머리를 멋지게 틀어 올린 노부인과 멜빵 코듀로이 바지와 초록색 남방을 입은 할아버지가 나와서 우리를 반겨주었다. 동화책 속에서 걸어 나온 것 같은 인상 좋은 노부부였다.

"어서들 와요. 너무 늦었네. 방은 저쪽에 있는 민들레실이라우."

칼리와 나는 노부인이 알려준 민들레실이라는 방으로 들어갔다. 기름을 먹인 갈색 나무 바닥은 반질반질 윤이 났다. 30평 정도의 방이었다. 커다란 거실 한 가운데 페치카가 있고, 침실, 욕실, 주방이 있었다. 커튼이 주황색이어서 거실이 환하고 따뜻해 보였다. 냉장고에 싱싱한 식료품과 과일이 잔뜩 들어 있었고 거실에는 포인세티아, 벤자민, 베고니아 같은 관엽식물 화분이 가득했다.

"어떻게 펜션에서 식물을 기를 수가 있죠? 손님이 계속 바뀔 텐데."

"인디언 썸머 같은 거겠지. 이곳에 머무르면서 식물에 물을 주던 그 시간이 그 사람 인생에서 가장 행복한 시간이거나, 아니면 항상 식물에 물을 주면서 사는 그런 사람이거나."

"이 페치카 장작을 때는 건가 봐요."

"주인 할머니한테 여쭤봐."

정말 할머니가 품에 장작을 한 아름 안고 와서 페치카에 불을 살려놓고 갔다. 칼리는 미색 실내복으로 갈아입고 나와서 페치카 앞에 웅크리고 앉아 있다. 나는 형광등을 끄고 장미 문양이 새겨진 청동 촛대에 양초를 꽂고, 양초에 불을 켰다. 양초 불빛은 감정을 다른 차원으로 끌고 간다. 주술적이다.

"이리와 봐요. 내가 재워줄게."

나는 벽에 베개 두 개를 포개놓고 비스듬히 기댔다. 칼리는 말 잘 듣는 어린아이처럼 내 무릎을 베고 누웠다. 나는 그녀의 머리칼을 조심조심 손가락으로 빗겨주었다. 그녀가 스르르 잠이 들었다. 양초는 제 몸을 사르면서 촛불을 만들어낸다. 하물며 양초도 불을 만들어내는데, 나는 그동안 단 한순간도 샘물처럼 청정하게 완전하게 살아본 적이 없었다.

두렵다. 내가 느끼는 이 청정한 기분이 공포스럽다. 천진하게 잠이 든 이 여자는 어디서부터 나에게로 날아온 걸까, 어느 정도의 인연을 품은 채 나에게 날아온 것일까. 머릿속이 다시 지끈거린다.

파라다이스에서의 일주일은 나른하고 고요했다. 매큼한 된장찌개 냄새를 맡으면서 잠에서 깨어나는 일은 가슴 아리는 일이었다. 남들에게는 일상인 그 일이 나에게는 천국처럼 여겨졌다. 된장찌개를 끓여서 아침을 먹고, 쌀쌀한 오솔길을 산책했다. 파라다이스 뒤편에 숲이 있었다. 숲은 향기가 있었다. 목도리를 감고 모자를 쓰고 하는 오전의 산책. 칼리와 나는 천천히 오솔길을 걸었다. 숲에서 나는 향기는 한 그루의 나무에서 나는 것과는 전혀 다른 향기를 가지고 있었다. 숲을 걷다보면 진정으로 나 자신에게 헌신하며 살 수 있는 그런 곳으로 가는 길이 있을 것 같았다. 다람쥐다. 다람쥐가 나무 사이를 쏜살같이 가로지른다. 첫눈이 내렸다. 뺨을 스치는 차가운 바람과 눈발의 감촉. 그녀의 허리를 두 팔로 감싸 안고 키스를 했다.

그 날은 첫눈 때문에 기분이 들떠 있었다. 하루 종일 거실에서 음악을 들으며 뒹굴었다. 저녁을 먹고 내가 설거지를 하는 동안 그녀가 샤워를 끝내고 가운을 입은 채로 욕실에서 나왔다. 그녀를 바닥에 앉히고 젖은 머리를 마른 수건으로 말려주었다. 아프지 않게 살살 머리카락의 물기를 닦고 윤기 나는 갈색 머리를 브러쉬로 빗질해 주었다. 내가 그녀의 머리를 빗질하는 동안 그녀의 눈동자는 먼 허공을 향해 있었다. 모차르트의 피아노협주곡이 흐르고 있었다.

"엘비라 마디간이라는 아름다운 무용수가 금지된 사랑에 빠졌어. 그래서 사랑에 빠진 장교와 도망을 쳤어. 먹을 게 없어서 산딸기를 주워서 먹어. 아름다운 머리칼은 출렁이고 드레스 사이로 드러난 젖가슴이 너무너무 예뻤어. 내가 스무 살 때 본 영화야."

"무슨 영화 이야기가 그래요?"

"다른 건 생각이 나지를 않고, 살짝 드러난 젖가슴만 생각이 나는 거야."

"그 사람들은 어떻게 됐어요?"

"자살했어."

"우리는 지금부터 진실게임을 하는 거야. 너 자신을 속이지 않기 위해서. 우리는 두 개의 질문을 서로에게 할 수 있고, 그 중 한 가지는 대답하지 않아도 돼."

"진실을 말하는 건지 아닌지 어떻게 알아요?"

"그러니까 게임이지. 진실을 말하는 게 진실게임이야. 시작한다. 네 첫사랑은 언제였어?"

"스물한 살, 당신이 저의 첫사랑이에요. 당신의 첫사랑은 언제였어요?"

"말하고 싶지 않아. 네가 처음 잠을 잔 사람이 누구였어?"

"말하고 싶지 않아요. 당신이 처음 잠을 잔 사람은 누구였어요?"

"대학원을 마치고 스물여섯 살에 취직을 했어. 나는 나를 배려하면서 살고 싶었지. 내 몸을 지키고, 내 성을 지키고, 내 인생을 지키고 싶었어. 그 모든 것은 힘이 있어야 지킬 수 있는 거야. 그것이 권력이건 돈이건 지식이건. 나는 정말 열심히 일을 할 준비가 되어 있었어. 우리 회사는 기업 합병을 주로 해. 일 년도 안 되어서 협상 테이블에 앉을 수 있었지. 단 한 번도 협상에서 진 적이 없어. 회사가 원하는 걸 항상 관철시켰지. 그리고 어느 날 위기가 왔어. 내 몸을 전술로 써야 할 순간이 왔어. 육십대 후반의 남자였지. 호텔에 들어서면서 내 몸 안에 짐승이 산다고 생각했어. 고양이에서 승냥이로, 승냥이에서 표범으로 진화해가는 한 마리의 짐승이."

"그래서 자신을 배려하면서 살 수 있게 되었나요?"

"로비스트가 된 거지."

"네?"

"칼리 프로젝트였어. 입사한 후 3년 동안 내가 했던 협상들이 모두 게임일 뿐이었어. 훈련이었어. 내가 잠을 잤던 그 노신사가 우리 회사의 CEO야. 그것까지도 내가 넘어야 할 관문 같은 거였어. 훈련을 거치면서 내 몸 속의 짐승은 고양이에서 승냥이로, 승냥이에서 표범으로 변해갔고, 진정한 승부사가 되었어. 승부에 중독된 거지."

"그래서 자신을 배려하면서 살게 되었냐구요. 행복하냐구요."

칼리가 내 목을 감고 입술에 키스해왔다. 점점 더 꼬이고 있다. 정신의 순결도 육체의 순결도 없는 여자와 남자가 정사를 벌인다. 승부에 중독이 된 여자가 승부욕 없는 남자를 안고 있다. 내 몸에서 쾌락의 신음소리가 흘러나오면 나올수록 나의 몸은 황량해진다. 내 사랑은 점점 더 수렁으로 빠져들고 있다. 정말 기분 더럽다.

여행은 일주일 만에 끝이 났다. 파라다이스를 나서는데, 노부부는 우리의 차가 오솔길에서 사라질 때까지 배웅을 해주었다. 노부부가 작은 점이 되어 사라지자, 칼리는 카오디오의 재생 버튼을 누르며 말했다.

"나 내일 오후 출국이야. 이번에는 조금 오래 걸릴 것 같애."

무슨 일이든지 두 번째는 덜 당황한다. 레드 제플린의 음악을 들으며 밤길을 달렸고, 그녀는 파라다이스에서 호텔로 돌아갔다. 호텔 주차장 안에서 그녀가 오랫동안 내 손을 잡고 있었다. 가슴이 씀벅거렸다. 무슨 말인가를 해야 하는데 할 말이 없었다. "잘 다녀와요." 칼리가 나를 보며 웃는다. 저 선한 웃음을 가진 여자가 승부사란다.

오피스텔 주차장에 차를 주차시키고, 담배와 맥주를 사려고 편의점에 들어갔다. 담배 한 갑과 캔맥주를 사고, 돈을 지불하려고 지갑을 열었다. 지폐 사이에 수표 세장이 들어 있었다. 검은 비닐종이를 들고 오피스텔로 돌아왔다. 침대에 걸터앉아서 캔맥주를 마셨다. 그리고 생각했다. 나는 너를 잊을 수 있다. 기어이 나의 기억에서 지워버리겠다. 너의 목소리, 너의 머리카락, 냄새, 감촉 모든 것을 샅샅이 지워버리겠다. 내 몸 안의 고양이가 승냥이로 변태하는 순간이었다.

어둠 속에서 눈빛 형형한 고양이가 나를 노려보고 있다. 그 고양이는 창틀 위에 오도카니 앉아 있다가 나를 향해 달려든다. 새벽이 오기 전에, 새벽이 오기 전에, 나는 무엇을 해야 할까. 새벽이 오기 전에.

내가 잠들어 있는 이곳, 내가 숨 쉬고 있는 이곳이 지옥이다. 칼리가 살고 있는 이곳이 지옥이다. 나는 지옥에서 한 철을 보내고 있다. 한 발짝만 떼면 천국으로 가는 계단이 있다. 나는 그 계단을 밟고 싶었다. 그러나 칼리는 말한다. 천국으로 가는 계단 같은 것은 없다고. 천국 아니면 지옥이다. 눈빛 형형한 고양이와 함께 지옥에서 한 철을 즐기는 것이다.

'Stairway to heaven'을 들으면서 서서히 차의 속도를 높였다. 나는 파라다이스를 향해서 달리기 시작했다. 그곳에는 노란 국화 화분이 있고, 초록색 벤자민이 있고, 아름다운 노부부가 있다. 몸에서 술기운이 점점 올라오기 시작한다. 칼리가 나를 보고 웃는다. 칼리가 나의 입술에 입맞춤한다. 몸 안의 승냥이가 검은 나비가 된다. 승냥이는 표범이 되지 못하고 검은 나비가 된다. 한 발짝만 더 가면 천국이다. 불빛이다. 트럭의 불빛이 반딧불처럼 나를 향해 날아든다.

잘 있거라 노란 국화여, 지옥에서 보낸 한 철이여.

초록빛 오후

초록빛 오후

"음향아."

소리는 빛처럼 다가왔다. 환청 같기도 했다. 나는 걸음을 멈추어 서면서 속으로 되뇌인다. 음, 향, 아! 내가 "음향아!"로 불렸던 시절이 있었다. 아주 오랜 시간 동안 말이다. 쑥색 가디건, 찢어진 낡은 청바지, 어깨까지 부드럽게 흘러내린 머리칼에 카메라 가방을 어깨에 멘 남자가 부드러운 미소를 지으며 성큼성큼 걸어서 내 앞으로 다가왔다.

"음향이 맞지?"

그가 두 팔을 벌려 나를 안았다. 나는 봄날 오후, 경북 고령에 있는 가야박물관 잔디밭에서 기분 좋은 향수 냄새가 나는 남자에게 안겨 있다. 머릿속에서 빠른 속도로 과거의 순간순간이 꽃잎처럼 복원된다.

"음향아!"

극단 사람들은 나를 그렇게 불렀다.

"나 동욱이야. 조명 김동욱."

그는 나의 오른팔을 잡고 내 눈을 들여다보며 마치 스무 살 여대생에게 하는 것처럼 말한다. 하지만 나는 스무 살이 아니고 서른 두 살이다. 그리고 초여름 날씨인 5월의 오후다. 미풍도 없다. 머릿속에서는 밴드 '넬' 의 '초록비가 내리고' 라는 노래 가사만이 윙윙거린다. 초록비가 내리면 먼 길을 떠나리라. 김동욱 그래 그는 동욱이었다. 나는 그를 잊고 살았다. 그는 너무나 자연스럽게 나의 손을 잡고 나무 벤치로 향한다.

"커피? 콜라?"

동욱은 음료수 자판기에서 캔커피를 꺼내서 뚜껑을 딴 후 내민다. 툭, 무엇인가가 끊어진다. 빗장 열리는 소리. 나는 어깨에 메고 있던 가방을 나무 벤치에 내려놓고, 캔커피를 한 모금 마신다. 그가 내 앞에서 너무나 화사하게 웃고 있다. 그는 운동으로 단련된 탄탄한 체격을 갖고 있었고, 얼굴선이 단정하게 다듬어져 있다. 그의 뺨을 쓰다듬어 보고 싶다. 스무 살에서 서른이 되는 십년 동안에도 사람은 쑥쑥 크는구나.

"그런데 여기는 웬일이야?"

"내 직장이 민속박물관이야. 민속학회에 낼 원고를 쓰려고 민화 조사 왔어."

"민화? 민화는 뭐고, 민속박물관 직원은 또 뭐냐?"

그는 민화라는 말을 처음 들은 사람 같은 표정을 지었다. 어디서부터 이야기를 시작해야 할까. 지금 그와 나 사이에는 정확히 십년이라는 시간의 강이 흐르고 있었다.

"그럼, 넌 지금 뭐하는데?"

“뭘하긴. 연극하지. 나는 그냥 연극해.”

“어떻게 그럴 수가 있지?”

“뭐가 어떻게 그럴 수가 있어. 나는 하던 거 계속했지.”

말도 안 된다는 생각이 들었다. 어떻게 연극을 계속할 수가 있지?

“어디서? 어디서 연극을 한다는 거야? 왜 나는 한 번도 네 소식을 못 들었는데?”

“청주에서 사니까. 군대 제대하고 나서 청주에서 연극을 계속했어.”

“배우가 된 거야?”

“배우는 무슨 배우. 그냥 조명보고 가끔 연출도 하고 그래.”

“진짜? 진짜 조명을 계속한단 말야? 그럼 뭐 먹고 사니?”

“뭐 먹고 살긴, 밥 먹고 살지. 그러는 너는 밥 안 먹고 술 먹고 사냐? 그렇게 황당한 표정 짓지 말고 좀 웃어봐. 군대 동기 중에 연극하는 친구가 있었는데 청주가 고향이었어. 같이 제대를 했는데 마땅히 갈 극단도 없고 해서 그 녀석 따라 나섰다가 주저앉았어. 생각나지? 커피가 있는 풍경. 그 카페 내가 인수했어. 다 망해서 철거 직전에 헐값에 인수해서 장사를 시작했는데 지금은 제법 잘 돼. 그리고 보니까 벌써 4년이나 됐네.”

“커피가 있는 풍경이 지금도 그대로 있단 말이야? 우리 전국연극제 공연 왔다가 밤새워서 술 마셨는데. 그 카페 나무 기둥에 우리 이름 써 놨는데. 커다란 노란 배가 있었어. 정말 멋진 카페였어.”

‘파란달이 빛나던’, 노래 가사가 윙윙거린다. 언젠가 이곳에서 동욱과 이런 대화를 한 것 같은 생각이 든다.

나는 동욱과 함께 천천히 박물관 내부를 관람했다. 민화도 몇 점 있고, 청동거울도 있었다. 동욱이 자연스럽게 내 어깨에 팔을 두르고 걸어서, 십년 만에 그를 만난 것이 아니라, 십년 동안 계속 사귀어 온 것처럼 익숙했다. 이십대 초반 거의 삼년 동안 우리는 매일 붙어 있었다. 학교를 가는 월요일에서 금요일까지, 그리고 토요일 오후, 그리고 일요일. 다시 월요일. 극단 사람들과 함께 혹은 우리 둘이. 어두컴컴한 조명실에 누워서 '올훼스의 창'이나 '불새의 늪' 같은 만화를 보거나, 그의 스쿠터를 타고 녹야원에도 갔고, 담양호도 갔고, 앵남역까지 자전거 하이킹도 갔고, 댄스 음악이 흘러나오는 롤러장에서 롤러 스케이트도 탔고, 가끔씩 나이트클럽에서 기차놀이도 했다.

그리고 순식간에 이별했다. 그때는 이별인지도 몰랐다. 애인이 아니었으므로, 울부짖음이나 서글픈 이별 장면도 없이 그렇게 순식간에 헤어져 버렸다. 그리고 믿어지지 않게 십년 동안 단 한 번도 마주치지 않았다. 삼년 동안 단 하루도 빠지지 않고 만나던 사람들이, 헤어진다는 서약도 없이 헤어져 버린 채 그리워하지도 않고 잘도 살아왔다. 낡은 사진첩에, 연극 팜플릿에 그와 나의 사진이 남아 있을 뿐이었다. 스텝. 조명 김동욱. 음향 이라희.

*

극단 '터'는 J대 후문 맞은 편 2층에 있었다. 1층에는 '쟈댕' 커피 전문점이 있었고, 2층이 극단이었다. 계단을 올라가서 2층 문을 열고 들어서면 작은 사무실과, 40평가량의 소극장이 있었다. 사무실 옆에 나무로 만들어진 조야한 계단이 있었다. 한 사람의 몸무게를 겨우 지탱할 수 있는 삐걱거리는 그 계단을 올라서면, 한 평 남짓한 조명실이 있었다. 조명실 안은 오디오 장치가 되어 있었고 LP 음반들과 테이프들, 그리고 카키색 군용 담요가 놓여 있었다. 사람 둘이 앉으면, 몸을 움직이기도 힘들만큼 좁은 공간이었다. 그곳에서 나는 그를 만났다.

동욱은 기계공학과 2학년이었고 나는 국문과 2학년 동기였다. 그는 내가 극단에 오기 전부터 조명, 음향, 의상, 라면 끓이기 등등을 도맡아 하는 스텝이었다. 그 스텝에 대학 2학년이었던 내가 합류했다. 동욱은 나를 위해서 조명실에 형광등을 달아주었다.

"왜 학교 연극 써클에서 활동 안하고 여기로 왔어?"

동욱은 갈색 머그잔에 커피믹스를 타서 건네주면서 물었다.

"짤렸어. 써클룸에 있으면 하루에 열 번 이상 듣는 말이 사회 구조적인 모순이라는 말이었어, 처음에는 그냥 견뎠거든? 선배들은 어떤 이야기를 하건 간에 결국 사회 구조적인 모순이라는 말로 끝을 내는 거야. 내가 커피를 마시는 것도, 핑크플로이드의 음악을 듣는 것도 사회 구조적인 문제래. 정말 그 말에 진력이 나는 거 있지. 지루한 걸 넘어서서 돌겠는 거야."

"핑크플로이드를 듣는 게 사회구조적인 모순과 관계가 있다고?"

"나, 일 년 동안 마당극도 하고 집체극도 했어. 조명도 없고, 음향도 없고, 분장도 없고. 햇빛이 숨이 막혔어. 햇빛이 너무 숨이 막히는 거야. 햇빛, 바람, 땅 이런 거. 땅이 무대인 거 난 정말 숨이 막혔어. 난 햇빛보다 인공조명이 있는 진짜 무대가 좋아. 무대에서 나는 냄새가 좋아. 써클룸에서 콜렉터 대본 연습하다가, 연출형한테 들켰어. 그 형이 뭐라뭐라 잔소리를 하고 나서 사회구조적인 모순이라는 말로 말을 끝내는데, 너무나 눈물이 났어. 우리 엄마가 연극영화과 원서 못 쓰게 해서, 서러워서 흘리던 그런 눈물 말야. 그냥 너무너무 눈물이 나는 거야. 그날 소주 두병 마시고 취해서 써클룸 소파에서 자면서 생각했어. 무대만 있다면, 어디엔가 내가 아는 무대만 있다면 다른 건 상관없다고.”

“짤린 게 아니네 뭐.”

“어쨌거나 짤렸어. 마당극 캐스팅에서 빠졌어. 이거 볼래?”

나는 가방에서 낡은 오델로 대본을 꺼내서 동욱에게 보여주었다.

“오델로구나.”

“음. 고등학교 때 2년 동안 리딩 연습한 책이야. 우리 단장님이 나 고등학교 때 연극반 선생님 대학 후배야. 시립극단 해체되기 전에 단장님이 연출하신 작품 거의 다 봤어. 나는 데스데모나를 제일 해보고 싶어.”

“그렇구나. 네가 데스데모나를 하면 정말 멋있겠다. 너 오델로 공연 정말 본 적 있어?”

“시립극단 있었을 때, 대극장에서 봤는 걸. 나 대극장 조명실도 가 봤어. 정말 넓고 유리창도 아주 커. 극단 창고에 시립극단 의상 있는데 몰랐어?”

“정말 셰익스피어 의상들이 있단 말야?”

“시립극단 해체되고 나서 극단 의상이랑 소품들이랑 모두 여기 있는데 가 볼래?”

동욱의 몸은 거의 춤을 추는 것 같았다. 먼저 계단을 내려간 동욱은 거의 안다시피해서 나를 끌어내렸다.

"창고 구경해도 되는지 단장님께 허락받고 올게."

동욱은 사무실로 뛰어갔다. 5월이었다. 그의 몸에서 약간의 땀냄새가 났다. 창고에는 라면 박스가 차곡차곡 쌓여 있었다. 동욱은 라면 박스를 열면서 흐억흐억 소리를 질러댔다. 마치 보물을 찾은 소년 같았다.

"진짜 셰익스피어 시대 의상이네. 와 진짜 줄리엣 의상이다. 흐억."

그는 먼지가 켜켜이 앉아 있는 가슴이 넓게 파인 보라색 드레스를 내 몸에 대 보았다. 그리고 두 개 정도의 상자에서 LP 디스크와 카세트테이프를 발견했다. 그는 거의 숨도 쉴 수 없는 지경이었다. 우리는 라면 박스를 안고 옥상으로 올라갔다.

초록비가 내리면.

5월이었다. 매캐한 최루 가스 냄새가 공기에 떠돌았다. 5월 내내 거의 하루도 빠짐없이 시위가 이어지고 있었다. 동욱이 세숫대야에 물을 떠왔다. 우리는 최루가스가 섞인 바람을 맞으면서 옥상에서 음반과 카세트테이프를 닦았다. 카세트테이프에는 검은색 만년필로 공연 제목과 공연 날짜, 노래 제목이 적혀 있었다.

"오델로, 베니스의 상인, 멕베드, 갈매기, 신의 아그네스, 흐억… 넌 정말 이 공연들을 모두 봤어?"

"내가 제일 좋아하는 작품은 윤조병의 휘파람새야. 전국연극제 할 때 봤거든. 정말 너무 너무 환상적이었어. 그날 내가 찍은 사진 보여줄게."

동욱은 거의 일주일 동안 조명실 벽에 나무로 책꽂이를 만들었다. 그리고 카세트 테이프와 LP디스크들을 정리했다. 완벽한 우리만의 공간이었다. 그가 나에게 장미꽃을 선물하면 나는 그 꽃들을 천장에서 말렸다. 천장에는 장미꽃밭이 만들어지고 있었다.

한 달에 일주일 정도는 공연이 있었고, 나머지 시간은 연습을 했다. 공연이나 연습이 없는 날에도 수업이 끝나자마자 우리는 극장으로 왔다. 우리는 공연 때 자연스럽게 조명과 음향을 했다. 그래서 나는 음향아가 되었다. 누구든지 나를 "음향아" 하고 불렀다. 음향 연습은 오펜바흐의 '천국과 지옥'이라는 곡으로 했다. 처음 몇 번은 동욱이 가르쳐주었다. 적막한 극장. 서서히 조명이 켜지면, 아주 서서히 볼륨을 올리는 것이다. 동욱이 내 엄지와 검지에 자신의 손가락을 대고 천천히 볼륨을 올리면 아주 미세한 떨림이 전해져 왔다. 그가 오른손으로 조명을 천천히 켜면서 "이렇게 서서히 올리는 거지."라고 말을 하면 온 몸이 근질근질했다. 어느 날인가 그가 내 입술에 입을 맞춘 적도 있지만, 키스를 한 기억은 없다. 우리는 좋은 동료이자 친구였다. 그 좁은 공간에서 그의 팔을 베고 누워서 책을 읽었던 것도 같은데, 그와 첫 키스를 하지는 않았다.

나는 고등학교 때 정말 우연하게 연극을 하게 됐다. 정말 우연하게. 특별활동 시간에 원하는 반을 쓰는데 연극반을 썼다. 그것은 방송반이어도, 걸스카우트여도, RCY여도 아무 상관이 없었다. 어차피 입시 위주의 인문계 여고였고 특별활동을 할 만큼 한가하지 않았다. 특별활동 시간에는 볼펜 두 개를 손가락에 끼우고 연습장을 까맣게 메꾸는 수학 깜지를 썼다. 일 년에 단 한 번의 모임도 없었다. 그런데 연극반만 달랐다.

연극반 선생님이 국어 선생님이었는데, 너무나 연극을 사랑했고, 연극반을 사랑했다. 그것이 문제였다. 연극반은 20여 명 정도였는데, 3월에 처음 선생님과 함께 R시립극단 공연을 보러 갔다. 대극장에서 오델로를 보았는데, 온 몸이 전기에 감전된 것처럼 숨을 쉴 수가 없었다. 정적에 싸인 객석의 냄새, 자줏빛 커튼콜 무대. 데스데모나의 분홍 드레스. 고등학교 3년동안 황석영의 '산국'과 유치진의 '처용의 노래', 단두 작품을 했지만, 나는 심장이 아플 만큼 연극을 무대를 사랑하게 되었다.

고등학교 2학년 때 동랑연극제에 유치진의 '처용의 노래'라는 작품으로 출전을 했다. 나는 처용의 아내인 '가야' 역을 맡았다. 춤이 들어가는 작품이었다. 그때 단장님은 R시립 극단의 연출자였는데, 극의 안무를 짜 주고 춤을 가르쳐주었다. 그리고 남산에 있는 드라마센터 대극장에서 열리는 공연장까지 따라와 주었다. 분장실은 삼십여 명이 넘는 사람들이 뒤엉겨서 난장이었다. 분장은 거의 삼십여 분 동안 했다. "감아." "떠." "감아." "떠." 가 계속되었다. 나는 눈을 감았다 떴다를 반복하다가 순식간에 깜박 졸았다. 깜짝 놀라 눈을 뜨자 단장님의 손길이 콧등 위에서 계속되고 있었다. 객석의 반응은 폭발적이었고, 우리는 연극제에서 대상을 받았다.

연극영화과를 가고 싶었지만, 어머니의 반대로 결국 연극영화과 원서를 쓸 수 없었다. 어머니는 내 생일날이면 생일 떡에 칼도 못 대는 소심하고 검약하게 살아가는 분이었다. 매일 새벽 기도를 다니고 우리 자매가 초등학교 때 선물한 종이 카네이션을 아직도 간직하고 있는 분이

셨다. 여름이면 내 교복을 매일 빨아서 다림질해 주었고, 있는 듯 없는 듯, 가족을 위해서는 무엇이든지 해 줄 것 같았다. 그런데 어머니는 의외로 완강했다. 처음 드러나는 어머니의 욕망이 낯설고 선득했다. 나는 강력하게 의견 한 번 제시하지 못했다. 어머니와의 불화를 견뎌낼 자신이 없었다.

그러나 불은 이미 몸 안에 들어와 있었다. 결국 국문학과에 원서를 쓰고 나서 몸을 추스르지 못할 정도로 기력이 떨어졌다. 어머니는 긴장이 풀려서 그런다고 하얀 사골 국물을 내 주었지만 사골 국물을 모두 토해내고 말았다. 밥을 토해내고 죽을 토해내고 물을 토해내고 노랗고 쓰디쓴 액이 목에서 넘어왔다. 미지근한 물을 계속 넘기면서 영양제를 맞았다. 자리에서 일어났을 때 몸에는 뼈만 남아 있었다. 보송보송한 젖살이 모두 사라져버렸다.

태어나서 처음으로 무엇인가를 포기했다. 누가 강요하거나 가르쳐주지 않았다. 불화를 피할 수 있는 선택을 했다. 그러나 몸에서 불을 없애는 것이 마음대로 되는 것은 아니었다. 그때도 심장이 아팠고, 마당극을 할 때도 심장이 아팠고, 너무나 막연했지만 배우가 될 수 없으리라는 것을 이미 알고 있어서 심장이 아팠다. 대학 학과도 갈 수 없었는데, 대학 졸업 후에 연극배우가 된다는 것은 너무도 막연한 일이었다.

배우가 아니라도 좋았다. 극단 사람들이 좋았고, 무대가 좋았다. 연습하고 나서 마시는 술자리도 좋았고, 사회구조적인 모순이라는 말을 안 들어서 좋았고, 정밀하게 음악을 들을 수 있어서 좋았다. 연습이 없는 오후, 동욱은 나를 위해서 음악을 선곡해서 틀어주었다. 극장 안에 쾅쾅

울리는 음악들, 나는 그가 틀어주는 들국화의 '행진'을 너무너무 좋아했다. "나의 과거는 힘이 들었지만~~"에서 볼륨이 커다랗게 올라갔다. 동욱만이 할 수 있었다. 전인권 아저씨가 와서 음악을 틀어도 그만큼 멋지게 틀 수는 없을 것이다.

그리고 내가 사랑하는 사람이 또 한 명 있었다. 불문과 대학원에 다닌다는 동욱의 형이었다. 이름은 잘 기억이 안 난다. 동욱은 나를 위해서 그의 형의 책들을 몰래 빌려주었다. 장 그르니에의 '섬'과 랭보의 '지옥에서 보낸 한 철'이라는 책도 동욱 형의 책이었다. 시인과 촌장의 '가시나무'를 들으면서 '섬'을 읽는데 감미로웠다. 책에는 간간이 굵은 연필로 밑줄이 그어져 있었는데, 밑줄이 나타나면 나 혼자서 감격을 했다. 가만히 있을 수가 없었다. 그래서 연필로 밑줄이 그어져 있는 문장 옆에 토끼 한 마리를 그려놓았다. 동욱의 형에게 무엇인가 내가 그와 소통하고 있다는 것을 알리고 싶었다. 그 다음날 동욱은 형으로부터 준엄한 경고와 꾸지람을 들었다고 했다. 그래도 동욱은 계속 책을 빌려주었고 그 형은 모른 척했다.

한 가지 믿어지지 않는 사실은 우리가 스쿠터를 타고 한 시간 쯤 달리면 작은 시골마을이 나왔는데 그 시골길에 무궁화가 피어 있었다. 우리나라 꽃, 무궁화 말이다. 우리는 그 무궁화 아래 앉아서 캔커피를 마셨다. 그리고 가끔씩 무궁화가 떠올랐다. 하다 못해 코스모스나 해바라기도 아니고 무슨 무궁화람.

　*

　동욱과 나는 전시관 관람을 모두 끝내고 밖으로 나왔다. 가야 박물관에는 5세기 경의 금동관이 있다. 햇빛은 쨍쨍했고 나무들은 초록빛으로 빛나고 있었다. 초록비가 내리면. 동욱은 내 손을 잡고 성큼성큼 걸었다. 누군가와 손을 잡고 걷는 것이 얼마 만일까. 아까 캔커피를 마셨던 의자로 다시 돌아왔다. 그가 캔커피를 빼 주었다.

　"오늘 스케줄이 어떻게 돼?"

　동욱은 담배에 불을 붙이며 물었다. 담배를 피는구나. 그가 피우겠느냐는 뜻으로 담배갑을 내밀었다. 나는 싫다는 뜻으로 고개를 저었다.

　"내일까지는 시간이 있어. 고령에 처음 온 거라서 찬찬히 돌아보고 싶은 곳도 있었고, 하루 여기서 묵으려고 했어."

　"그럼 나랑 같이 우리 가게 가서 술 한 잔 하고 우리 극장도 보고 같이 자자. 뭘 그렇게 놀래. 작은 아파트지만 둘이서 자는 건 문제없어. 소파를 침대로도 쓸 수 있거든. 참 너 결혼했니? 박물관 직원이 됐다니까, 결혼을 했을 수도 있겠네."

　"그게…"

　"그게 뭐, 진짜 결혼이라도 한 거야?"

　"결혼을 했다가 헤어졌어."

　"와, 이 녀석 진짜 할 건 다했네. 결혼은 누구랑 했는데?"

　"당연히 네가 모르는 사람이랑 했지."

　"연극판에 있는 사람이랑 한 게 아니란 말이지? 너야말로 어떻게 그럴 수가 있냐. 정말 완벽하게 연극판을 떠났네. 어떻게 그게 가능했어?

연극 없이 살 수 있었어?"

"그렇게 됐어. 일년 정도는 거리에서 연극 포스터만 봐도 가슴이 울렁거리고 눈물이 쏟아져서 아예 공연을 볼 수가 없었어. 그런데 그렇게 연극 없이도, 아니 연극을 안 보고도 살아지더라."

"왜 그래야 하는데?"

"너도 떠나고, 극장도 없어지고, 단장님도 떠나시고, 친구들도 없어지고, 대학원을 가고, 그냥 그렇게 됐어. 참 우리가 토요일 오후에 갔던 지실 마을말야. 거기 정말 무궁화꽃이 있었어? 가끔씩 꿈에서 무궁화꽃을 봤어, 그거 진짜 무궁화꽃이었어? 부용이나 뭐 그런 꽃 아니야?"

"무궁화꽃 맞아. 우리가 음료수 사서 마시던 상점 옆에 피어 있던 거 흰 무궁화꽃이었어. 너는 박물관 직원이 되더니 멋진 말만 하는구나. 민화니 부용이니, 부용이 꽃이름이냐? 무당 이름같다야."

"꽃이름이야."

초록비가 내리지도 않는 5월의 오후였다. 나에게 무슨 일이 일어나고 있는 걸까? 반나절 전까지 선명하게 얼굴도 기억할 수 없었던 남자, 이 남자에게 느끼는 이 친밀감과 심장이 떨리는 아픔은 무슨 이유일까? 첫사랑의 남자를 만났어도 이렇게 가슴이 아프지는 않을 것 같았다. 이상하게 가슴이 쓸벅거렸다. 거리에서 연극 포스터를 보기만 해도 눈물이 줄줄 흘러내리던 나의 스물네 살이 떠오른다. 극단 터의 조명실에서 보낸 나의 3년. 셀 수도 없이 많이 들었던 오펜바흐의 '천국과 지옥', 그리고 들국화의 '행진'. 누군가와 격렬한 언쟁 한 번 없이 고요하게 포기했던 연극이었다. 그리고 포기한 후, 단 한번도 넘겨다본 적이 없는 세상이었다. 어정쩡하게 발을 담그고 살 수는 없었다. 세상의 많은 일들이 그렇지만 연극도 나의 전부를 원한 것들 중의 하나였다. 연극은 나에게 크고 작은 불화를 요구했고, 불화에 굴복했다. 힘이 없었다. 나는 부모님과의 불화를 견뎌낼 자신이 없었다. 그리고 동욱도 없었다.

동욱은 주차장으로 향했다. 그가 운전석에 오르며 말했다.

"같이 가자. 너 나랑 술 안 마시고 지금 헤어질 수 있어? 그럴 수는 없는 거야. 네가 그랬잖아. 우리 청주로 공연 왔을 때, 다음에 다음에 커피가 있는 풍경 윗층에 소극장을 짓고 그렇게 살고 싶다고. 우리 가게 윗층이 소극장이야. 소극장 이름도 커피가 있는 풍경인데."

"정말? 말도 안 돼."

"뭐가 말이 안 돼. 너는 결혼도 하고 이혼도 했다며. 그런데 그깟 소극장 하나 들어서는 게 뭐가 그렇게 대단한데?"

"연극은 누구나 하는 게 아니잖아."

"너도 3년이나 했었어. 세상에 연극하는 사람 많아."

"지금 그런 뜻으로 하는 말이 아니잖아."

"알아. 그렇게 좋아하는 걸, 왜 안 보고 살았니?"

그가 내 손을 잡아끌었다. 차는 부드럽게 출발했다. 낡은 차였지만, 차 안은 단정하고 다정했다. 카세트테이프가 가지런하게 정리되어 있었고, 테이프에는 단정한 필체로 음악들이 정리되어 있었다. 빌리 조엘도 있고, 김광석도 있고, 크랜베리스도 있었다. 차 안에 흐르는 곡은 전람회 1집에 있는 '여행'이었다. 고령에서 청주로 가는 고속도로를 탔다. 차창 밖으로 바람이 불었다. 동욱은 음악에 맞추어서 가볍게 몸을 흔들었다.

"결혼은 몇 살에 했어?"

"스물일곱에."

"참 일상적으로 살았네. 이혼은 왜 한 건데?"

"중매로 만난 사람이었거든. 좋은 집안의 장남이었어. 좋은 사람이었
는데, 내가 불임이었어. 나는 불임이라는 게 이혼을 해야 할 만큼 치명
적이라는 생각을 못했는데, 시부모님한테서 이혼을 강요당했어. 그 사
람 나랑 이혼하고 일 년 후에 재혼했어."

동욱이 나를 한번 바라보고 담배에 불을 붙였다. 우리는 반나절 만에
십년 동안 있었던 우리들의 인생을 복습하느라 진을 빼고 있었다. '여
행'을 듣고 있노라니 그동안의 모든 피로가 녹아내렸다. 내가 의자에
등을 기대는데 그가 갓길에 차를 세웠다. 그리고 나를 안았다. 두 팔로
품에 안아주었다. 그리고 오랜 연인처럼 머리를 쓰다듬어 주었다. 나는
반쯤은 체념 상태였다. 그가 나를 '음향아'라고 불렀을 때, 스물 두 살
의 상처 없는 영혼이었던 내가 불려나왔다. 놀란 눈동자를 하고 물기 어
린 눈동자를 하고, 다정한 설렘과 익숙함으로. 그가 나의 등을 토닥이는
데, 대체 이게 무슨 일인가, 역증이 나면서도 이대로 울다가 잠이 들고
싶어졌다. 나는 그를 사랑한 기억이 없었다. 가끔씩 터의 조명실이 너무
너무 그립다는 생각은 했지만, 그를 그리워해 본 적은 없었다. 그런데
만난 지 불과 반나절도 못 되어서 오랜 사귄 옛 연인을 만난 것처럼 나
는 무너지고 있었다.

나를 온전하게 드러내 보일 수 있는 친한 벗과 재회한 것이다. 많은

시간을 도란도란 말을 하면서 보낸 벗 말이다. 그는 나에게 음향을 가르쳐 주었고, 장 그르니에를 가르쳐주었다. 커피를 타주었고, 캔 커피를 뽑아주었다. 저녁이면 스쿠터로 집까지 바래다주었고, 무엇보다 사회구조적인 모순이라는 말을 하지 않았다.

*

연극 연습이 있는 날이면, 때때로 새벽 두시에 동욱의 스쿠터를 타고 대학 후문에서 정문을 가로지르기도 했다. 캠퍼스에는 운동권 학생들이 집회 훈련을 하고 있었다. 쇠파이프를 들고 머리를 삭발한 학생들은 열을 맞추어서 달리기를 했다. 놀랍게도 그들은 쇠파이프로 나무를 때리면서 싸움 연습도 했다. 여름에는 조폭들처럼 윗옷을 벗고 뛰기도 했다. 새벽 세시 반경에 포장마차에서 옆자리에 앉은 땀에 흠뻑 젖은 낯선 학생들과 "원샷!"을 함께 외치면서 소주잔을 단숨에 들이키고, 함께 '광야에서'를 부르기도 했다. 숱하게 많은 노래, 노래, 노래들. 노래로만 기억되는 그 시절, 그 새벽. 밤하늘에 떠있는 파란 달.

그 시절이 아니었다면, 나는 대학 연극 동아리에서 테네시 윌리엄스의 '유리동물원'을 공연했을 수도 있다. 그러나 나는 그 시절에 대학을 다녔고, 심장에 비밀을 숨기고 있었다. 은밀했다. 순수 예술을 꿈꾼다는 것에 죄책감을 강요하는 시절이었다. 서정시를 쓰기 힘든 시대. 살아남은 것이 죄가 되는 시절. 사무엘 베케트를 공부하는 강의실 유리창에 깨진 달걀이 흘러내리던 시절. 수녀님들이 신문을 깔고 거리에 앉아서 성가를 부르고 신부님들이 머리를 삭발하고 거리를 뛰어다니던 시절, 대학 안이 아니고 시내 한복판에서 가두투쟁이 벌어지고 있어서, 이념과 상관없이 누구든지 함께 뛰어야만했다. 나는 환각에 시달린다. 검은 수사복을 입은 수사님이 화염병을 던지고 쇠파이프를 들고 뛰어다녔다는 환각. 삭발한 신부님이 전경과 몸싸움을 했다는 환각. 누구에겐가 묻고 싶어지기도 한다. 시위대 앞에 서 계시던 신부님들이 사제복을 입고 있었나요? 라고. 신부님을 향해서 최루탄을 쏘던 대학생 전투경찰은 얼마나 공포스러웠을까. 서서히 목이 졸려서 죽어 버릴 것만 같았던 시절. 분신 정국의 그 도시는 가쁜 숨을 내쉬는 펄떡거리는 한 마리 짐승이었다.

사회구조적인 모순이라는 말이 없는 땅을 골라 딛고 있었지만 그 은밀하고 고요한 시간은 그렇게 길지 못했다. 내가 많은 것을 바란 것도 아니었다. 무대 위를 탐한 것도 아니었고, 화려한 조명을 받는 것을 탐한 것도 아니었다. 지상의 작은 천국, 무대 위의 작품에 생명을 불어넣어 주고 싶었다.

나와 동욱은 극의 흐름을 깨지 않고 이끌어 갈 수 있는 스탭이 되었다. 단장님은 배우가 아닌 스탭을 하면서 진정으로 무대를 즐길 수 있는 우리에게 분에 넘치는 칭찬을 해 주었다. 우리가 겨우 스물두 살이라는 사실에 새삼 놀라면서.

극단의 고정 레파토리 중의 하나가 존 파울즈 원작의 '콜렉터' 였다. 여주인공 미란다가 슬립 차림으로 등장해서 끊임없이 외설 시비에 시달리던 작품이었다. 밤새 포스터를 부쳐 놓으면, 다음날 아침 누군가가 포스터를 찢어놓거나 포스터에 붉은색 스프레이로 엑스자를 그어놓았다.

사회구조적인 모순을 그리지 않은 작품이어서 그랬다. 붉은 스프레이로 엑스자를 그려놓은 포스터를 보는 일은 얼굴에 찬물을 끼얹은 것처럼 모욕적이었다. 고등학교 때 같이 연극을 했던 한 친구는 학교 연극 써클에서 까뮈의 '이방인'을 공연했는데, 누군가가 교내에 걸린 플래카드에 가위질을 해놨다고 전화로 울먹거렸다. 까뮈의 '이방인'이 사회구조적인 모순이 없어지는 사회가 되는 걸 방해하는 것도 아닌데.

스카치테이프로 붙인 포스터가 자꾸 훼손을 당하자, 동욱과 나는 밤 1시부터 4시까지 포스터를 붙이고 다녔다. 포스터에 풀을 칠해서 벽에 붙이는 작업이었다. 동욱의 스쿠터를 타고 돌면서 작업을 했다. 동욱이 벽에 풀칠을 하면 나는 그 위에 포스터를 붙였다. 공연이 있기 거의 이 주일 전부터 매일 포스터를 붙였다. 포스터 붙이는 일이 끝이 나면 그와 밤거리를 달려서 집으로 돌아왔다. 밤풍경은 소나무 향기가 났다. 다음 날 수업을 하려면 조금 힘은 들었지만, 온 몸에서 휘파람 소리가 나는 것처럼 명랑한 시간들이었다. 무대가 있었고 동욱이 있었다.

기적 같은 일이 일어났다. 소극장이어서 큰 작품은 할 수 없었는데, 전국연극제에 출품할 윤조병 희곡의 '휘파람새'를 공연할 수 있게 되었다. 환상적이고 아름다운 무대였다. 나는 처음으로 음악을 직접 선곡할 수 있었다. 손끝의 떨림. '휘파람새'는 전국연극제에 나가게 되었고, 그 해 청주에서 공연이 있었다.

5월이었다. 2박 3일의 여정으로 떠난 공연 여행이었다. 나는 나팔 청바지에 스판 티셔츠를 입고 갔다. 버스 뒷좌석에 동욱과 함께 앉았다.

"축하해. 우리 형이 네가 선곡한 음악들이 멋지대."

“너의 형이 나를 아니?”

“그럼. 너를 바니걸즈라고 하잖아. 너의 책읽기가 감수성 있대.”

“정말?”

동욱이 가방에서 무엇인가를 꺼냈다.

“또 하나의 축하 공연이야. 우리 형이 공연 잘하라고 너한테 주는 선물이야.”

청하출판사에서 나온 장 그르니에의 ‘섬’이었다. 사이사이 내가 그려놓은 토끼가 서너마리 되었다. 나는 표지 앞뒤를 샅샅이 살폈다.

“뭐, 글 같은 거 없어? 선물이라며?”

“우리 형이 조금 그래. 까다롭고, 누가 자기 책 만지는 거 경기 일으킬 것처럼 싫어하고. 자기가 읽던 책 선물한 게 네가 처음일 수도 있어. 그러니까 더 이상의 기대는 하지 마. 토끼 찾아봐, 어디엔가 한 마리쯤 더 그려져 있을 수도 있겠지.”

조금 실망스러웠지만, 나는 그 책을 가슴에 꼭 안았다. 나도 언젠가는 촛불을 밝히고, 인도향을 피우고, 글을 쓰거나 여행을 다니면서 살 것이라고 다짐했다. 푸른 도나우강 옆에서 장 그르니에의 ‘섬’을 읽을 것이라고. 카리브해의 블루 홀을, 바이칼 호수를 보러 갈 것이라고. 포도주빛 지중해가 바라다 보이는 카페에서 와인을 마시리라고. 내가 커다란 꿈을 꾸고 있다고는 생각하지 않았다. 나는 겨우 스물 두 살이었다.

청주에 들어서는데 가로수가 인상적이었다. 공연장 가까운 곳에 숙소를 잡았다. 저녁을 먹고 10시까지 자유 시간이었다. 동욱과 나는 청주 시내로 나갔다. 특별한 계획이 있는 것은 아니었다. 최루가스 냄새가 없는 것만으로도 좋았다. 시간은 한 시간 정도 있었다. 낯선 도시의 밤거리 냄새. 그가 내 어깨에 팔을 두르고 시내를 걸었다. 낯선 공기가 너무 좋았다. 그때 동욱이 2층에 있는 한 카페를 가리켰다.

'커피가 있는 풍경.'

"저기 가서 커피 마시다가 가자. 좋을 것 같애."

3층 건물인데 나무 계단이었다. 20평정도 되는 아름다운 공간이었다. 머리를 한 갈래로 묶은 주인아저씨가 우리를 반겨주었다. 벽에 램프가 켜져 있고 한쪽 벽에 노란 배가 있었다. 비틀즈의 'Yellow submarine' 이라는 곡이 생각났다. 잘 내려진 커피도 향긋했다.

"여기 3층에 소극장 짓고, 여기서 카페하면서 살면 좋겠다."

내가 말하자, 동욱이 어깨를 으쓱한다.

"이 낯선 도시에서?"

"가로수도 멋지고."

우리는 음악을 들으면서, 낙서를 했다. 공연을 앞둔 설레임과 극심한 피로감이 동시에 밀려왔다. 이렇게 큰 공연은 우리 둘 다 처음이었다. 그리고 소극장 이외의 공연장에서의 경험이 없었다.

"우리 잘할 수 있을까?"

"그럼. 조금도 걱정하지 마. 우리 둘이 함께하는 한 실수 같은 건 안 할 거야."

그때까지만 해도 내가 연극을 할 수 있는 시간이 얼마 남지 않았다는 사실을 모르고 있었다. 알았다 해도 어쩔 수 없었지만. 오전에 리허설이 있었다. 우리는 계단을 두서너 개씩 뛰어서 조명실로 달려갔다. 조명실에 들어서자, 동욱과 나는 모두 감탄사를 내질렀다. 가죽 의자가 있었고, 멋진 음향 시스템, 무엇보다 커다란 통유리를 통해서 무대가 한눈에 내려다 보였다. 쪽문을 통해서 바라보던 소극장 무대와는 완전히 달랐다. 가슴이 너무 세차게 뛰었다. 리허설이 시작되었다.

긴장이 되어서 아무것도 넘길 수가 없었다. 점심을 굶고 조명실에서 쿵쾅거리는 가슴을 진정시키면서 공연이 시작하기를 기다렸다. 막이 서서히 열리면서 스포트라이트가 들어왔다. 동욱이 나를 보고 환하게 웃었다. 하얀 레이스가 달린 우산이 빙글빙글 돌아간다. 빙글빙글 돌아가는 음악들. 공연은 시냇물 흐르듯이 자연스럽게 흘러갔다.

공연이 끝나고 배우들이 커튼콜을 하자, 박수 소리가 쏟아졌다. 동욱과 나는 자리에 서서 손을 꼭 잡았다. 가슴에서 알 수 없는 것들이 소용돌이쳤다. 무대만이 나에게 줄 수 있는 희열이었다. 무대가 아니고서는 그 어느 곳에서도 얻을 수 없는 충일함. 그날 밤, 우리는 저녁을 먹고 '커피가 있는 풍경'에서 쫑파티를 했다. 주인아저씨가 밥 말리의 '버팔로 솔저'를 틀어주어서 새벽 두시까지 춤을 추면서 놀았다. 초록빛이 빛나는 시간.

대학 4학년 겨울이 시작되고 있었다. 연극을 계속할 것인지, 취업을 할 것인지, 대학원을 갈 것인지, 갈등을 겪던 날들이었다. 그런데 나의 갈등은 전혀 다른 곳에서 엉뚱한 모양새를 띠고 나타난 사건으로 인해 일단락되었다. 극심한 자금난을 겪고 있던 소극장 '터'가 결국 문을 닫으면서, 단장님은 한 대학의 연극영화과 전임강사로 떠나게 되었다. 단장님은 어떻게든 소극장을 지켜내려고 극장을 운영할 수 있는 사람을 물색했지만, 결국 소극장은 문을 닫고 극단만 남게 되었다. 그리고 동욱에게 군대 영장이 나왔다. 소리 없이 무너져 내리는 것 같았다. 언젠가는 떠날 줄을 알았지만, 나의 작은 방, 지붕 아래 작은 방, 조명실이 없어져버릴 줄은 몰랐다.

극단 식구들은 울지 않았다. 새 단장님은 사무실을 구하러 다니고 몇몇의 단원들은 빠져나갔다. 나도 그 빠져나간 단원들 중 한명이다. 결국 나는 대학원 진학으로 진로를 결정했다. 그리고 내 인생에 민속학이라는 학문이 놓여 있었다.

소극장이 문을 닫고 한 달쯤 후 동욱과 나는 소극장으로 갔다. 계단을 올라서자 탁, 탁 공치는 소리가 들렸다. 문을 열자, 소극장이 당구장으로 변해 있었다. 다리에서 힘이 스르르 풀렸다. 나는 바닥에 주저앉아서 울었다. 특별히 무엇이 슬픈지 알 수 없었다. 아무리 노력해도 내가 갈 수 없는 어떤 길이 있는 것 같았다. 새로운 것에 대한 공포심이었을 수도 있고, 그것보다 연극은 여기까지가 끝이 아닐까, 나의 어떤 한 시절이 끝이 난 것이 아닐까. 동욱도 울었다. 소극장 내부를 꾸밀 때 동욱이 흙을 져날라서 만든 공간이었다. 결국 그 공간은 신기루처럼 우리에게 왔다가 사라져버렸다. 추억만 남긴 채. 파란 달이 빛나던.

동욱은 함박눈이 내리던 날 떠났다. 나는 이제 누구랑 밥을 먹고, 차를 마시고, 연극 이야기를 할까. 그가 탄 버스가 떠났다. 나는 버려졌다는 고약한 느낌이 들었다. 버려지지 않았음에도 불구하고 말이다. 나는 동욱에게 편지를 쓰면서 그렇게 살 수도 있었다. 그런데 정이 덜 떨어진 연극을 떠나는 나는, 아이에게 젖을 떼는 엄마처럼 나 자신에게 가혹하게 굴었다. 연극 대신에 어떤 그 무엇. 그 무엇을 위해 그저 노력하는 일만이 남은 것 같았다. 연극 포스터 앞에만 서면 가슴이 사무치고 눈물이 줄줄 흘러내리던 시간들도 모래시계처럼 스르르 끝이 났다.

*

카페 '커피가 있는 풍경'은 정말 그 자리에 그대로 있었다. 문을 열고 들어서자 노란 배가 있고, 테이블도 그대로였다. 머리카락을 하얗게 탈색하고 아랫입술에 피어싱을 한 남학생이 "형" 하면서 다가왔다. 나는 짧은 눈인사를 했다.

"저녁은 먹었니?"

"아까 먹었어요."

커피를 한 잔 마시고, 3층 소극장으로 올라갔다. 나는 천천히 문을 열었다. 40여평의 극장이었다. 무대가 있고 객석이 있었다. 가슴이 조금 떨렸다. 설렘과는 조금 다른 공포심이 섞인 떨림이었다. 운명적인 어떤 장면을 맞닥뜨렸을 때 느끼는 그런 공포심이었다.

"조명실 따로 있니?"

동욱이 내 손을 잡아 끌었다. 나무 계단을 올라서자 두 평 정도의 조명실이 있었다. '터'의 조명실보다는 더 컸지만, 십년 전의 그 공간과 냄새가 같았다.

"심장이 터질 것 같아. 넌 여기서 혼자서 조명을 봤니?"

"항상 혼자는 아니었지. 하지만 너처럼 좋은 파트너를 찾을 수는 없었어."

너는 나를 사랑했니? 라고 묻고 싶어졌다. 그것이 아니었다는 걸 알면서 말이다. 우리는 대체 왜 십년 동안이나 헤어져 있었던 거지? 라고도 묻고 싶어졌다. 내가 그렇게 고통스러운 시간을 통과하고 있었을 때, 왜 나를 찾아오지 않았느냐고도. 울고 싶어졌다. 무정하게 버렸던 나의 연극. 하지만 다정한 미래가 준비되어 있지도 않았다. 사는 게 고약하기 그지없었다.

"이리와 봐. 음악 틀어줄게."

그가 콧노래를 부르듯이 말했다. 그가 나의 손을 객석으로 이끌었다.

"여기 앉아서 들어."

오펜바흐의 '천국과 지옥'이 극장 안에 울려 퍼졌다. 나는 의자에 깊숙이 몸을 묻고, 영세를 받는 가톨릭신자처럼 눈을 감고 음악을 들었다. 극장은 신전이었다. 동욱이 등 뒤에서 나를 안았다. 가슴에서 뜨거운 것이 밀려왔다.

동욱의 아파트는 카페에서 차로 십분 정도 되는 거리에 있었다. 실내에 들어서자마자 몸이 흘러내릴 것처럼 피로했다. 하루 동안 너무나 많은 일이 있었다. 아파트 문을 열자 거실에 라벤다향이 배어 있었다. 내가 쓰는 인도향이다. 내부는 정갈했다. 침대, 소파, 그리고 컴퓨터가 놓여 있는 넓은 책상에 쓰다 만 원고들이 놓여 있었고, 책과 음반들은 벽에 선반을 만들어서 정리가 되어 있었다.

소파는 파란 천으로 씌워져 있었다. 소파에 앉자 익숙한 갈색 테디베어가 눈에 띄었다. 스물두 살 그의 생일에 내가 선물한 곰 인형이었다.

"너무 눈에 익어서 그 테디베어한테 말을 거는 날도 있다니까."

나는 고운 손때가 묻어 있는 낡은 테디베어를 품에 안았다. 마치 살아 있는 곰을 쓰다듬듯이 인형을 쓰다듬었다.

"저 쪽이 욕실이야. 샤워해. 여행 왔으니까 옷은 준비해 왔지? 없으면 내 셔츠 줄게."

"아냐. 옷 준비해 왔어."

남자 혼자서 쓰는 욕실은 단출하고 깔끔했다. 그는 살구향이 나는 비누를 쓰고 있었다. 샤워를 마치고 수건으로 머리를 감고 나오자 그는 빨간 셔츠와 트레이닝복을 입고 있었다.

동욱이 테이블 위의 찻잔에 허브티를 따랐다. 투명한 유리 주전자에 담긴 허브티의 색깔은 청아한 연둣빛이었다. 언젠가 이곳에서 동욱과 허브티를 마시면서 이런 대화를 한 것 같았다. 동욱과 헤어져 있었던 시간들이 혹시 환각이 아닐까. 꿈이 아닐까.

"허브티가 피로를 풀어준대. 한 잔 마시고 푹 자."

"나는 여자 화장 지운 모습을 보고나면, 갑자기 그 사람하고 친구가 된 것 같은 생각이 들어. 여자들은 화장을 지우면 정말 못 알아보겠어."

"동욱아, 나한테 물어보고 싶은 거 없어?"

"예전에는 있었지. 하지만 지금은 없어. 그냥 그때는 그랬겠지. 그때의 기분을 지금 설명한다고 해도 이해할 수도 없고. 그때의 네가 지금의 네가 아니잖아."

"그건 그래."

청아한 연둣빛의 허브티는 담백했다.

자꾸만 잠이 왔다. 왜 이렇게 잠이 올까. 나는 침대에 누웠다. 낡은 테디베어를 품에 안고, 얇은 면 이불을 목까지 끌어당겼다. 동욱이 내 가슴을 가만가만 토닥이는 것을 느끼면서 너무나 길고 혼곤한 잠 속으로 빠져들었다. 창 밖에 초록비가 내리고 있었다.

노란 잠수함

노란 잠수함

언제 봐도 다정한 부부다.

홍비는 그녀가 근무하는 백화점의 사보 편집 마감 때문에 한 달에 한 번 들르는 기획사의 사무실에서 커피 마시는 일을 좋아한다. 기획사와 인쇄소들이 밀집해 있는 골목에 있는 나무 기획은 직원이 단 둘이다. 남편이 사장, 아내가 편집 디자인을 하는데 원고를 넘기고 그 사무실에 앉아서 아내가 커다란 머그잔에 타주는 설탕이 많이 들어 있는 달콤한 커피를 마실 때면 비로소 한 달이 갔다는 것을 안다.

한 달이 흐르고 서른이 눈앞에 와 있다. 그들은 서로에게 아지랑이처럼 다정하게 말한다. 부부이자 동료인 그들의 일상적인 대화를 듣고 있으면 밤샘 피로를 더 극심하게 느낀다. 피로가 심하면 심할수록 커피향은 더 좋다. 사장과 삼십분쯤 일과 일상적인 이야기를 하고, 커피 한잔을 더 마시고 자리에서 일어선다.

지금이 금요일 오후 3시니까 홍비에게는 금, 토, 일 무려 3일이라는 시간이 있다. 아무리 호화로운 시간이 대기해 있어도 그녀가 하고 싶은 일은 단 한가지다. 그녀는 편의점에 들러서 맥주 몇 병과 색색의 과일, 마른안주, 담배 두 갑을 사고 만화 가게에서 만화를 빌려서 금영의 작업실로 향했다.

'스튜디오 노란 잠수함.'

금영의 작업실 이름이다. 아크릴로 간판까지 해 달았다. 금영은 충장로 한성극장 맞은편에 있는 오피스텔을 작업실로 쓰고 있는데, 그녀의 작업실에 들어서면 갑자기 고적한 절간에 온 것 같은 기분에 젖곤 한다. 노란 잠수함 문을 열고 들어서자, 익숙한 라벤다 인도향 냄새가 나고 조용한 명상 음악이 흐르고 있다. 헐렁한 마 원피스를 입은 금영은 머리에 보라색 스카프를 두르고 가부좌를 틀고 앉아 있었다.

"스카프 멋있네."

"영감이 안 와서, '사포' 처럼 보라색 스카프를 둘렀어. 조만간 영감이 올 거야. 그러니까 너도 같이 명상하자."

"아티스트인 너나 하셔요. 나는 일하고 와서 손가락 하나 들 힘도 없답니다. 어제 꼬박 밤 샜어. 피곤해."

홍비는 냉장고에 맥주를 정리한 후, 겉옷과 브래지어를 벗어서 옷장에 걸고, 금영의 집에 있는 마고자 비슷한 면바지와 소매 없는 헐렁한 윗옷을 입고 바닥에 깔려 있는 매트리스에 드러누웠다. 매트리스 위에는 귀여운 눈동자를 가진 커다란 곰인형이 있는데 곰의 허리를 베고 누우면 아주 편했다.

락스 냄새가 연하게 묻어났다. 금영은 작업이 안 풀릴 때마다 락스를 푼 물로 청소를 하는 것이 취미였다. 그래서 그녀 방의 모든 것은 반짝 반짝했고 홍비는 그 청결한 물건들을 보면 묘한 안도감을 느꼈다. 쾌적했다. 홍비는 누워서 만화책을 펼쳤다.

"금영아 음악 좀 바꿔줘. 너는 돈 안 벌잖아. 나는 돈 버니까 내가 좋아하는 음악 틀어 줘."

"네가 돈 벌어서 나 주니?"

"너는 아무리 명상해도 영감도 잘 안 오잖아. 어차피 나를 봐야 영감이 오잖아. 그러니까 저 음악 좀 바꿔 줘. 뮤즈가 쉬어야 신도 강림을 하지."

금영이 댄스 음악으로 음악을 바꾸었다. 홍비는 최신 댄스곡을 들으면서 만화를 보다가 잠이 드는 것을 좋아한다.

"어떻게 매달 마감 때마다 밤을 새냐? 특별하게 어려운 일 같지도 않아 보이는구만. 일 열심히 한다고 보여주기 위한 책략 아니야? 그런다고 월급을 더 주는 것도 아닌데."

"책략이야. 좋잖아? 이렇게 빨리 퇴근도 하고 말야. 전시회 준비는 잘 돼 가?"

"음, 구상은 다 끝났어. 이제 그리기만 하면 돼."

"그럼 그려."

"그래서 말인데. 딱 한번만 하자. 따악, 한번만."

"하긴 뭘 해. 밤새고 일하고 온 친구가 가엾지도 않니 넌?"

홍비가 버럭 소리를 질렀다.

"자기야아……."

금영이 홍비에게 눈웃음을 친다.

"네가 남자라면 차라리 내 몸을 주고 싶다. 뭘 어떻게 해야 하는데?"

"아무것도 안해도 돼. 지금 그 자세에서 옷만 벗으면 돼."

"차가운 물감 묻혀 가지고 몸에다 붓질을 한다든지 그런 짓은 안하는 거지? 내 몸에는 손끝 하나도 대지 마. 귀찮게만 해봐. 죽는 줄 알아."

"알았어. 알았어."

결국 홍비는 자리에 누운 채로 옷을 머리 위로 끌어올려서 벗었다. 그녀는 누워서 만화를 보고, 금영은 스케치북에 그녀의 등을 드로잉을 하기 시작했다.

"사각사각."

금영이 연필로 드로잉하는 소리에 점점 더 힘이 들어갔다. 금영이 음악을 껐다. 이십 여분이 지났을 즈음 전화벨이 울렸다. 전화벨은 하루 종일 울릴 것 같았다. 결국 금영이 수화기를 들었다.

"동균이구나. 나 지금 작업하고 있거든. 안 돼. 오지 마. 안 돼. 홍비랑 작업하니까 절대 오지마."

금영은 거칠게 수화기를 내려놓고, 스케치북 앞으로 다가갔다.

"다 본 만화를 반복해서 보는 이유가 뭐야?"

"재미있으니까."

"그럼 새로운 걸 봐."

"새로운 건 재미가 없으니까 그렇지. 소설도 재미없고 그림도 재미없고. 지금 하는 작업은 뭐야?"

"당연히 직립보행3이지."

"직립보행인데 왜 내 등을 그리는 거야?"

"직립하기 직전이야."

그때 벨이 울렸다.

"오지 말라니까 기어이 왔네."

금영이 문을 열기 위해 자리에서 일어섰다.

*

눈빛이 느껴졌다.

학교 식당에서도, 도서관에서도, 교정을 걸을 때도 홍비를 따라붙는 집요한 눈길이 느껴졌다. 아무리 둘러봐도 특별한 것은 없었다. 청바지에 티셔츠를 입고 밝은 미소를 짓는 학생들. 그녀를 위협할 그 어떤 것도 없었다. 그런데 누군가 그녀를 집요하게 바라보고 있다는 생각을 떨쳐버릴 수가 없었다.

"동균아, 누가 우리 쳐다보고 있지 않아?"

"글쎄……."

동균과 홍비는 대학 학보사 동기였다. 홍비는 취재기자였고, 동균은 사진기자였다. 그들은 다섯 명 남은 동기 중에서 제일 친해서 거의 매일 붙어 다녔다. 첫 인터뷰도 동균과 함께 갔다. 동균은 이성 친구라는 느낌은 별로 없었고 친한 여자 친구 같았다. 그는 사진학과였는데, 동균의 인물 사진에 서정성이 있어서 그녀가 그의 사진을 좋아했다. 다른 남자 동기들은 대부분 2학년 때 군대를 가버려서 파트너로서의 지속적인 호흡이 끊어져 버리는데, 그녀와 동균은 수습기자 시절부터 졸업할 때까지 학보사 귀퉁이의 낡은 의자에서 함께했다.

점심을 먹고 인문대 앞 등나무 벤치에서 진한 커피를 마시고 있었다.

"뭔가가 있어. 누군가 자꾸 나를 바라보는 것 같애."

그 기분 나쁜 느낌을 느낀 지 한 달이 지났을 즈음 홍비는 금영을 처음 만났다. 교양 과목으로 듣고 있는 '한국미술사'는 수강 신청을 한 학생들이 많아서 미술대학 강당에서 진행되었다. 수업을 끝내고 나오다가 그녀는 자판기 커피를 들고 있는 여학생과 부딪혔다. 긴 머리를 굵게 펴머하고 뜨개질한 모자를 쓴 키가 훤칠한 여학생이었다. 찢어진 청바지에 단순한 디자인의 니트 차림인데도 굉장히 화려해 보였다.

"미안해요. 이를 어쩌죠."

"괜찮아요."

홍비는 가방에서 휴지를 꺼내 커피 자국을 쓱쓱 닦으면서 계단을 내려갔다.

"잠깐만요."

홍비가 뒤를 돌아보았다. 찌르는 듯한 눈빛. 관능적이기도 하고 사악하기도 하고, 딱히 뭐라고 규정할 수 없는 눈빛으로 금영이 홍비를 바라보고 있었다.

"저 미안해서 그러는데, 제가 점심 사고 싶은데요."

"그럴 필요 없어요. 봐요. 커피 자국은 보이지도 않는데요 뭐. 그리고 빨면 돼요. 신경 쓰지 마세요."

홍비는 어깨를 으쓱하고 정말 아무렇지도 않다는 듯이 활짝 웃으면서 걸음을 뗐다. 그 때 금영이 홍비에게 다가와서 팔짱을 꼈다.

“점심 사고 싶어. 난 회화과 이금영이야. 넌 불문과 김홍비지? 하고 싶은 말이 있어서 그래. 부탁하고 싶은 일이 있어서.”

돌연 금영이 말을 내렸다. 홍비가 끌려가다시피 강당 밖으로 나오자 홍매화꽃 향기가 코를 찔렀다. 미대 건물 앞에 있는 벤치에 동균이 앉아 있다가 그들을 보고 벤치에서 일어났다. 동균은 얼떨결에 금영에게 인사를 하고, 금영의 손에 이끌려서 학교 밖에 있는 피자집으로 향했다. 그리고 파스타와 피자를 먹었다. 그날 이후 점심시간마다 금영이 인문대 건물 앞에서 기다리고 있다가, 홍비에게 다가와서 그녀의 팔짱을 꼈다. 홍비는 속수무책으로 금영에게 이끌려서 피자집을 돈가스집을 커피숍을 따라 다녔다. 동균은 썩은 사과를 씹은 표정으로, 청바지 호주머니에 손을 찌르고 그들 뒤를 따라왔다.

학교 식당에서 밥을 먹고, 등나무 아래 벤치에 앉아서 지나가는 학생들을 바라보면서 자판기 커피를 마시던 그들의 호젓한 점심시간이 금영에게 점령당해 버렸다. 학교 밖까지 걸어 나가서 밥을 먹고 나면, 점심시간이 모두 지나가 버리기 때문이다. 금영은 그들에게는 틈입자였다. 하지만 금영이 너무나 선선하게 굴어서 오래된 친구처럼 느껴졌을 뿐이다. 이주일쯤 지났을까, 웬만한 일로는 거의 화를 내는 일이 없는 동균이 툴툴거렸다.

“너 금영이랑 무슨 사이냐? 대체 걔 왜 그러냐? 너무 친한 척하는 거 아냐?”

탁자에 몸을 구부리고, 대학 노트에 미국 ‘독립선언문’ 을 베끼고 있던 홍비가 고개를 바짝 쳐들었다.

"그렇지? 어젯밤에는 집에까지 전화를 했어. 전화 끊을 시점을 찾느라고 진땀을 뺐다니까. 수업 끝나고 밖에 나갈 때마다, 개가 어디선가 튀어나와서 내 등을 후려칠 것 같아서 두려워."

"금영이가 누구니?"

"나도 몰라. 회화과 2학년이래. 금영이 엄마가 디자이너 김후니 알지? 그 아줌마래. 뭐 한마디로 부르주아지. 참 너도 부르주아지? 그것말고는 아무것도 몰라. 예고 나왔고, 회화과 2학년이고, 디자이너 김후니 딸이고, 뭐 그 정도면 많은 것을 아네. 그런데 그것 빼고는 아무것도 몰라. 나도 미칠 것 같애. 나한테 왜 그렇게 친한 척하지? 같이 밥 먹을 사람이 없나?"

"같이 밥 먹으려고, 자기 수업 다 빼먹고 날마다 인문대까지 걸어와서 기다린단 말이야?"

"그건 그래. 왕따인 너나 수업 빼먹고 나 기다리지. 얼굴도 예쁘고 돈도 많은 애가 그럴 이유가 없지."

"뭐? 너는 내가 같이 밥 먹을 사람 없어서 기다린다고 생각하냐? 친구니까 그렇지."

"아무튼. 나도 개 불편해서 죽을 것 같애. 이유가 뭔지 모르니까 찝찝하기도 하고."

"그럼 그러지 말라고 말해."

"그것도 이상하잖아. 둘이 사귀는 사이도 아닌데. 우리 그만 만나자, 이러는 것도 이상하잖아."

그때 학보사 문을 열고 금영이 학보사 안으로 들어왔다. 동균이 어처구니없다는 표정으로 금영을 바라보았다. 금영은 자신이 사 온 캔맥주를 탁자 위에 올려놓았다.

"학보사가 이렇게 생겼구나. 궁금해서 그냥 들렀어. 앉아도 되지?"

그날 이후, 동균과 금영 그리고 홍비는 수업이 끝나면 같이 시간을 보냈다. 시험공부도 같이 하고, 학보에 실을 사진도 같이 고르고, 리포트도 같이 썼다. 그들은 함께 있어도 공기처럼 서로에게 거슬리지 않는 그런 존재가 되었다. 그들은 토요일 오후에도 학교 캠퍼스에서 놀았다. 그날도 공대 뒤에 있는 플라타너스 나무 그늘에 돗자리를 깔고 나무에 등을 기대고 책을 읽고 있었다. 지나가는 소리처럼 금영이 말했다.

"홍비야. 나 누드 드로잉을 하는데, 직업 모델을 그리면 재미가 없고 그림도 잘 안 돼. 선이 너무너무 지루해. 너를 그리고 싶어."

"모델을 하라고? 어떻게 해야 하는데?"

"그냥 모델 말고, 누드 드로잉하고 싶어."

홍비는 감자칩을 먹으며 말했다.

"누드모델? 어려운 일이야?"

"어렵지는 않아. 한 시간 정도면 끝나."

"해줄게. 내가 섹시한 바디 라인은 아니지만 나름대로 서정적이지. 샤론스톤 몸매만 몸매냐 뭐."

그날 밤, 홍비는 금영의 작업실인 노란 잠수함에서 처음 옷을 벗었다. 스물 한 살, 아직 남자의 몸을 겪지 않은 그녀의 몸은 활짝 피기 직전의 꽃잎 같았다. 그녀는 "사각사각" 종이에 콘테 긁히는 소리가 마치 시냇물 소리 같다고 생각했다. 오랫동안 앉아 있으려니까 좀이 쑤시고 허리가 조금 아팠다.

＊

동균이 멋쩍게 웃으면서 들어섰다. 손에는 맥주 몇 병과 스타벅스 커피가 들려 있었다.

"오지 말래니깐. 작업하는데 방해되잖아."

"미안해. 나 혼자 조용히 놀 거야. 그냥 작업해."

"혼자 놀 거면 그냥 혼자 놀지. 뭘 여기까지 혼자 놀러 오냐?"

홍비가 자리에서 일어나려하자 동균이 손사래를 쳤다.

"됐어. 됐어. 일어나지 말고, 그냥 그대로 작업해."

동균은 노란 가죽 소파에 몸을 푹 파묻고, 자기가 사 온 커피를 마시면서 만화 한 권을 집어 들었다. 금영은 캔버스 앞으로 다가갔다.

"가게는 어떻게 하고 왔어?"

"가게야 뭐, 이르바이트 학생 있어."

"참 그렇지. 그 인간들은 여전히 차 닦고 있니?"

"그렇지 뭐."

동균은 셀프 세차장 사장이다. 대학을 졸업하고 잡지기자 생활을 일 년쯤 했을 무렵, 잡지사가 망해버렸다. 신문사와 잡지사를 세 번쯤 옮겨 다녔을 때, 학원 사업을 하는 재력이 막강한 아버지가 잡지사를 사들여서 잡지사 사장을 시켜주겠다고 길길이 날뛰었다고 했다. 부잣집 막내아들로 성장한 섬약하고 소심한 동균은 세상사 모든 일에 심드렁했다. 팝음악을 들으면서 만화를 보는 것, 그것이 그가 가장 좋아하는 일이었다.

그가 할 줄 아는 것이라고는 사진 찍는 것밖에 없는데, 사진 기자를 할 수 없게 되자 홀연 그의 인생이 막막해졌다. 웨딩 스튜디오를 하면서 활짝 웃는 신랑 신부 사진 찍는 일도 영 내키지 않았다. 결국 현명한 그의 부친은 동균이 특별히 영업을 하지 않아도 되는 사업인 셀프 세차장을 차려 주었다. 말 그대로 '셀프'로 세차를 하는 것이다.

고객이 혼자 와서 혼자서 동전을 넣고 혼자서 차를 닦다가 떠난다. 당구장 주인은 요구르트라도 준다. 셀프 세차장 주인은 요구르트를 줄 필요도 없다. 손님이 모든 것을 알아서 했다. 관리만 하면 됐다. 동균은 그 일로 다른 사람들이 들으면 "헉" 소리를 낼 정도의 돈을 벌어들였다. 문제는 시간이 남아도는 것이다.

"그 흰색 소나타 아직도 와?"

"금요일 밤에 와."

"일주일에 한 번씩 그 짓을 한 단 말이야? 대체 직업이 뭐래니?"

"모르지 뭐."

가끔씩 홍비와 금영은 세차장에 놀러가곤 했다.

금요일 밤이었다. 그들은 세차장 사무실에 있는 컴퓨터로 진가신 감독의 '첨밀밀'을 보고 있었다. 흰색 신형 소나타 차량이 왔다. 운전석에서 검정 아디다스 트레이닝복을 입은 남자가 내렸다. 평범하고 선량해 보이는 남자였다. 그는 물세차부터 시작했다. 거품세차를 하고, 차를 헹군 후, 본격적으로 차 내부 청소를 하기 시작했다. 그 남자는 '첨밀밀'이 다 끝날 때까지 여전히 승용차에 왁스를 뿌리고 윤을 내고 있었다.

"저 사람 아직까지 청소를 하고 있어."

"여기 오는 사람들은 원래 그래. 반나절 동안 하는 사람도 있어."

그가 마른 걸레로 차 번호판 뒤를 닦고 있었다. 금영은 고개를 내저었다. 그는 승용차가 윤이 나서 반짝반짝해진 후에야 세차장을 빠져나갔다.

"저 사람 왜 저러는 건데?"

"도박이나 바람피우는 것보다 낫잖아. 남에게 피해를 입히지는 않으니까."

동균은 소파에 길게 누워서 만화를 본다. 그들은 한 공간에서 모두 각자 좋아하는 일을 하고 있다. 한 시간쯤 지나자 금영의 작업이 모두 끝나서 홍비는 자리에서 일어나 옷을 입었다.

"등 라인이 너무 멋지다."

동균이 멋쩍게 웃는다. 금영이 작업 뒷정리를 하는 동안 동균은 매콤달콤한 낙지볶음과 소시지 볶음을 만들어서 식탁을 차렸다. 금영의 식탁은 외할머니가 물려주신 앤티크 가구다. 그녀가 가지고 있는 가구 중에서 가장 호사스러웠다.

"금영이 너는 이제 캔버스에 작업을 하는 거야?"

동균이 소시지 볶음이 담긴 접시를 식탁 위에 놓으며 물었다.

"아니. 홍비 등을 그린 캔버스 그림과, 땅을 찍은 필름, 홍비 발자국을 찍은 필름을 컴퓨터로 합성을 할 거야. 그래서 그 화면을 빔프로젝트로 스크린에 쏠 거야. 직립보행 1, 직립보행 2가 연속으로 지나가면서 마지막에 캔버스의 등이 나오는 거지."

"등이 뭘 의미하는데?"

"직립보행의 대립항 정도? 인간이 직립이라는 혁명을 하기 직전의 휴식 같은 거야. 직립 직전의 숨고르기 같은 거. 홍비 몸이 연한 채소같잖아. 문명 이전……뭐 그런 거야……멋지지 않니?"

"멋지다."

동균은 완전한 찬사를 담은 미소를 금영에게 보내주었다. 낙지볶음은 맛있었다. 그들은 저녁을 먹고 나서, 거실에 비스듬히 누워서 장국영이 나오는 '아비정전'을 건성건성 보았다. 비디오테이프도 카세트테이프처럼 반복해서 틀면 낡는다. 화면이 지지직거린다.

*

홍비의 집은 평범한 주택가에 있는 2층 양옥집이었다. 2층은 신혼부부가 세들어 살고 아래층에 할머니, 부모님, 그리고 언니와 홍비가 살았다. 작은 마당에 있는 화단에는 작약이나 동백나무, 목련 나무가 심어져 있고, 맨드라미, 봉숭아 등 일년생 화초도 있었다. 할머니는 맺힌 것 없이 서글서글하고 호탕한 성격이었다. 봄에는 토란대를 말리고, 설에는 조청이나 유과를 만들었다. 할머니와 어머니는 도란도란 이야기를 나누면서 유과를 만들고, 김부각을 만들었다. 홍비의 어머니는 십년 만에 화장대를 바꿀 정도로 고등학교 교사인 아버지가 벌어다주는 돈으로 알뜰살뜰 살림을 살았다.

"아이 둘을 키우면서 유리창 한 번 안 깨고 살았다."라고 어머니가 혼자말을 할 만큼 평온한 어린 시절이었다.

할머니는 "전남여고 나온 사람은 뭐가 달라도 달라야."하면서 어머니

178

학벌을 평생 자랑스러워했다. 아버지는 대학을 나오고, 어머니는 여고를 나왔으니까, 아버지 학벌이 더 좋은데도, 할머니는 언니가 공부 잘하는 것이 다 어머니 머리 덕이라고 믿고 있었다. 공부벌레인 언니가 서울대에 합격했을 때도 할머니는 어머니의 전남여고가 서울대보다 더 좋은 학교라고 생각하는 것 같았다.

외할아버지가 사업에 실패하기 전까지는 부잣집 딸이었다는 어머니가 부리는 한가지 사치가 있었다. 어머니의 유일한 취미는 둥근 청색 수반에 꽃꽂이를 하는 것이다. 여고 때 가사 시간에 잠깐 배운 실력이라는데, 어머니는 꽃꽂이를 할 때 제일 행복해 보였다. 화려한 꽃꽂이도 아니었다. 봄에는 카네이션을, 여름에는 빨간 장미를, 가을에는 국화를 꽂는 정도였다. 그런데 꽃을 화병이 아닌 수반에 꽂아서 더 품위가 있어 보였다. 어머니가 꽃꽂이를 할 수 없을 만큼 살림살이가 궁핍해지지는 않았다.

어머니는 언니와 홍비의 어린 시절의 옷에서부터 신발, 학교에서 받은 상장 등을 하나도 버리지 않고 차곡차곡 모아두었다. 이사를 가지 않고 20년 동안 한 집에서 살아서 그것이 가능했다. 양옥집에는 다락이 있다. 다락에는 여러 개의 종이 상자가 있는데, 그 상자 안에 홍비의 어린 시절이 차곡차곡 정리되어 있었다. 그녀는 가끔씩 다락에서 작은 유리창으로 비치는 빛에 의지해 자신의 어린 시절 일기장을 읽고는 했다. 그 상자가 나중에 세상으로 걸어 나오리라고는 물론 생각하지 못했다.

일요일이어서 교정은 한산했다. 홍비는 등나무 아래 나무 탁자에 엎드려서 프랑스 '인권선언문'을 노트에 필사하고, 금영은 스케치북에 노트에 글을 쓰고 있는 홍비를 드로잉하고 있었다.

"그 책은 뭘 하려고 그렇게 열심히 베끼는 거니?"

"화가들이 램브란트나 벨라스케스를 필사하는 거랑 같애. 수습기자 때, 편집국장 선배님이 나한테 준 책이야. 우리 학보사에서 족보처럼 전해져 내려오는 책이야. 편집국장이 가장 믿음직한 수습기자에게 주는 책이래. 이 책을 받은 사람은 대학 4년 동안 이 책 안에 있는 세계 백대 명문장을 한번은 필사할 것을 서약하는 거지."

"그걸 다 베끼면 무슨 일이 생기는데?"

"아무 일도 안 생겨. 하지만 그런 건 별로 중요하지 않아. 이 책을 주는 사람과 받는 사람이 하는 서약은 그냥 손으로 필사한다는 거지. 이 책을 받은 수습기자가 학보사를 떠나는 일은 없었대."

"그럼 네가 편집국장이 되면, 1학년 수습기자에게 이 책을 전수한다는 거네? 시어머니가 에미야! 이제 너도 이제 우리 가문 사람이니 이걸 받거라, 하면서 비단 주머니에 싸진 금가락지 주는 거랑 비슷하네?"

"노트에 글이 빼곡이 채워지니까, 내가 점점 성장하는 것 같애. 프랑스 인권선언문을 읽고 있으면 가슴이 뜨거워져. 나는 글 쓰는 재능도 없고, 좋은 기자가 될 것 같지도 않아. 하지만 대학 졸업할 때까지 꼭 끝까지 옮겨 쓸 거야. 소심한 나를 믿어준 선배에 대한 의리 같은 거지. 내 가슴을 뜨겁게 하는 몇 가지가 또 있어. 이 책도 그렇고, 내 신발들이 가득 들어 있는 상자도 그렇고."

"신발이 들어 있는 상자? 그게 뭔데?"

"우리집 다락에 내가 갓난아기 때부터 신었던 신발들이 차곡차곡 신문지에 싸여져 있거든. 우리 엄마가 모아둔 내 신발들이야. 곰팡이 냄새가 나는 그 신발들을 만지고 있으면, 어린 시절의 내가 느껴져. 초등학교 3학년 때부터는 기억이 나. 그 신발을 신고 있었던 시절의 내가 말야."

금영이 호기심에 가득찬 사악한 눈빛으로 홍비를 바라보았다.

"이십년 전 신발들이 지금도 있단 말이지?"

그것이 금영의 첫 전시회의 모티프였다.

현재. PRESENT.

금영의 첫 전시회의 제목은 '직립보행'이었다. 그녀는 홍비의 백화점에서 주최하는 미술제에서 대상 작가로 선정되면서 첫 전시회를 열 수가 있었다. 캔버스에 만다라의 원(圓)문양으로 홍비의 아기 때부터의 신발을 입체적으로 붙였다. 어린 시절부터의 홍비가 그곳에 있었다. 앙증맞은 아기 신발부터 검정색 에나멜 구두, 스팽글이 많이 박힌 여름 샌들, 여중생이 신는 하얀 실내화. 필름은 거기에서 멈추어 있었다. 14세. 소녀 나이, 14세. 거기까지가 홍비의 엄마가 홍비에게 골라줄 수 있는 신발이었다.

이제 홍비는 소녀에서 자립심이 있는 여자로 성장했다. 홍비가 현재 신고 있는 자주색 5㎝ 굽의 하이힐이 원(圓)의 가장 자리의 선(線)을 이루었다. 현재. 홍비는 하이힐을 신는 여자로 성장한 것이다. 100호 화면의 대형 작품이었다.

홍비가 어머니에게 금영의 작품 이야기를 하고 신발이 필요하다고 말을 했다. 어머니는 아주 짧고 단호하게 "나는 그런 거 싫다." 한 마디를 하고 주방으로 가서 쌀을 씻기 시작했다.

"엄마, 왜 그래요? 미술 작품에 쓰이는 거예요. 저렇게 다락에 쌓아 놓는 것보다는 훨씬 낫잖아요."

"글쎄, 나는 그런 요사스러운 짓은 싫다고 하잖니. 더구나 네가 쓰는 것도 아니고 남이 하는 건데. 온 천하에 펼쳐놓을 건 또 뭐라니?"

"엄마, 남 아니야. 엄마도 금영이 좋아하잖아. 나랑 제일 친한 친구예요. 나쁜 곳에 쓰겠다는 것도 아니고 미술 작품에 쓴다는데."

입을 꾹 다물고 쌀을 씻는 엄마의 등은 의외로 완강해보였다. 홍비가 알고 있는 엄마가 결코 아니었다. 수반에 꽃을 꽂고, 매일 따뜻한 아침 밥을 해주고, 그녀의 가사 숙제를 해주고 학교에서 돌아오면 항상 집에 있어 주었던 어머니. 자상하고 교양 있는 어머니가 아니었다. 어머니의 등은 심술궂었다. 홍비는 밥을 안 먹고 집을 나왔다. 어머니가 낯설었 다. 어머니의 낡은 장롱에, 낡은 청색 수반에, 낡은 밥상에, 다락의 상자 에 쌓여 있는 그녀의 신발들에 홍비가 알지 못하는 어머니의 어떤 욕심 이 끈적하게 느껴졌다. 한 순간에 말이다. 홍비는 아연, 긴장했다. 금영 은 홍비의 신발을 절대로 포기할 기세가 아니었다. 그 낡은 신발에 홍비 가 가장 사랑하는 두 사람이 선연하게 갈등을 일으켰다.

"금영아. 신발은 얼마든지 구할 수 있어. 작품 에스키스 나오면, 내가 내 신발이랑 비슷한 거 구해줄게. 얼마든지 구할 수 있어. 우리 엄마가 그렇게 싫다는데, 굳이 내 신발을 쓸 필요는 없잖아. 동균아 그렇지?"

"그럼. 그렇지. 신발가게에서 사면 될 것 같애."

동균도 같이 버벅거렸다. 금영은 공공연하게 자신은 베니스 비엔날레 초대 작가가 되겠다고 공언해왔다. 세계적인 작가가 되겠다고도 했고, 미술에 자신의 전 생을 걸었다고도 했다. 자신의 욕망을 숨기지 않고 거침없이 표현해 왔기 때문에, 홍비는 금영의 작가적인 욕심은 너무나 잘 이해가 됐다.

그날 오후 홍비와 동균은 신발 가게를 돌아다니면서 나이대별로 신발을 사 왔다. 돈도 만만치 않았다. 홍비 월급의 절반을 썼다. 스무 켤레의 신발을 보고 나서 금영이 말했다.

"이 신발에는 영혼이 없잖니."

금영이 원하는 것은 홍비의 인생이었다. 스물다섯 해 동안 땅을 딛고 걸어 다닌 홍비의 인생. 며칠 후 홍비의 어머니는 햇살이 내려 쪼이는 마당에서 그녀의 신발들을 손질하고 있었다.

"나는 야무지고 공부 잘하는 네 언니보다, 누구에게나 친절하고 양보 잘하는 너를 키우는 게 더 좋았어. 너는 신발 뒤축 한 번 구겨 신는 법이 없었어. 너를 키우면서, 나도 잘 모르겠다, 네가 시집 잘 가서 오손도손 살기를 바란 것도 같고, 세상에서 멋진 일을 하는 사람이 되기를 바란 것도 같고. 나는 정말로 싫다만은, 이 낡은 신발이 아무리 중요하기로서니, 사람보다 더 중하기야 하겠냐. 네가 그렇게 원하는데, 더 이상 내가 너한테 해줄 수 있는 게 많은 것도 아닌데."

"엄마. 엄마."

홍비는 엄마의 등을 뒤에서 끌어안았다. 등은 따뜻하고 안온했다.

*

그들은 스물여덟 살이 되었다. 금영은 대학원을 졸업했고, 홍비는 직장 생활 4년차, 동균은 셀프 세차장 사장이 되었다. 홍비는 직장 생활이 조금씩 진력이 났지만, 다른 직장으로 옮길 생각은 전혀 없었다. 퇴사를 당할 때까지 다닐 생각이었다. 백화점 홍보실의 사보 편집일이 그나마 자신이 가장 잘 할 수 있는 일이었다.

홍비는 소소한 일상생활에서 가끔씩 생의 이벤트가 필요했다. 소소한 아주 작은 이벤트. 그녀는 가끔씩 호텔 커피숍에서 선도 보고, 만기가 된 적금을 타서 어머니께 드렸다. 그녀가 어머니께 드리는 용돈이 넉넉해져서, 어머니는 한껏 사치를 부리면서 수반에 꽃꽂이를 했다. 글라디올러스, 칼리, 장미, 안개꽃 등 돈에 구애받지 않고 하는 꽃꽂이였다. 어머니는 매주 화요일과 수요일에 복지시설 두 곳에 꽃을 꽂아주는 꽃꽂이 봉사를 다녔다. 그리고 홍비에게서 서서히 자신을 분리시켰다. 어머니는 가볍고 행복해 보였다.

금영은 전시회에서 파격적인 퍼포먼스를 하면서 점점 유명세를 타고 있었다. 그리고 제법 규모 있는 미술관에서 열리는 '청년 작가전'에 초대를 받았다. 작품 제목은 '직립보행 2' 였다. 100호 평면 작품이었다. 캔버스의 만다라의 원(圓)의 중심에 산부인과에서 찍어준 갓 태어난 신생아인 홍비의 보라색 발자국이 찍혀진 종이를 붙였다. 그리고 그 발자국을 중심으로 홍비가 색색의 아크릴 물감을 발에 묻혀서 캔버스에 발자국을 찍으면서, 만다라를 그려 나갔다. 현재. PRESENT.

그리고 마지막 이벤트.

대학을 졸업하고 4년 동안 기른 홍비의 머리카락을 잘라서 캔버스에 붙이는 작업이었다. 홍비 자체가 모티프였다. 홍비의 生, 홍비의 몸, 홍비의 목숨이 모티프였다. 금영은 제안했고, 홍비는 받아들였다. 그들은 작업을 하기 전에 가발 가게에 가서 긴 머리 가발과 쇼트 가발을 맞추고, 모자와 스카프를 사러 다녔다.

크리스마스 이브였다. 대학가의 맥주집은 활기찼다. 홍비와 금영 그리고 동균은 우정을 가진 벗이 되었다. 대학생들은 생맥주잔을 부딪치며 커다랗게 웃었다. 그들도 맥주잔을 부딪치며 다가오는 스물아홉을 자축했다.

머리카락을 자르는 날은 조금 비감했다. 금영이 가위로 홍비의 머리카락을 잘랐다. 금영은 자른 머리카락을 조심스럽게 한지에 싸서 책상 위에 올려놓은 후, 면도로 나머지 머리카락을 모두 밀었다. 사각사각. 머리에 면도날이 스칠 때마다 홍비의 몸에서 피가 출렁였다. 그것이 무엇인지는 알 수 없었다. 홍비는 삭발을 한 자신의 머리를 손바닥으로 쓱쓱 문질러보았다.

동균은 심란한 표정으로 소파에 앉아서 캔맥주를 마셨다. 노란 잠수함에는 영화 '첨밀밀'에 삽입되었던 홍콩 가수 '등려군'의 노래가 흐르고 있었다. 창 밖에는 흰 눈이 내렸다. 그들은 그날 밤, 엉망으로 술에 취해서 엉겨서 잠이 들었다. 동균은 손바닥으로 조심스럽게 홍비의 머리를 쓸어보았다. 가슴이 촉촉해졌다.

관객들은 '직립보행 2' 앞에 서면, 모두들 손을 입으로 가져갔다. 자신의 입에서 터져 나오는 탄성을 가로막기 위해서였다. '직립보행 2'는 사악했다. 캔버스 속 작품의 대상이 작가이건, 작가가 아니건 그림이 한 인간을 훔친 것처럼 보였다. 그림이 인간을 훔쳐도 될까. 예술이 인간을 훔칠 수 있을까. 신이 그것을 허락했을까. 홍비가 그것을 허락했다. 홍비가 금영에게, 아니 금영의 미술에게 자신을 내 주었다. 자신의 모든 것, 그리고 홍비는 신화가 된다. 이 비루한 일상. 끝없이 펼쳐진 권태로운 일상에 파문을 일으킨다. 홍비는 안전하다.

*

동균은 새벽 두시 반에 돌아갔다.

"홍비야. 넌 내가 밉지 않아?"

"전혀 안 미운데."

"내가 내 작품에 너를 이용하는 것 같지 않아?"

"아냐, 그렇지 않아. 나한테 미안해 하는구나. 그럴 필요 없어. 나는 눈에 띄지 않는 애였어. 평생을 그렇게 살았을 거야. 들판의 이름 없는 들꽃처럼 말야. 나는 예술이나 성공이나 불멸을 생각해 본 적 없어. 그런데 네가 나를 바라봐 준거야. 나를 그렇게 눈부신 표정으로 바라봐 준 사람은 네가 처음이자 마지막이야. 내 몸을 보고 싶어 한 사람도 너고, 내 몸을 갈증 나게 탐내 준 사람도 너야. 네 작품의 모델을 하고 있으면 나 스스로가 특별하고 소중하게 여겨져. 사각사각 하는 콘테 소리에 중독됐나봐. 너랑 같이 작업하는 거 흥분되고 좋아."

"정말이지? 내가 베니스비엔날레 작가가 되면, 우리 함께 베니스에서 밤새워서 술 마시자."

금영이 노란 자수가 놓인 얇은 비단 천을 가지고 와서, 커다란 테디베어 인형을 베고 누워 있는 홍비 위에 덮어주고 거실의 불을 껐다. 금영은 자신의 침대로 가서 누웠다. 베개에 얼굴을 묻고 기도했다.

'신이시여! 미술이 저와 홍비를 상처 입히지 않게 하소서! 홍비와 저를 갈라놓지 마소서!'

홍비가 눈을 떴을 때, 고소한 참기름 냄새가 났다. 금영이 김밥을 싸고 있었다.

"커피 내려놨어."

홍비는 블루마운틴 커피를 마셨다. 쌉싸름했다. 물론 향기로웠다. 오전 11시였다.

"일찍 일어났어?"

"아니 한 시간 전에. 얼른 샤워해. 동균이 거의 다 왔을 거야. 바람 쐬러 가게."

동균은 붉은 장미가 그려져 있는 셔츠를 입고 카메라 가방을 메고 있었다. 동균의 차는 대학 때부터 타고 다닌 뚜껑이 열리는 낡은 코란도였다. 초여름의 바람이 상쾌했다.

"돈 쏟아부어가면서 사진 전공해서, 소풍 다니면서 우리 스냅 사진이나 찍어주는 걸 알면, 너네 아버지 너 대학 다닌 거 다 되물리고 싶으실 거다."

"그게 뭐 어때서? 사진이 꼭 전시장에 걸려야만 맛이냐? 소중한 친구들 멋지게 찍어주는 게 더 맛이 찐할 수 있다고요. 그리고 그냥 친구냐? 너 아티스트잖아. 베니스비엔날레 아티스트. 너 멋있어. 피사체로 죽인다고요."

그들은 담양 소쇄원으로 소풍을 갔다. 그들이 뒷산에 오르듯이 자주 찾는 곳이었다.

소쇄원은 조선시대 양산보가 만든 정원이다. 초록물이 오른 대나무 숲길을 천천히 걸었다. 동균이 대나무에 카메라 앵글을 맞추고 있었다. 동균은 십년 째 소쇄원의 대나무를 찍고 있었다. 변함없는 구도에 변함 없는 대나무였다.

"자, 여기 보고 서 보세요."

금영과 홍비가 대나무 앞에 팔짱을 끼고 섰다.

그들은 대학 3학년 때, 처음으로 소쇄원에 놀러왔었다. 그때도 이 자리에서 이 구도로 사진을 찍었다. 대나무는 변하지 않았는데, 금영과 홍비만 약간 변했다.

"찰칵찰칵."

동균이 카메라 셔터를 누른다. 홍비가 노란 산수유꽃을 처음 본 것도 이곳이었다. 커다란 나무에 환하게 피어 있는 노란 꽃들이 시각적인 충격을 주었다. 노란 색깔은 꽃보다는 새가 더 어울린다. 노란 새, 귀여운 저 작은 새.

광풍각에는 몇몇 사람들이 앉아서 도란도란 이야기를 하면서 김밥도 먹고 캔맥주도 마시고 있었다. 금영은 못가에 피어 있는 노란 난초꽃을 드로잉하고, 동균과 홍비는 서로 비스듬히 기대어서 그런 금영을 정답 게 바라보았다.

"동균아, 너는 금영이 같은 커다란 꿈 없었어?"

“없었는데.”

“나도 없었는데. 그러니까 우리는 아티스트 프렌드가 잘 맞나봐. 그래도 아티스트 프렌드말고 뭐 또 다른 정체성이 있어야 하는데 말이야.”

“정체성 있어. 평생 동안 네 사진 찍어 주고, 금영이 전시회 사진도 찍어 주고, 또 우리가 딸을 낳으면 5월이면 이곳에 와서 대나무를 배경으로 딸 사진도 찍어주고.”

“방금 나한테 청혼한 거야?”

동균이 서글서글한 웃음을 짓는다.

그들은 해질녘까지 소쇄원에서 보내고, 돌아가기 위해 차에 올랐다. 동균이 차의 속도를 내면서 음악을 크게 틀었다. 비틀즈의 ‘Yellow submarine’ 이었다. 홍비의 목에 걸려 있던 노란 스카프가 바람에 날려서 공중으로 날아간다. 하늘 높이 비상하는 한 마리 노란새다.

가을 우체국 앞에서

가을 우체국 앞에서

중독이란 무엇일까?

밴드 '러브홀릭'의 '러브홀릭'을 듣다가 '홀릭'이라는 말에 꽂혔다. 홀릭. 홀릭을 우리말로 옮기면 어떻게 될까? 빠지다. 중독되다. 미치다. 빠져 있는 상태. 중독되어 있는 상태. 미쳐 있는 상태. 한참 머릿속에서 활자들이 돌아다니다가 확 느낌이 왔다. 색정광. 소파에 비스듬히 누워서 색정광에 관한 사유를 하고 있는데, 물에 가루를 풀면 향긋한 꽃향기가 나는 거품비누로 반신욕을 끝낸 승리가 수건으로 머리카락을 감싸고 짧은 면티와 반바지를 입고 내 옆으로 왔다.

그녀는 소파에 앉아 있던 나를 바닥으로 끌어내리더니 긴 몸을 소파에 뉘었다. 승리의 옷을 걷고 허리를 쓸어보았다. 라벤다 꽃향기가 달콤하다. 나는 면수건으로 그녀의 허리의 물기를 꼼꼼하게 닦아낸 후, 인도 장신구인 검정 나비문양의 바디 타투를 했다. 바닥에 잡지 서너 권이 쌓여 있었다. 그녀는 소파에 엎드려서 잡지를 읽기 시작했다.

승리는 연애를 시작하면 단 두 음절로 정의했다.

"몸이 맞아." 혹은 "몸이 안 맞아."

검고 짧은 쇼트커트 머리에 여전히 소년처럼 길고 마른 몸매를 가진 그녀가 담배 연기를 날리면서 "몸이 맞아."라고 발음하면 나는 몸이 맞는 승리의 남자를 상상하곤 했다. 황미나의 만화에 등장하는 미스터 블랙처럼 몸이 길고 목이 길고 손가락이 긴 그런 꽃미남을. 그러나 현실 속에서 만난 남자들은 몸이 짧고 목이 짧고 손가락은 짧고 상상력은 없었다. 그러나 승리는 주기적으로 만남과 헤어짐을 반복했다. 여고 동창생이자 십년 동거인인 우리는 그렇게 나이 들어 왔다. 그날은 소설가 지망생인 지숙이 우리 집에 놀러왔다. 함께 하드코어 포르노 필름을 보다가 그녀가 화장실로 뛰어가서 변기를 붙잡고 헛구역질을 했다. 캔맥주와 감자칩을 먹으면서 태평스럽게 필름을 보고 있던 승리가 떨떠름한 표정으로 채널을 바꾸었다.

"너는 지숙이랑 놀면 재밌냐? 쟤는 내숭이 아니니까 더 짜증나. 아직 처녀인 게 확실하다니까."

"우리가 누구를 재밌어서 만날 나이냐? 그냥 친구니까 만나는 거지. 너도 나쁘지는 않잖아. 너는 멋진 여자 친구 새로 사귀고 싶냐?"

"멋진 여자 친구?"

운이 좋으면 몸이 맞는 남자친구는 만날 수 있어도, 멋진 여자 친구는 더 이상 만날 수 없다는 것을 안다. 우리는 서로에게 자신의 속마음을 자분자분 말하면서 나이 들어갈 것이다. 약간의 냉소와 약간의 제스처 그리고 약간의 포즈들. 우리에게는 일이 있었고, 어느 정도의 돈도 있었다. 여고 동창들은 결혼을 하고 아기를 키우고 이혼을 했다. 그녀들이 일상에 울부짖으면서 삼십대를 지나올 때 우리는 케이블 텔레비전 채널의 미국 드라마를 보고 흑맥주를 마시고, 재즈를 들으면서 우리의 젊음을 냉소했다. 승리는 우리가 다닌 대학가에서 카페를 하고 있다. 가게 영업을 마치고 승리가 오른손 엄지손가락에 침을 한 번 찍어 바르고 나서, 빠르고 경쾌하게 돈을 세는 것을 보고 있으면 절로 흥이 났다. 그녀는 돈을 다 센 후에는, 손바닥에 탁 한 번 때리고 나서 일수아저씨들이 들고 다니는 것 같은 검정가방에 돈을 집어넣었다.

"옛다, 팁이다." 그녀는 삼만 원 정도를 선뜻 집어주기도 했다.

우리의 삶이 레몬워터처럼 청신하지는 않아도 최소한 레모네이드 정도는 될 줄 알았다. 승리와 나는 하루 열두 시간 이상씩 일을 했고, 적금도 했고, 일요일이면 결혼식장을 다니면서 축의금도 냈기 때문이다. 그런데 우리에게도 사건은 일어나고야 말았다.

*

승리가 시간을 내 달라고 한 날은 월요일이었다. 샤로테호텔 화랑에서 근무하고 있는 나는 월요일에 쉬기 때문에 별로 어려운 일도 아니었다. 그런데 승리는 굳이 '시간'이라는 표현을 썼다. 그녀가 와 달라고 한 곳은 대학병원의 산부인과 병실이었다. 나는 산부인과의 병실로 걸어가면서도 그녀가 임신 중절수술을 하는 줄 알았다. 병실은 4인실이었다. 그녀의 어머니가 어색하게 웃으면서 나를 맞아주셨다. 병실 안은 사람들로 복작복작했다. 아기를 낳은 산모인지, 온 몸이 부어오른 여자가 기진맥진해서 누워 있고 남편인 듯한 남자가 연신 물수건으로 여자의 얼굴을 닦아내고 있었다. 여자는 귀찮다는 듯이 남편의 손을 치웠다. 남자는 세숫대야의 물을 버리고 와서 여자의 침대 옆에 앉았다. 표정은 진지했고, 제 자식을 품에 안은 남자의 들뜸이 온 몸에서 묻어났다. 서른 살 정도 돼보였다.

승리는 환자복을 입고 좁은 병실 침대에 누워 있었다. 환자복을 입어서인지 수척해 보였다. 나는 무슨 일이냐는 표정을 지었다.

"그래도 암이 아닌 게 얼마나 다행인지 몰라. 어려운 수술 아니라니까 걱정은 안하는데."

승리의 어머니가 한숨을 내쉬었다. 승리는 좌초당한 배의 선장 같았다. 호수처럼 가라앉아 있었다. 그날 오후에 그녀는 자궁근종으로 자궁을 들어내는 수술을 했다. 그녀가 눈을 감은 채 침대에 실려서 수술실로 들어갔다. 나는 시끌벅적한 의자에 앉아서 자판기 커피를 뽑아왔다. 다리에 힘이 풀려서 도저히 걸을 수가 없었다. 승리는 또 다른 나였다. 나는 승리를 보면서 또 다른 나를 보았다. 같은 길을 가지는 않았지만 그녀는 내 인생의 동반자였다.

그런데 승리가 자궁을 들어냈다. 솔직히 섹스라는 말은 셀 수도 없이 많이 들었지만, 자궁이라는 말은 처음 듣는 말처럼 낯설었다. 섹스의 궁극의 목적은 임신이다. 그런데 그 궁극의 목적에 대해서 진지하게 생각해 본 적이 없었던 것이다. 결혼을 생각해 본 적이 없으니까, 임신은 당연히 생각해 볼 수가 없었다. 아니었다. 임신은 결혼을 하면 누구나 하는 것이라고 생각했기 때문이었다. 그런데 이제 승리에게 자궁이 없다.

더 이상 아기가 없다는 말이다. 도저히 혼자서 의자에 앉아 있을 수가 없었다. 불러낼 승리의 남자를 생각해보았다. 그녀가 최근에 만나는 남자가 있기는 했지만 전화번호를 몰랐다.

내가 앉아 있는 창밖으로 플라타너스 나무가 보였다. 캠퍼스에는 청바지를 입은 학생들이 팔에 책을 끼고 걷고 있었다. 대학생들은 언제 어느 곳에서고 아름답다. 나는 눈을 감았다. 한숨이 절로 나왔다. 다른 사람들은 결혼을 하고 출산을 하면서 생의 계단을 밟아 올라가는데, 내가 생의 계단을 오르는 방법은 친구의 병마였다. 승리가 수술을 하는 동안, 나는 산부인과에 가서 자궁경부암 검사를 받아야 한다는 스트레스에 빠져들고 있었다. 피부 마사지나 헤어트리트먼트가 아닌, 근원적인 나의 몸말이다. 이제 근원적인 나의 몸에 대해 관심을 가져야 할 때였다. 그리고 처음으로 진지하게 임신과 결혼을 생각하고 있는 나 자신을 발견했다.

승리는 수술을 하고 3주일쯤 지나자 평소의 그녀로 돌아왔다. 커트머리를 퍼머하고 헬스를 시작했다. 하지만 그녀는 이미 변해버렸다. 더이상 옛날의 귀여운 냉소쟁이 이승리가 아니었다. 툭툭 내뱉듯이 던지던 독한 소주같던 냉소가 없어졌다. 전반적으로 다정해졌다. 우리는 예전과 별로 달라진 것은 없었다. 하지만 가끔씩 멍하게 정신을 놓고 앉아 있는 승리를 볼 때가 있었다. 그녀의 보폭은 더 작아졌고, 이제 진정한 로맨스를 기다릴 시간이 온 것이다.

승리가 회복된 후, 나는 기어이 집에서 가까운 산부인과에서 자궁근종과 자궁경부암 검사를 받았다. 진료를 끝낸 의사가 기분 나쁘게 말했다.

"별다른 이상은 없습니다. 난소 쪽도 깨끗하네요. 그런데 서른다섯이 넘으면 임신 확률이 확실하게 낮아지는 건 알고 계시죠? 거의 30%정도로 떨어져요. 최대한 빨리 임신을 하셔야 합니다. 더 늦어지면 점점 더 힘들어져요. 요새는 생리를 빨리 시작해서 나이가 어려도 불임이 많으니까요."

의사는 종이에 볼펜으로 무슨 말인가를 휙휙 갈겨쓰면서 순대 장사 같은 톤으로 말을 이어갔다.

"서른다섯 살이 넘으면 몸이 건강한 여자도 임신이 어려워진다는 말씀이세요?"

"모르셨어요? 난자는 매달 새로 생성되는 것이 아니에요. 한 사람이 한정된 개수의 난자를 갖고 태어나는 거예요. 그래서 싱싱한 난자부터 배출이 되죠. 그러니까 나이가 들면 들수록 난자도 노쇠해져서 제 기능을 할 수가 없어지는 겁니다. 서른다섯이 되면 임신을 할 수 있는 기능이 현저하게 낮아지는 거지요."

나는 그제서야 조금 이해가 되었다. 그런 식으로 치자면 스물 서너 살에 임신을 하는 것이 가장 건강한 아이를 출산할 수 있다는 말이었다. 기분은 우울했지만 별다른 병이 없다는 것만으로도 천만다행이었다.

*

샤로테화랑은 하루 종일 한산하다가 오후 4시 무렵이 돼야 조금 북적거린다. 이곳은 호텔 직영은 아니다. 나는 화랑 청소를 하고, 손님이 오면 차 대접도 하고, 사장이 없을 때는 직접 상담을 해서 그림을 팔았다.
사장은 그림을 사오는 일을 하고 나머지 시간은 골프를 치거나 카드를
했다. 그래서 화랑은 거의 나 혼자서 꾸려갔다. 그림들은 주로 장미꽃이
나 풍경 등 정물화 위주의 그림들로 새 아파트 거실을 장식하거나, 고급
양주나 상품권을 선물하기가 껄끄러운 품위 있는 상대에게 선물할 수
있는 정도의 작품들이었다. 고정 고객들이 있어서 매출은 괜찮았다.

그날은 마음먹고 청소를 했다. 오랜만에 물걸레로 창틀이며 유리창
을 깨끗하게 닦았다. 한 시간 정도 청소를 하고 나서 실내에 잔잔한 피
아노곡을 틀었다. 갤러리는 유리로 되어 있어서 안에서도 로비를 걸어
다니는 사람이 보이고, 밖에서도 안이 보였다. 유리문을 닫아놓고 조용
한 피아노곡을 듣고 있노라면 외딴 섬에 혼자 앉아 있는 것 같았다.

갤러리 밖에 낯이 익은 남자가 성큼성큼 지나갔다. 나는 유리문을 밀
치고 나가서 남자의 등을 바라보았다. 서너 걸음을 걸어가던 남자가 내
눈길을 느꼈는지 뒤를 휙 돌아다보았다. 그의 얼굴에 실바람 같은 미소
가 번졌다. 그는 내 앞으로 다가와서 손을 내밀었다.

"오랜만이다. 여기서 근무하는구나."

나의 첫사랑, 같은 과동기인 김현종이었다.

"너는 어떻게 하나도 변한 게 없냐? 차 한 잔 줄 수 있어?"

"그럼. 들어와."

커피 메이커에 내려져 있던 커피를 머그잔에 따라서 내놓았다. 현종
이 거침없는 동작으로 명함을 꺼내서 나에게 건네주었다. 일간지 사회
부 차장이었다.

“사회부 차장이네?”

“학교 졸업하던 해에 입사했으니까 그 정도 돼지. 입사 7년차야. 시청 출입해.”

“결혼은 했어?”

“서른 살에 했는데, 2년 전에 이혼하고, 지금은 딸 하고 둘이 살아. 딸이 여섯 살이야.”

그가 결혼을 했다는 사실보다 이혼을 했다는 사실보다 그에게 여섯 살난 딸이 있다는 사실이 너무 놀라웠다. 대학 2학년 말에 군대를 갔고, 내가 졸업을 하고 나서야 복학을 했으니까 우리의 인연은 거기까지가 전부였다. 같이 오리엔테이션을 하고, 신입생 환영회를 가고, MT를 가고, 과커플이 되고 술을 처음 마시고 취해서 그에게 안겨서 집에 오고 첫 키스를 하고.

“힘들지는 않아? 차라리 부모님과 함께 살지 그래?”

“결혼 생활을 할 때보다는 덜 힘들어. 우리 둘이 사는 것에 익숙해져서 괜찮아. 어머님이 계속 돌봐주시기도 하고. 집사람이 너무 빨리 결혼을 했거든. 대학 졸업하고 바로 결혼을 했는데, 결혼 생활 자체를 너무 못 견뎌 했어. 이혼하고 공부 더 한다고 뉴욕으로 갔어. 너는 결혼했니?”

“아니.”

검정색 폴로셔츠에 청색 수트를 입고 있는 그는 사회생활에 탄력이 붙어 있는 것 같았다. 살집은 없었고, 헬스로 단련된 몸이 강인해 보였다.

"복학하고 나서 너한테 여러 번 전화했었어. 연락이 잘 안 되더라."

"그랬구나."

현종이 군대를 가고 나서 일년 쯤 지난 후에, 나는 J를 사귀면서 그와는 자연스럽게 헤어졌고 J와의 연애도 2년이 못 가서 끝나버렸다. 현종과 데이트가 시작되었다. 스무 살을 함께했던 남자와의 데이트는 굉장히 친밀했다. 나는 신문방송학을 전공했다. 현종과 교수님도 과 친구들도 모두 같았다. 같은 과 친구들이 한 명 두 명 내 인생 안으로 들어왔다. 현종은 숨겨 놓은 보석상자 같았다. 그가 듣는 음악, 그가 가는 재즈 바, 모두 내 취향이었다. 심지어 처음 좋아한 팝송이 F.R. David의 'Words' 라는 것까지 똑같았다. 대학 때 서너 번쯤 만나서 밥을 먹은 적이 있었던 의상실을 하는 그의 누나도 나를 보자 먼 친척을 만난 것처럼 선선하게 굴었다. 도대체 막힌 것이 없는 사람들이었다. 현종을 둘러싸고 있는 모든 것들은 샤랄랄라 초록색이었다. 이렇게 서글서글하고 성격 좋은 남자를 내가 왜 버렸을까? 왜 기억도 안 나는 남자와 연애를 시작한 것일까? 현종이 군대를 제대할 때까지 편지를 쓰고 면회를 가면서 기다렸더라면 좋았을 것이라는 참회로 가슴이 미어질 것 같았다.

승리가 반신욕을 하기 위해 욕조에 거품 비누를 풀고 있었다. 그녀가 욕조에 들어가자, 나는 흑맥주 한 병과 욕실 의자를 들고 욕실로 따라 들어갔다. 나는 욕조 옆에 의자를 놓고 앉아서 맥주를 마셨다. 승리가 얼굴에 오이팩을 하려고 했다.

"팩은 하지 마. 신경 쓰여서 이야기에 집중이 안 돼."

"그러니까 현종 씨랑 같이 잤냐고. 지금 네가 하고 싶은 이야기는 그

거 아니야. 첫사랑과 재회를 했다. 그런데 어떤 식으로도 진도가 안 나
간다. 이게 진정한 로맨스로 발전할 수 있을까? 그런데 사실 이번에는
나도 뭐라고 말을 못하겠어. 너한테 치명적인 연적이 있잖아. 여섯 살짜
리 딸이라니. 그리고 현종 씨 입장도 충분히 이해가 가. 그냥 이혼하고
애가 있는 상황하곤 조금 다르잖아. 이건 내 경험을 벗어난 상황이야.
우리가 처음 경험하는 상황이라고. 매뉴얼 같은 것은 없어. 현종 씨도
나도 너에게 어떤 조언도 못해. 너 혼자서 결정하고 선택하는 거야. 청
혼을 받은 것도 아니고, 그냥 데이트를 하는 거잖아. 여태까지처럼 잘
지내다보면 시간이 해결해주지 않을까?"

분명 냉소쟁이 이승리가 아니다. 승리는 내가 모르는 미지의 세계를
경험한 후 호수처럼 깊어졌다. 나는 흑맥주를 마시면서 상념에 빠져든
다. 그 아이의 이름은 연두. 연두라는 새침한 이름을 가진 여섯 살의 여
자아이. 솔직히 실감이 잘 안 났다.

*

나는 연두를 처음 만나는 장면을 여러 가지 시나리오로 구상해두었
다. 첫번째 시나리오가 현종과 함께 놀이공원을 함께 가는 것이다. 놀이
공원에서 솜사탕을 하나씩 들고 양쪽에서 연두 손을 잡고 걷다가, 사진
을 찍는다. 찰칵! 놀이 기구타는 것을 별로 즐기는 편은 아니지만, 바이
킹도 타고 청룡열차도 같이 타면서 친밀감을 높인다.

두 번째 시나리오는 조금 고전적이지만 이루어질 확률이 가장 높았
다. 연두의 생일날 패밀리 레스토랑에서 스파게티를 먹으면서 연두의

생일을 축하해 주는 것이다. 그리고 그 밖에 일어날 수 있는 상황을 서너 가지 더 생각해 두었다. 그런데 연두와의 첫 만남은 어떤 시나리오에도 없었던 돌발상황이었다.

현종이 다급한 목소리로 전화를 했다.

"수영아. 너 말고 달리 부탁할 사람이 없어서 그래. 우리 연두 좀 3일간만 봐주라. 부모님이랑 누나가 모두 홍콩으로 여행을 가 버렸는데, 내가 내일 2박3일로 갑자기 일본 출장이 잡혔거든. 어떡 하냐? 이런 일은 한 번도 없었는데. 살림은 아주머니가 하니까 저녁에 우리 집에 와서 잠만 자면 되거든."

거절을 하기에는 현종의 목소리가 너무 절박했다.

"글쎄…하지만 아직 연두를 만나본 적도 없는데……."

그 날이 목요일이었다. 2박3일이면 금, 토, 일 3일간이었다.

"그럼. 차라리 우리 집으로 데리고 오는 게 어떠니? 우리 집에서 데리고 있을게."

"그래 줄래? 그럼 내일 오후에 너희 집으로 데리고 갈게."

전화를 끊고 나서 든 생각은 난감함 밖에 없었다. 그러니까 연두와 금요일 밤을 함께 자고, 아침에 유치원에 데려다주고 토요일 오후에 퇴근을 하면서 유치원에서 다시 연두를 데리고 와서, 일요일을 함께 보내는 것이 2박 3일 일정이었다. 그래도 손님치레니까 오랜만에 아파트 대청소를 하고 대형마트에 가서 우유며 과일 생선 등을 쇼핑을 해서 냉장고를 채웠다. 할인점 봉투를 낑낑대고 차에 올리고 나서, 오랜만에 꽃가게에서 국화도 한 다발 샀다.

　　마침내 연두를 만나야 할 결전의 시간이 다가왔다. 퇴근을 한 후 집에 있는데 현종이 아파트 주차장에서 전화를 했다. 나는 쇼올을 걸치고 주차장으로 내려갔다. 현종은 바로 공항으로 출발을 하는 것 같았다. 연두는 등에 유치원 가방을 메고 있었다.

　　"네가 연두구나. 예쁘게 생겼네."

　　연두가 나를 보고 고개를 숙여서 인사를 했다.

　　현종이 쪼그리고 앉아서 연두의 허리에 팔을 두르고 다정하게 말을 했다.

　　"내일 아침에 아줌마가 머리를 묶어 줄 거야. 그때 그냥 묶어주는 대로 가야 돼. 알았지? 안 그러면 연두도 유치원 시간에 늦고 아줌마도 회사 시간에 늦으니까."

　　"싫어. 나는 머리를 땋는 것은 절대로 싫어."

　　"아빠가 절대로 싫은 것은 없다고 했지. 그럼 그냥 머리띠를 해."

　　"내일 아침에 생각해 보고."

　　"연두, 일요일 저녁에 보자. 괜찮지?"

　　현종이 연두를 품에 안았다. 연두는 매끈한 밤알처럼 현종의 품에 안겼다. 현종과 연두는 오 분이 넘도록 머리 묶는 것에 관한 진지한 대화를 나누더니 현종이 연두의 손을 나에게 내밀었다. 현종의 차가 주차장을 빠져나갔다. 나는 연두의 손을 잡았다.

　　"이모는 우리 아빠하고 연인 사이예요?"

　　얘가 왜 나를 이모라고 부르는 건지 알 수 없었다. 아줌마라고 부르면 어쩔까 걱정했는데, 한치의 망설임도 없이 "이모"라고 불렀다. 이모가 일상적인 호칭인가 보았다.

"연인 사이? 너는 연인이라는 말이 뭔지 알아?"

"네. 서로 아껴주는 사이예요."

나는 이 조숙한 아이에게 무슨 말을 해야 할지 몰라서 그냥 엘리베이터 버튼을 눌렀다. 그때 승리가 성큼성큼 계단을 오르고 있었다.

"가게는 어떻게 하고 왔어?"

"가게야 뭐. 성찬이가 워낙에 잘 하잖아. 와우! 이 친구가 연두구나."

승리가 연두의 머리를 두어번 쓰다듬었다. 엘리베이터가 멈추자 우리는 엘리베이터에 올라탔다.

"연두야. 위에 재킷 벗어서 이리 줘."

연두는 제 유치원 가방을 얌전하게 벗어서 한쪽에 내려놓았다. 이 상황이 낯설고 적응이 안 될 법도한데 의외로 의젓했다. 승리가 거실에 앉아서 담배에 불을 붙였다.

"이모, 담배에는 니코틴이 들어 있어서 몸에 안 좋아요."

"니코틴? 너 니코틴이라는 말을 어디서 배웠니?"

"배운 적은 없구요. 그냥 알아요."

승리는 담배를 서너 모금 빨고 나서 비벼 껐다.

"내가 다른 사람한테 담배 피우지 말라는 말을 들은 게, 우리 엄마 이후로 처음인 것 같네. 네가 진정한 내 친구다."

나는 생태탕을 끓이고, 삼치를 구워서 저녁상을 차렸다. 식탁에 앉은 승리가 궁시렁거렸다.

"네가 이런 밥상도 차릴 수가 있었구나. 그런데 그동안 나를 위해서는 왜 이런 밥상을 한 번도 차려 준 적이 없나?"

"너를 위해서가 아니라, 나를 위해서도 차린 적 없어. 애를 먹이는데 피자나 시켜먹으면 되겠니?"

연두는 꼿꼿하게 앉아서 밥을 먹었다.

"국물도 먹어. 안 매워?"

나는 접시에 생태를 올려놓고 생태 뼈를 발랐다.

"야. 신기하다. 너 그동안 애 키우면서 살림하고 산 여자 분위기가 나."

"농담이겠지."

"농담 아냐."

저녁을 먹고 연두는 혼자서 세수를 하고 잠옷으로 갈아입고 머리끈을 풀었다. 제법 긴 머리였다.

"연두는 아침에 머리를 누가 묶어줘?"

승리는 브러쉬로 연두의 머리를 빗겨주고 있었다.

"머리는 아빠가 묶어주고, 책가방은 제가 챙겨요."

"그렇구나. 연두 아빠는 너무 자상한가보다."

"가끔씩 나 몰래 담배를 피우고 커피를 마시는 게 걱정이라니까요."

승리가 어이없다는 표정을 지었다.

"커피도 마시면 안 되니?"

"이모도 커피 많이 마시지 마세요. 커피에는 카페인이 많아서 몸에 안 좋아요."

"너는 대체 그런 것을 어디서 배웠어?"

"그냥 안다니까요."

9시가 넘자 연두는 하품을 했다. 나는 연두를 안아서 침대로 옮겼다. 연두에게서 달콤한 체리 향기가 났다. 승리는 연두가 잠이 들자 냉장고에서 맥주와 안주거리를 챙겨왔다. 드라마를 보면서 맥주를 마셨다.

"현종 씨 좋은 사람같애."

승리도 나도 조금 피로했다.

*

침대에서 눈을 뜨자 무엇인가 나에게 사건이 있었다는 자각이 왔다. 연두, 참 연두가 있었지. 내 옆자리는 텅 비어 있었다. 거실로 나오자 연두는 이미 욕실에서 세수를 하고 나왔다.

"연두 벌써 일어났어?"

"네. 원래 제가 좀 빨리 일어나요."

7시 10분이었다.

"그렇구나. 이리와. 이모가 머리 묶어줄게."

연두는 제 가방에서 촘촘한 쪽빗과 머리끈을 내놓았다. 브러쉬로 연두의 머리카락을 빗질하고 쪽빗으로 가르마를 탔다. 윤기가 나는 머릿결이었다. 머리를 양 옆으로 갈라서 양쪽으로 묶었다. 묶고 나자 찰랑찰랑했다.

"마음에 들어?"

"네. 이모 정말 마음에 들어요. 아빠는 자꾸만 양쪽으로 따려고 하거든요."

연두는 거울 속의 제 모양이 정말 마음에 든 것 같았다. 간단하게 식탁을 차렸는데 승리는 잠에서 깨어나지를 못했다. 나는 연두를 승용차 앞좌석에 태우고 안전벨트를 매 주었다.

"이모가 회사 끝나고 유치원으로 한 시에 갈게. 연두 뭐 하고 싶은 일 있어? 이모랑 쇼핑할까?"

연두는 고개를 갸웃갸웃했지만 특별히 싫은 내색은 하지 않았다. 차를 유치원 앞에 세우자 연두가 승용차에서 내렸다.

"연두, 조금 있다 만나자."

연두가 나를 보고 웃었다. 여섯 살 난 여자아이의 미소. 왠지 콧노래가 났다. 누군가를 보살피고 누군가에게 도움이 되는 사람이 될 생각이 없었으므로 나는 항상 나 자신에게 몰두했고, 나 자신에게 충실하려 애썼다. 나는 법과 질서를 지켰고, 유부남과 연애를 시작하지 않을 정도의 윤리 감각도 있었다. 그런데 나에게 완전하게 의지한 어떤 존재를 책임져 본 것은 처음이었다. 내가 나 자신에게 몰두하면서 살아온 시간의 강들. 레모네이드처럼 새콤하고 명쾌한 시간들. 나는 그 시간들을 여한 없이 즐겼다. 나를 시기하지 않는 좋은 친구들과, 번번이 실패를 거듭했지만 몇 번의 연애가 나를 성숙시켰다. 나는 불감증도 아니고 섹스를 탐하지도 않았다. 연애 안에 포함된 그 정도면 섹스는 충분했다. 내가 가르쳐야 할 동생도 없었고 부양해야 할 부모가 있는 것도 아니었다. 부모님은 두 분이서 서로 다정하게 인생을 꾸려가시는 분들이었다. 나의 청춘은 파스텔톤이었다.

그런데 연두와 보낸 시간은 스쳐 지나가는 빛처럼 짧았지만, 어른과의 그것과는 전혀 달랐다. 내가 힘이 있어서 연두를 보호하고 싶었다. 그 아이를 다치게 하고 싶지 않았다. 나는 권태에 빠져 있지는 않았지만 연두를 만나고 나서 무엇인가 내 마음 안에서 어떤 힘이 솟아나고 있는 것은 분명했다.

화랑 문을 활짝 열고 청소를 하고, 그림들의 위치를 바꾸어 보았다. 그날 오전에 작품을 세 점이나 팔았다. 호텔 베이커리에서 식빵을 사가지고 운전을 해서 연두의 유치원으로 향했다. 유치원 주차장에 차를 주차하고 라디오를 틀었다. 항상 유쾌한 DJ들의 경쾌한 수다를 들으면서 연두를 기다렸다. 정확히 한 시가 되자 유치원생들이 걸어 나와서 노란 대형 버스에 올라탔다. 연두는 나를 보더니 천천히 걸어왔다. 운전석에서 내려서 연두를 태웠다. 연두를 태우고 시내로 향했다.

토요일 오후의 시내는 서로서로 어깨를 부딪히며 걸어야 할 만큼 사람들로 북적였다. 피자헛에서 피자와 콜라로 점심을 먹은 후에 나는 연두의 조막만한 손을 잡고 거리를 걷다가 아이들 옷을 파는 가게로 들어갔다. 초록, 빨강, 노랑 등 알록달록한 색깔의 옷들이 진열되어 있었다. 앨리스가 토끼를 따라 이상한 나라로 갔듯이 나는 연두의 손을 잡고 연두의 세계로 들어갔다. 나는 분홍 털이 달린 검정 밍크 투피스를 골라서 연두 앞에 대보았다.

"와, 정말 예쁘다. 연두 이 옷 한 벌 입어볼까?"

연두가 고개를 저었다.

"왜? 연두야. 정말 예쁘다."

그때 점원 아가씨가 다가왔다.

"요새는 아이들의 취향이 있어서 엄마들이 못 이겨요. 아이가 원하는 스타일로 골라주세요. 네가 입고 싶은 옷이 어떤 옷이야?"

의외로 연두가 고른 옷은 청바지와 하늘색 티셔츠였다.

"말도 안 돼. 연두야. 치마를 입어야지. 이거 봐봐. 이렇게 예쁜 옷을 두고 왜 청바지를 입니?"

"세련됐잖아요."

"나는 싫은데……."

결국 나는 검정 밍크 투피스를 포기할 수가 없어서 옷 두 벌을 사들고 옷가게에서 나왔다.

"아빠랑 쇼핑을 가면 아빠는 네가 원하는 스타일을 사 주시니?"

"아뇨. 이모랑 아빠랑 비슷해요. 촌스런 옷을 막 입으라고 하다가, 결국 내가 좋아하는 옷하고 아빠가 좋아하는 옷하고 두 벌을 사요. 그럼 나는 아빠가 좋아하는 옷은 일주일에 한 번 정도 입어요."

"그렇구나."

그들 부녀가 어떤 일상으로 살고 있는지 어림짐작이 되었다. 연두가 신생아였을 때 돌쟁이였을 때 어떤 아이였는지 어림짐작도 할 수 없었지만 지금 청바지에 부츠를 신고 내 손을 잡고 또각또각 걷고 있는 연두는 야무졌다. 아파트에 도착하자 연두는 잠이 들어있었다. 나는 차를 주차하고 승용차 문을 열고, 연두를 등에 업었다. 생각보다 무거웠다. 연두를 업고 계단을 오르는데, 연두가 짊어진 생의 무게가 나에게 옮겨져 오는 것 같았다.

*

　재즈바 ‘올 댓 재즈’는 아직 이른 시간인지 텅 비어 있었다. 바텐더가 음반을 고르고 있었다. 하이네켄 한 병을 시켰다. ‘올 댓 재즈’에 간간이 들른 것이 3년이 다 되어간다. 승리와 함께일 때도 있고, 혼자일 때도 있었다. 바텐더가 나에게 눈인사를 보내더니 음악을 바꾸어 주었다. 윤도현 밴드의 ‘가을 우체국 앞에서’라는 곡이었다. 바텐더는 하루에 한두 곡씩 재즈가 아닌 가요를 틀 때가 있었다. 손님이 많은 시간에는 재즈를 틀지만, 문을 열고 청소를 하거나, 친밀한 손님이 오거나 하면, 은밀한 신호처럼 가요를 한 곡씩 틀어주었다.

　이 재즈바의 가죽 의자는 다른 술집에 비해서 딱딱해서 편안함은 없었지만 대신 음악을 집중해서 듣게 되었다. 가방에서 스케치북과 연필을 꺼내서 국화꽃이 피어 있는 우체국을 그리고 있는데, 현종이 들어섰다. 그의 걸음걸이와 몸짓이 활어처럼 탄력 있다.

　“나 늦은 거 아닌데 빨리 왔네?”

　“저녁은 먹었어?”

　“작정하고 술 마시는 날은 저녁 안 먹어.”

　현종은 메뉴판을 내 앞으로 내밀었다.

　“너 정말 섹시하거든? 성격도 괜찮고. 연두같이 야무진 딸에, 정말 완벽한 그림인데, 네 와이프는 왜 너랑 이혼했냐?”

　“사돈 남 말 하시네. 성격 좋고 매너 좋은 나를 너는 왜 버렸냐? 내가 말을 안해서 그렇지. 너한테서 연락 딱 끊겼을 때 탈영할 뻔 했어. 너 매너 완전 꽝이었어. 헤어지자는 편지 한 장 달랑 하고 끝이었어. 그리고

네가 사귄 게 고등학교 때 내 친구야. 그 얘길 들었을 때는 진짜 확 돌아
버리겠더라."

"그건 몰랐어. 정말 몰랐어."

"네가 나한테 보내준 편지 중에 황동규의 '즐거운 편지'라는 시를 써
서 보내준 적이 있어. 너를 기다리면서 나는 너를 처음부터 다시 사랑했
었어. 군대라는 특수한 상황도 있었고. 사귄 여자가 너 밖에 없어서 그
리워할 여자가 너 밖에 없었기도 하고. 그런데 너는 나를 완벽하게 버려
버리더라. 단 한 통의 편지도 더 이상 안 오더라고."

현종은 내 잔에 술을 계속해서 따랐고, 나는 속도를 즐기면서 술잔을
비웠다. 파스텔톤의 나의 삼십대 싱글이 헛것처럼 여겨졌다. 현종이 나
를 기다렸다고 말을 하고 있다. 아니 나를 사랑했었다고. 그가 그의 인
생을 강렬한 원색으로 칠하고 있을때 나는 파스텔톤으로 칠하고 있었
다. 나는 어느 것과의 관계도 뜨겁지 않았다. 나 자신과의 관계마저 냉
소가 있었다. 진한 상처가 없는 나의 일상. 술이 확 돌면서 몸이 뜨거워
졌다. 현종이 담배 연기를 길게 내뿜었다.

"와이프랑 감정 정리는 다 끝난 거야?"

"어떻게 다 끝나겠냐? 미워하다가 그립다가 잊고 살다가 가끔 생각나
다가 그러는 거지. 그 웬수도 뉴욕에 있어서 얼굴을 볼 수도 없고. 여자
들은 다 그렇게 독하더라."

"나를 그리워했다더니, 이젠 와이프가 그립냐?"

"너는 얼굴도 본 적 없는 사람을 질투하냐?"

나는 담배에 불을 붙였다. 현종이 자기 잔에 맥주를 따랐다.

“너는 나를 어떻게 생각해?”

유치한 대사였다. 열아홉 살 계집아이가 내숭을 떨면서 애인에게 하는 판에 박힌 대사였다.

“같이 살고 싶지.”

담배 연기를 잘못 빨아들여서 기침이 터져 나왔다. 현종이 웨이터에게 얼음물을 시켜주었다. 유치한 대사에 반한 농익은 대사였다. “너를 사랑해.”라거나, “너를 평생 지켜주고 싶어.”라거나, 하다못해 “나와 결혼해줄래.”라는 대사도 있건만, 같이 살고 싶지라니. 같이 살고 싶지라는 대사에 그의 생의 무게가 얹혀 있었다. 내가 두려워하던 생의 무게감. 생의 무게와 상처가 두려워서 얇게 얇게 드라마를 만들면서 살았던 시간들. 그런데 현종이 ‘같이 살고 싶다.’ 라는 대사와 함께, 연두를 안고 나에게 다가왔다. 술에 완전히 취하자 나는 물었다.

“너 반지는 사왔니?” 그 부분에서 기억이 끊겼다.

잠에서 깨어나자 온 몸이 흠씬 두들겨 맞은 것 같았다. 주방에서 콩나물국 끓이는 냄새가 났다. 간밤의 일들이 한 컷 한 컷 재생이 되었다.

“승리야, 나 어제 몇 시에 왔어?”

“두 시쯤 됐나? 엉망으로 취해서 현종씨 등에 업혀서 왔어. 대체 왜 그렇게 마신 거야?”

승리가 국자로 콩나물국의 간을 보고 있다.

나는 샤워를 하고 나서 책꽂이에서 황동규의 시집을 꺼냈다. 식탁 의자에 책상 다리를 하고 앉아서 시간이 배어서 종이 색깔이 누렇게 변한 책의 눅진한 냄새를 맡아보았다. 내년에는 꼭 들국화가 피어 있는 가을

우체국 앞에서 펜으로 편지를 써야지. 빨, 주, 노, 초, 파, 남, 보, 원색의
시간들이 나에게 오더라도 두려움 없이 색채를 즐겨야지. 즐거운 편지
처럼 삶을 즐겨야지. 내 어깨가 간지러웠다. 나의 왼쪽 어깨 위에 현종
의 생의 무게가 스며들고, 오른쪽 어깨 위에 연두의 생의 무게가 스며든
다. 내 어깨에 그들의 상처가 스며들어서 검붉은 피멍이 들었다. 내 어
깨에서 날개가 솟아난다. 날개에 푸르스름한 멍자국이 있다. 나는 기꺼
이 그 멍자국에 입맞춤한다.

담배와 바나나맛우유

담배와 바나나맛우유

운전석 옆자리에 앉아서 백화점 지하주차장을 내려갈 때면 고래 뱃속으로 들어가는 것 같다. 애련이 질끈 감은 눈을 뜨자 가람이 주차선 안에 정확하게 주차를 한 후, 승용차의 시동을 껐다. 가람의 옆얼굴은 조각가가 잘 빚은 조각품같다. 애련은 살짝 흥분이 된다. 백화점 쇼핑은 그녀가 한 달에 한 번씩 하는 그녀의 취미생활이다. 쇼핑에는 그녀의 조카인 가람이 동행해준다.

엘리베이터는 3층에서 멈추었다. 애련은 대학을 졸업하던 해부터 입기 시작한 '수요일의 신부'라는 브랜드의 옷을 십년이 넘도록 계속해서 입고 있다. 장미 문양이 새겨진 하얀 블라우스, 집시치마 등이 주종을 이루고 있다. 친분이 있는 매니저가 반가운 얼굴로 애련과 가람을 맞아주었다. 아직 1월인데 봄 신상품을 진열해서 매장 안은 봄꽃이 만발한 것 같았다. 애련은 매장 안의 옷을 이리저리 들추어보다가 프릴 블라우스와 잔꽃 무늬가 수놓아진 집시치마를 들고 탈의실 안으로 들어갔다.

가람은 좁은 매장 한 구석에 놓여 있는 작은 의자에 자리를 잡고 앉았다. 매니저는 애련의 옷 입기를 세심하게 거들었다.

그녀는 세벌을 더 입어보고 옷을 골랐다. 매니저가 종이가방에 쇼핑한 옷을 넣어 주었다.

"언니, 여름 상품 나오면 그때 또 오세요."

"그럴게요."

애련은 소녀 같은 앳된 목소리로 대답을 하고, 표정이 상기되어서 매장을 나섰다. 그들은 평소처럼 점심을 먹기 위해 9층에 있는 퓨전식당으로 들어섰다. 웨이터가 생수가 담긴 청결한 유리잔을 테이블 위에 놓았다. 애련은 스파게티를 가람은 해물 그라탕을 시켰다.

"오늘 내가 산 옷 로맨틱하지 않니? 수요일의 신부 디자이너들은 코튼으로 어떻게 이렇게 로맨틱한 옷을 만들 수가 있을까?"

그녀는 아직까지도 쇼핑의 행복감이 남아 있는 듯했다.

"이모가 마음에 든다니까 정말 다행이다. 이모, 나 할 이야기가 있어요."

"뭔데? 얼마나 중요한 말인데 이렇게 뜸을 들여. 너 혹시 연애 시작하니?"

"이모, 나 결혼 날짜 잡으려고."

애련은 테이블 위에 물컵을 조용하게 내려놓았다. 그녀는 당혹스런 일이 생기면 오른손 엄지손톱을 깨무는 버릇이 있는데 어느새 손톱을 깨물고 있다.

"연애를 하는 게 아니고 결혼을 한다고? 너한테 애인이 어디 있다고 결혼을 해? 언제쯤 할 건데? 6개월쯤 후에?"

"미안해요 이모. 더 빨리 이야기했어야 하는데. 다음 달 중순쯤 결혼 날짜를 잡으려고."

"엄마는 뭐래? 엄마한테는 소개한 거야?"

"아직 소개 못했어. 이모한테 먼저 말하는 거야. 이모한테 먼저 소개하고 엄마 아빠께 소개하려고."

"엄마한테 아직 소개도 안했는데 결혼을 다음 달에 한다고? 왜? 네 나이가 몇 살인데 벌써 결혼을 해? 뭐하는 사람이야? 아니 몇 살이야? 얼마나 사귀었는데?"

"이모, 흥분하지 말고 천천히 말해. 사귄 지는 일 년 조금 넘었어요. S은행에 근무하고 나이는 서른여섯이야. 성실하고 좋은 사람이야."

애련은 바알갛게 홍조를 띤 얼굴이 금세 시무룩해진다.

"사랑하는 거야? 정말 뜨거운 운명적인 사랑을 느낀 거야?"

"이모는 운명적인 사랑은 무슨……그냥 말도 잘 통하고, 이사람하고라면 평생 서로 의지하면서 살 수 있겠구나 싶으니까 하는 거지."

"결혼하면 직장은 어떡할 건데?"

"2, 3년 더 다니다가, 임신하면 그만둬야지 뭐."

"네가 그 직장에 입사하려고 얼마나 열심히 공부했는데, 그리고 너 일도 잘하잖아."

"내 일에는 한계가 있잖아."

애련은 포크로 스파게티를 돌돌돌 말았다.

"이모 이번 주 토요일 저녁에 시간 있어? 규빈 씨 소개할게요. 밖에서 저녁 식사를 할까? 일요일에는 부모님 뵈러 내려가려고.”

“밖에서 먹긴. 집으로 초대해. 내가 저녁 식사 준비할게.”

애련은 물잔을 입술에 가져갔다.

가람은 세련된 동작으로 식사비를 계산했다. 가람은 그녀를 아파트 앞에 내려주고 약속이 있다면서 주차장을 빠져나갔다.

*

아파트 문을 열고 들어서자 거실 탁자 위의 화병에 꽂힌 노란 프리지아꽃이 화사하다. 애련은 옷장 문을 열고 블라우스와 치마를 정리했다. 십년이 넘도록 사들인 수요일의 신부의 옷들로 옷장 안은 만발한 꽃밭 같았다.

그녀의 아버지가 돌아가시면서 그녀 앞으로 24평 아파트를 남겼다. 16년 동안 살고 있는 낡은 아파트가 고래 뱃속처럼 아늑하다. 카키색 커튼과 테이블보, 거실 한 켠에 놓여있는 인형들. 그녀는 이 아파트에서 대학을 다녔고, 직장 생활을 했고, 큰언니의 딸인 가람의 대학입시 뒷바라지를 했다. 큰언니 내외는 청연에서 꽤 큰 규모의 사슴 농장을 하고 있는데, 애련이 가람과 함께 살기 시작한 것은 가람이 고1때 도시로 유학을 오면서부터였다. 가람을 데리고 있겠다고 나선 것은 애련이었다.

애련은 그때 스물여섯이었다. 아버지가 돌아가시자 어머니는 큰언니 농장으로 갔고, 그녀의 대학 등록금을 대 준 큰언니와 형부는 애련에게는 부모와 마찬가지였다. 애련은 가람과 자매처럼 지내왔다.

애련은 그때도 ‘宮’ 이라는 민예품 가게에 다녔다. 집안 꾸미기와 요리가 취미인 그녀는 퇴근을 한 후에는 흰 접시에 스파게티 같은 요리를 차렸고 촛불을 켜고 식사를 했다. 그들은 어느덧 생리주기가 같아졌다. 욕실에 있는 생리대도 같이 썼고, 애련은 자신의 속옷을 삶을 때 당연히 가람의 속옷도 함께 삶았다. 이상할 정도로 단 한 번의 갈등도 없이 그들은 친구처럼 그렇게 지내왔다.

가람은 상냥하고 사랑스런 아이였다. 애련과 가람이 수요일의 신부의 흰 블라우스와 프릴치마 리본이 달린 모자를 쓰고 청연의 농장에 가면 형부가 도로 앞에 마중 나와 서 있곤 했다. 큰 언니는 야채와 고기를 준비해놓았고, 동백꽃이 피어 있는 뜰에서 바베큐 파티를 했다.

가람은 단과대학 수석으로 경영학과에 무난하게 합격을 했다. 그녀는 허리까지 내려오는 긴 생머리를 1학년 가을쯤에 단발머리로 싹둑 잘랐다. 그때부터 가람은 더 이상 프릴달린 스커트를 입지 않고, 청바지에 티셔츠를 입었다. 이제 그들이 청연에 갈 때면 가람은 청바지에 셔츠를 입고 검정 이스트팩 배낭을 등에 메고 있었고, 애련은 집시치마에 프릴달린 블라우스, 뜨개질한 손가방을 들고 있었다. 형부는 가람의 변해버린 스타일에 드러내놓고 섭섭함을 표현했다.

"가람아, 넌 긴 머리가 훨씬 더 사랑스러운데."

"아빠는………공부할 때 불편하잖아요."

큰언니가 가람을 위해 쇼핑해 놓은 옷은 모두 애련의 차지가 되었다. 외동딸인 가람은 대학에 입학할 때까지 제 손으로 옷이나 신발 등을 사 본 적이 없었다. 유난히 프릴과 핑크색을 좋아하는 가람의 어머니가 사 놓은 옷을 입어왔다. 그러나 가람은 어느 순간 청바지에 티셔츠를 입는 여대생이 된 것이다. 큰언니도 형부도 가람을 위해 사줄 수 있는 것들이 점점 줄어갔다.

가람이 대학 3학년 때였을까, 그들은 스타벅스에 함께 갔다. 그녀는 핫쵸코를 시키고 가람은 에스프레소를 시켰다.

"에스프레소는 너무 쓰지 않아?"

"괜찮아."

가람은 고통스러운 표정을 지으면서 에스프레소를 마셨다. 그녀는 대학 4학년 때도 고3때처럼 잠 안 오는 약을 먹고 밤을 새워서 공부를 했다. 애련은 저녁이면 주스를 갈고, 아침에는 일찍 일어나서 된장국에 밥을 해서 같이 먹고 출근을 했다. 가람의 뒷바라지를 하는 것은 힘들지 않았다. 그녀의 어머니도 큰언니도 형부도 조카 밥을 해 먹이는 그녀를 칭찬했고 그때만큼은 뭔가 뿌듯한 기분도 있었다. 가람이가 좋은 대학, 좋은 직장에 합격을 해주어서 기쁨도 있었다.

궁에서 받는 애련의 월급은 많은 편은 아니었지만 월급의 절반 이상을 적금을 부었고, 나머지 돈으로는 알뜰하게 살림을 살았다. 시장에서 천을 떠다가 식탁보를 만들고, 양초를 만들었고 포트에 있는 식물을 사다가 화분에 분갈이를 할 정도로 키워냈다. 그렇게 혼기가 지나면서 친구들이 하나, 둘 결혼을 했고 자식을 낳았다. 친구들을 만나면 임신을 해 있거나 아기 양육으로 정신이 없었다. 그녀는 친구들의 임신한 모습을 보면 덜컥 겁이 났다. 도저히 축하를 해줄 수가 없었다. 임신한 여자를 아무리 좋게 보려고 해도 흉물스럽기 그지없었다. 그녀와 촛불을 켜 놓고 와인을 마시면서 이야기를 나눌 친구들이 점점 없어지고 있었다.

애련에게 결혼은 징그러운 그 무엇, 혼란스러움을 뜻했다. 그것보다 더 중요한 것은 그녀가 운명의 남자를 아직 못 만났다는 사실이다. 그녀는 소개팅이나 맞선 같은 형식으로 운명적인 남자를 만나기는 정말 싫었다. 큰언니는 중매 아주머니를 통해 꾸준하게 맞선을 주선했지만, 애련이 맞선보는 것을 너무 싫어해서 어느 시점인가 큰언니도 지쳐버렸다.

24평 아파트는 그녀의 자식 같은 소품들로 가득 찼다. 찬장에는 꽃무늬 찻잔 세트가 가득했고 천장에서 거실 바닥까지 잘 자란 러브체인 화분만 열 개가 넘었다. 베란다에는 식물들이 가득했고, 거실에 놓여 있는 크고 작은 인형이 서른개가 넘었다. 목에 리본을 단 테디베어부터 가장 최근의 해피릴렉스기린까지, 아파트 안은 애련이 사랑하는 사물들이 가득한 비밀 창고였다.

그린맨션 옆에 고층 아파트가 들어서면서 채광을 방해해도 애련의 식물들은 그녀가 구축한 견고한 성에서 쑥쑥 잘도 자랐다. 그녀는 외롭지 않았다. 삼년이 지나 적금이 만기가 되면 새로운 적금을 시작했다. 한달에 한번 가람과 함께 백화점으로 쇼핑을 갔고 밤이면 샌드위치를 만들어놓고 가람이 퇴근하기를 기다렸다.

가람은 대학 4학년 2학기 때 A은행 공채시험에 합격을 했다. 그녀는 창구에서 입출금 업무를 보았는데 회사에 출근할 때는 청색 줄무늬 바지 정장에 흰색 셔츠를 받쳐 입었다. 머리는 대학 1학년 때부터 항상 단정하고 산뜻한 단발머리였다. 시간이 흐르면서 그녀는 단순한 입출금 업무에서 투자 상담으로 업무가 바뀌었다.

애련은 가람이 예전처럼 부드러운 스타일의 옷을 입기를 바랐지만 애련이 수요일의 신부로 자신의 스타일을 만들었듯이 가람도 자신의 스타일을 만들어가고 있었다. 하지만 애련에게 가람은 항상 자신이 보호해주고 뒷바라지 해주어야 하는 조카에 불과했다. 가람도 집안일을 싫어하는 편은 아니었지만 집에 있는 시간이 더 많은 애련이 집안일을 거의 대부분했기 때문에 가람은 제 속옷 정도를 빨아 입었다. 가람이 월급을 받으면서 공과금조로 내놓는 봉투는 받았다.

가람이 세상에서 살아남기 위해 얼마나 피나는 노력을 하고 얼마나 많이 자신의 취향을 버리고 있는지 애련은 알 길이 없었다. 핫쵸코가 맛있으면, 핫쵸코를 마시면 그만이지, 왜 맛도 없고 고통스럽기까지 한 에스프레소를 마셔야할까. 애련은 아늑한 자신의 공간에서 핫쵸코를 마시면서 살았다. 그녀는 행복했다.

어느 날, 애련은 가람의 방에서 담배와 라이터를 발견했다. 그녀는 징그러운 물건을 발견한 것처럼 가슴이 쿵쿵거렸다. 샤워를 하고 나오는 가람에게 벌벌 떨리는 목소리로 물었다.

"가람아, 너 담배 피우니?"

"아니야, 이모."

"그런데 왜 핸드백에서 이런 게 나와?"

"이모는 그럴 때 없어? 사회생활 하다보면 담배가 필요할 때가 있잖아. 상대방하고 진짜 대화가 필요하거나, 아니면 정반대일 때."

"정반대? 그게 뭔데?"

"남자들, 담배 피우는 여자 너무너무 싫어하잖아. 뭔가 이야기가 꼬

이고 그 사람이랑 감정적으로 완전히 끝내야 할 때, 나는 담배가 효과적
이던데.”

“그게 담배를 피우는 거잖아.”

“이모는 내가 피부 관리에 얼마나 신경을 쓰는데 피부에 백해무익한
담배를 피우겠어. 나 담배 안 피워, 때때로 담배를 이용할 뿐이지.”

애련은 가람이가 ‘담배를 이용한다’ 라는 말을 저렇게 자분자분하게
말할 수 있다는 것에 겁을 먹었다. 그리고 ‘사회생활 할 때’ 라는 표현에
도.

가람이가 하는 사회생활이란 어떤 것일까? 대리석이 깔린 빌딩에 있
는 회사의 직원이 된다는 것, 자기 이름으로 신용카드가 발급이 되고,
자신의 명의로 은행대출이 되고, 연말정산서를 제출하고, 세금을 낸다
는 것은 대체 어떤 것일까?

언제까지나 자분자분 자신의 속내를 모두 털어놓으면서 살 것 같았
던 애련과 가람이 심정적으로 갈라선 사건은 의외로 돈이었다.

*

그날은 창 밖에 서 있는 벚꽃 나무에서 벚꽃이 흩날리는 봄밤이었다.
가람은 거실의 탁자에 맥주와 마른 안주를 곁들인 술상을 차렸다. 유리
컵에 맥주를 따르면서 가람이 말했다.

“이모, 영은이 알지? 영은이 오빠가 부동산 쪽에서 일을 하거든. 그런
데 몇 년 후에 행정 도시로 개발될 곳에 땅이 나왔대. 우리한테 목돈이
없으니까, 일곱 명 정도 모여서 그 땅을 사려고. 지금까지 모두 다섯 명

이 모였으니까 투자자 두 명이 더 필요하거든. 이모, 적금탄 돈 있지? 그 돈 우리 같이 투자하자."

"얼마를 투자해야하는데?"

"3천만 원."

"3천만 원?"

"그곳이 행정 도시로 개발이 되는 십년 후에는 얼마가 될지 모른대. 지금은 우리가 도저히 상상할 수 없는 엄청난 규모래."

"네가 돈이 어디 있어서 투자를 해?"

"은행에서 융자를 받으려고. 다섯 명 모두 우리과 친구들하고 남자친구들이야. 믿을 만한 애들이니까 걱정 안해도 돼. 땅은 공동 명의가 가능하니까 일곱 명이서 공동명의를 하고 지분만 나누어가지면 돼. 이모도 그냥 은행에 묵힐 거면 같이하자."

"얘가 미쳤어 미쳐. 3천만 원이 얼마나 큰돈인데 엄마하고 의논도 안하고 대출을 받아서 덜컥 땅을 산대? 아파트도 아니고 무슨 땅은 땅이야?"

"이모는, 3천만 원 가지고 무슨 아파트를 사."

애련은 돈이 소중하기도 했지만 투자라는 말이나 땅이라는 말이 두렵고 더럽고 무작정 싫었다. 더럽고 불결한 곳에 몸을 담그는 것 같았다. 그런 일은 세상에서 닳고 닳은 사람들이나 하는 일이라고 생각했기 때문이다. 그녀는 가람을 이해할 수가 없었다. 착실하게 월급 받고 그 월급 적금하면 될 텐데, 자기가 혼자서 사는 것도 아니고 일곱 명이나 되는 사람들과 함께 공동으로 땅을 사다니. 차라리 가람이가 그녀에게

3천만 원을 빌려달라고 했으면 한번쯤 생각해 볼 수도 있었을 것이다. 도저히 가람을 이해할 수가 없었다.

그날부터 가람은 고등학교 동창, 대학교 동창 모두에게 전화를 해서 결국 두 명의 투자자를 더 구했고, 기어이 그 땅을 산 것 같았다.

그 한 달이 지나고 나서 애련은 가람의 눈치를 살폈지만 가람이 특별히 달라진 것은 없었다. 가람은 그녀에게 상냥하게 대했고, 그녀가 차려주는 밥을 맛있게 먹었고, 일요일이면 고무장갑을 끼고 쓱쓱 욕실 등을 대청소하기도 했다. 하지만 가람은 아주 서서히 변해갔다. 무스크향의 바디클린저를 쓰고 향수를 유혹적인 향으로 바꾸었다. 그러나 가람의 외양이 화려해진 것은 아니었다. 그녀는 여전히 청색 재킷의 바지 정장을 입었고 단정한 하이힐을 신었다. 누가 보아도 은행에 근무하는 직장 여성 같았다. 그러나 그녀의 속옷은 브랜드를 알 수 없을 정도로 야해졌다.

애련은 가람과 거실에 누워서 오이마사지를 할 때면 그녀가 가람보다 두서너 살쯤 많은 자매 같았다. 그녀는 자신이 가람보다 열 살이나 많다는 사실을 피부로 느낄 수가 없었다. 오히려 가람이 언니 같았고 자신이 동생 같았다. 그녀는 가람에게 은근슬쩍 어리광을 피우면서 속절없이 나이 들어갔다.

어느 날인가, 가람이 처음이자 마지막으로 그녀에게 남자를 소개했다. 애련의 나이, 서른세 살때였다. 애련은 썩 내키지는 않았지만 가람의 손에 이끌려 레스토랑으로 나갔다.

"이모, 무슨 일이 있어도 데이트를 꼭 세 번까지는 해야 해. 내가 2년

동안 모신 상사예요. 인간적이고, 평판도 좋고, 능력 있어요. 후배들한
테 제일 인기가 있는 상사예요. 나이는 조금 많지만 이모 나이도 있으니
까."

애련은 흰 손수건을 손에 쥐고 레스토랑에 앉아 있었다. 그때 가람이
키가 작달막한 남자와 함께 앞자리에 와서 앉았다.

"이모, 인사하세요. 김동준 과장님이세요."

애련은 자신의 눈을 의심했다. 김동준은 키는 170㎝가 될까말까 했
고, 전체적인 느낌은 동글동글했다. 그리고 무엇보다 귓가에 흰머리가
듬성듬성 나 있었다.

"안녕하세요?"

그녀가 고개를 숙이자 김동준이 서글서글한 미소를 지으면서 애련
앞으로 메뉴판을 내밀었다. 세련된 동작이었다.

"낭만적이신가 봐요. 패션이 신선하네요. 우리 젊었을 때는 애련 씨
같은 스타일의 옷을 입는 귀여운 아가씨들이 종종 있었는데, 요새 젊은
아가씨들은 그런 스타일을 입는 사람이 거의 없어서요. 정말 로맨틱하
고 좋은데요."

"네."

애련은 금방이라도 울음을 터트릴 것 같았다.

"식사를 하시죠."

"네."

"민예품 숍에서 근무하신다구요?"

"네."

어색한 시간이 흘러갔다. 그들은 그 레스토랑에서 저녁을 먹고 차까지 마시고 헤어졌다. 애련은 아파트에 돌아오자 쓰러질 것 같았다. 그녀는 거실에 있는 쿠션에 등을 기대고 앉았다.

"이모, 김과장님 정말 좋으신 분이세요. 승진도 굉장히 빠른 편이에요. 업무에서는 회사에서 인정을 받은 분이라구요."

"그렇게 좋으면 네가 시집가지 그러니?"

애련의 목소리에서 쇳소리가 났다.

"이모……왜 마음에 안 들어요? 말을 해야 알지. 뭐가 마음에 안드는 건데?"

"너무 아저씨야."

"뭐? 이모……이모 나이가 몇 살인데……이모하고 여섯 살 차이밖에 안 나. 나이 차이가 뭐가 많이 난다고 그래. 사회생활에서 남자 나이 서른아홉이면 황금기야. 김과장님은 남자 인생에서 황금기라고."

"너는 그 사람 흰머리 보고도 그런 말이 나오니? 얼굴은 동글동글하고 아랫배도 나오고. 대머리끼도 있어. 너무 늙었어."

"이모 그래도 나랑 약속했잖아. 데이트를 세 번은 해 본다고. 다시 한 번 만나봐. 이렇게 좋은 남자를 다시는 못 만날 수도 있어."

애련은 심술궂게 고개를 가로저었다.

"정말 다시 안 만날 거야? 이모, 오스칼 같은 꽃미남은 만화 속에나 있는 거예요. 현실에서 꽃미남을 찾으면 어떻게 해요."

애련은 고개를 가로저었다. 어쩌면 애련에게는 그 시점이 인생의 터닝포인트였는지 모른다. 현실 감각 있고 능력 있고 너그러운 남자가 바로 그녀 앞에 있었다. 그녀가 손만 내밀면 그 남자와 결혼을 해서 아이도 낳고 단단한 가정을 일구었을 수도 있다. 그러나 애련은 그 남자의 손을 잡지 않고 그린맨션으로 숨어들었다.

*

정원에 서 있는 나트륨등에 조명이 켜지면 애련은 퇴근 준비를 한다. 그녀는 7년째 송매헌이라는 한정식집 별관에 있는 '궁'이라는 민예품 가게에서 일하고 있다. 송매헌은 원래는 평판 있는 요정집이었는데 세상이 바뀌면서 한정식집으로 바뀌었다. 도심에 있는 대나무며 정원에 있는 석등, 삼십년이 넘은 호랑가시나무, 아름다운 문양이 새겨진 장독대의 항아리들에는 호사스러웠던 옛날의 풍류가 그대로 남아 있었다. 송매헌은 그녀의 먼 친척 할머니가 운영을 하고 있었는데 처음에 그녀는 카운터를 보았다. 그러다가 '궁'이라는 민예품을 파는 가게가 오픈을 하면서 그녀는 궁으로 옮겨갔다. 사실 궁에 많은 상품이 있는 것은 아니었다. 그래도 세월이 가다보니까 상품들이 하나 둘 모아졌다. 궁은 음식점 뒤편 별관에 있는 일곱 평짜리 작은 가게여서 송매헌에 음식을 먹으러 온 사람들조차 궁이 있는지조차 잘 모를 정도였다. 그런데도 매출은 꾸준했다.

궁은 인생의 하수구 같은 곳이었다. 파산한 재벌가의 패물이 한꺼번에 흘러들어오기도 하고, 정인이 생긴 여류 명사의 보석함이 통째로 흘러들어오기도 했다. 상품이 들어올 때는 한 집안이나 한 사람의 거의 모든 패물이 들어왔다. 명망 있는 의사집이나 변호사집의 베갯모나 자수 작품, 펜대, 낡은 파카 만년필, 수반 등 생활 소품은 부르는 것이 값일 때가 있었다. 망한 집안의 베갯모나 여고생이 놓은 자수 작품을 요새 세상에 가져다가 어디다 쓰는지는 알 수 없었지만, 그런 물건들은 들어오기가 무섭게 팔려나갔다. 파는 사람은 궁에 자신의 인생 전체를 내다 버렸고, 사가는 사람은 한 사람의 인생 전체를 훔치듯이 사갔다.

상아, 흑진주, 산호 같은 패물들, 노리개나 비녀 등은 꾸준하게 거래가 되었고, 섬세하게 세공된 순금두꺼비나 순금거북 등도 있었다. 애련은 수요일의 신부 옷을 입고, 그 고즈넉한 곳에서 은어처럼 부유했다. 궁은 그린맨션만큼이나 평화롭고 적요하고 아늑했다. 그녀는 궁의 내부를 정리하고 나트륨등이 켜진 송매헌의 정원을 걸어서 퇴근을 했다. 퇴근하는 길에 그녀는 내일 있을 저녁 초대를 위해서 대형마트에서 시장을 보았다. 집에 오자마자 전화벨이 울려댔다.

격앙된 목소리의 큰언니였다.

"애련이니? 자다가 홍두깨 맞는다더니, 가람이가 한 달 후에 결혼을 한다니 이게 대체 무슨 소리냐? 신랑 나이가 서른여섯 살이란다. 요새 세상에 십년 차이가 뭐니. 십년 차이가."

"형부는 뭐래?"

"속상해서 술 마시러 나갔어. 당장 결혼 비용이 어디가 있니, 그랬더니 가람이가 뭐라 그러는지 아니? 땅인가 뭔가에 투자를 했는데 투자금을 회수를 했다나 뭐라나 아무튼 돈 있대. 우리는 그냥 결혼을 허락만 해주면 된다더라. 너는 한 집에서 살면서 정말 몰랐던 거야?"

"몰랐어."

"내 딸이지만 정말 뭐가 뭔지 모르겠다. 모래 내려온다니까, 그때 사람 얼굴 보면 알겠지 뭐."

"그래. 언니."

애련은 수화기를 내려놓고 아파트를 둘러보았다. 자신은 왜 가람이 결혼을 해서 이 아파트를 떠나버릴 수도 있다는 생각을 못했을까. 그녀는 심란한 마음으로 냉장고에 식료품을 채워 넣었다.

궁은 5일 간만 근무를 하고 토, 일요일은 휴무였다.

애련이 잠에서 깨어났을 때, 가람은 커피와 토스트로 아침 식사를 한 후 설거지까지 해놓고 출근을 한 후였다. 그녀는 무거운 몸을 이끌고 일어나서 샤워를 한 후 집안청소를 하기 시작했다. 집안이 온갖 인형, 양초, 민예품들로 발디딜 틈이 없었다. 거실에 옆으로 뉘어져 있던 가야금을 일으켜 세우고 최대한 거실의 공간을 넓혔다. 그리고 찬장에서 사다 놓고 한 번도 안 쓴 공기와 접시 유리컵 등을 꺼내 놓았다. 그동안 친구나 가족들의 저녁 초대 없이 가람과 둘이서 우물 속처럼 고요하게 살아온 시간이었다.

그녀는 도미찜과 잡채, 갈비찜 등의 요리를 해서 주방에 준비해 놓은 후, 며칠 전에 산 블라우스와 스커트를 입고, 전기 세팅기로 머리를 세팅했다. 그녀는 거울 속에 비친 자신의 모습을 바라보았다. 서른여섯, 젊음이 스러져가고 있는 여자가 거울 속에 앉아 있다. 그녀는 파우더로 뺨을 두어번 더 찍어 누르고 분홍색 립스틱을 발랐다. 그러다가 가람이 결혼할 사람이 서른여섯, 자신과 동갑이라는 사실에 생각이 미쳤다. 가람이 소개해 주었던 김동준 과장도 떠올랐다. 키는 작달막하고 부드러

운 미소를 갖고 있었던 사람. 시곗바늘이 다섯 시를 가리키자 차임벨이
울렸다.

"가람이구나. 잠깐만."

자리에서 일어나서 문을 열러가는 애련은 괜히 허둥거렸다. 감색 양
복을 입은 남자가 과일바구니를 들고 서 있다가 그녀를 보고 고개를 숙
여서 인사를 했다.

"규빈 씨, 인사하세요. 우리 이모예요."

"이모, 규빈 씨야."

"안녕하세요. 처음 뵙겠습니다."

"네……어서 들어오세요."

규빈이 들어서자, 아파트가 순간 환해지는 느낌이었다. 규빈은 거리
어디에서나 볼 수 있는 평범한 호남 스타일이었다. 큰 키에 적당히 살집
이 있었고 노련함이 느껴졌다.

"집이 정말 화사하군요. 이모님이 감각이 뛰어나시다더니 정말 멋진
데코레이션입니다."

"감사합니다. 말 놓으셔도 돼요."

"네?"

"이모……."

가람이 그녀의 허리를 찔렀다.

"저하고 나이가 같다고 해서요."

"네."

규빈이 민망한 표정을 지었다. 가람이 홍차를 내왔다.

"이모, 우리 결혼식은 K호텔에서 할 거예요. 다음달 첫번째 주 일요일이에요."

"벌써 날을 잡았니?"

"예식장이 그날밖에 비어 있는 게 없어서."

"집도 구해야 하고, 혼수도 해야 하잖아."

"집은 규빈 씨가 사 놓은 아파트가 있어요. 가구하고 가전제품만 넣으면 돼요. 그거야 뭐 이틀 정도면 끝날 텐데. 규빈 씨 친구가 수입가구점을 한대요. 거기서 맞추면 돼요."

애련은 오른손 손톱을 잘근잘근 깨물었다.

"이모 미안한데, 우리 담배 피워도 될까?"

"담배? 안 될 건 없지만…."

"가람 씨, 나는 괜찮아요. 그러지 않아도 돼요."

규빈이 손사래를 쳤다.

"규빈 씨 내가 말했잖아. 언니 같은 이모라고, 이해해주실 거예요."

가람이 탁자 위에 담배와 라이터 재떨이를 올려놓았다.

"이모, 저녁은 아직 이르니까, 우리 맥주 마셔요."

"그…글쎄……."

가람은 편의점에서 사 온 마른안주와 맥주를 탁자 위에 올려놓았다.

"과일이라도 내올까?"

"이모, 안 그래도 돼요. 규빈 씨 정말 편한 사람이에요."

가람은 벌써 자연스럽게 규빈의 양복 윗저고리를 받아서 옷걸이에 걸고 있었다. 검정 폴로셔츠를 입은 규빈은 턱에 푸르스름한 면도 자국이 나 있고, 왼손 약지에는 오닉스 반지를 끼고 있었다.

"이모님, 정말 죄송합니다. 편하게 있겠습니다."

"그러세요."

그때 가람이 담배 한 개비를 빼들었다.

"그동안 가람 씨의 좋은 친구이자 좋은 보호자셨다구요."

"제가 한 일이 뭐가 있다구요. 전공은 무얼하셨나요?"

"학부는 경영학을 했구요. 펜실베니아 와튼스쿨에서 MBA를 마쳤어요. 맨해튼에 있는 은행에서 3년 동안 근무했고, 한국에 들어온 지는 4년째예요."

"네."

가람은 능숙하게 담배 연기를 내뿜었다.

"우리 가람이는 어떻게 만나셨어요?"

"작년 크리스마스이브 때 멤버십클럽에서 파티가 있었어요. 그 때 만났습니다."

"파티에서 만나셨군요."

가람은 자신 앞에 놓여 있는 캔맥주를 마셨다. 다소곳하게 앉아서 담배 연기를 내뿜고 있는 여자는 애련이 십년 동안 보아온, 그녀가 알고 있는 순진한 조카 가람이 아니었다. 가람의 담배연기가 그녀의 심장을 후벼 파는 것 같았다. 가람이 규빈 쪽으로 몸을 살짝 기댔다. 특별한 몸짓은 아니었다. 그런데 애련의 몸이 부들부들 떨려 와서 캔맥주를 쥐고 있던 손을 테이블 아래로 내렸다.

가람은 캔맥주를 세 개째 비우고 있었다. 애련은 가람이 자신의 집에서 음탕한 짓이라도 한 것 같은 분노가 치밀어 올랐다. 자신에게 깍듯한 경어를 쓰는 규빈은 자신과 동갑이다. 이런 관계로만 만나지 않았다면 말을 놓고 자연스럽게 말벗이 될 수도 있는 사이다. 그의 목소리는 저음이었지만 투자 상담을 오래한 사람답게 정확한 단어와 톤으로 말을 했다. 규빈의 온몸에서는 여유로움과 관대함, 그리고 맺힌 것 없이 인생을 향유해 온 사람에게서 풍기는 자연스러움이 있었다. 규빈의 옆에 앉아 있는 가람은 물오른 장미처럼 젊고 탄력 있고 요염했다.

애련은 자리에서 일어나서 식탁을 차렸다. 그들은 서로에게 다정한 목소리로 평범한 일상 이야기를 했다. 애련의 맞은편에 가람과 규빈이 마주앉았다. 규빈이 가벼운 농담을 하면, 가람은 킁킁거리며 웃었다. 규빈이 갈비찜 하나를 가람의 밥 위에 올려놓았다. 가람은 천연덕스럽게 밥 위에 놓인 갈비찜을 먹었다. 애련은 젓가락질을 하면서 규빈을 훔쳐보았다. 그의 얼굴에는 웃어서 생긴 섬세한 잔주름이 있었다. 누구에게나 호감을 주는 매력 있는 얼굴이었다.

규빈은 차까지 마시고 정중하게 인사를 하고 돌아갔다. 그녀는 식탁 위의 그릇들을 개수대에 담갔다.

“이모, 규빈 씨 어때요?”

“네가 좋으면 그만이지. 나하고 무슨 상관이 있니?”

“그래도 이모 마음에 들어야지. 너그럽고 관대한 사람이에요. 능력도 있고, 엄마한테도 말 잘 해줘요.”

가람은 담배와 재떨이를 챙겨서 제 방으로 들어갔다. 애련은 가람이 제 방으로 가고 나자 식탁 의자에 털썩 주저앉았다. 너무 신경을 많이 써서인지 골치가 지끈거렸다.

　가람의 일상은 조금도 흐트러지지 않았다. 오히려 애련이 조바심이 날 정도였다. 가람은 열시 정도면 저녁을 먹고 퇴근을 했다. 애련에게는 여전히 상냥했다. 제 살림을 정리하는 기척도 없었다. 애련은 규빈을 만난 다음날부터 잠자리에 들어서도 잠을 이룰 수가 없었다. 그의 다정한 음성이 귓가에 윙윙거렸다. 아직도 가람이 이 집을 나가서 새 살림을 차린다는 것이 실감이 나지를 않았다. 가람이 떠나버린 적막한 아파트. 그녀는 자신이 송매헌의 직장 동료 이외에는 친구가 한 명도 없다는 사실에 생각이 미쳤다. 궁에 출근하면 송매헌의 동료들이 있었고 집에 오면 가람이 있었다. 쇼핑이나 영화도 가람과 함께 보러 다녔다.

　애련은 침대에서 뒤척이다가 결국 주방으로 나와서 식탁에 앉아서 와인잔에 와인을 따랐다. 그리고 천천히 와인을 마셨다. 뜨거운 가슴이 조금 안정이 되었다. 그녀는 지금 자신이 겪고 있는 혼란스러운 감정의 이유조차 알 수가 없었다. 자신이 규빈에게 호감을 느끼는 것일까 생각이 들면 죄책감과 두려움 때문에 호흡이 가빠졌다. 결국 그녀는 와인 한 병을 모두 비우고서야 잠을 이룰 수가 있었다. 큰언니와 형부에게서는 번갈아가면서 전화가 왔다. 그들도 규빈은 마음에 들지만 가람의 결혼이 너무 갑자기 결정된 일이라서 혼란을 느끼는 것 같았다. 일주일쯤 지나자 그녀는 현실을 있는 그대로 받아들여야 한다고 생각했다.

　그녀는 뭔가 한 가지 정도는 혼수를 해 주어야 할 것 같아서 혼자서 백화점을 둘러보았다. 가구도 보고 가전제품도 둘러보았다. 수요일의 신부에 들러서 집시치마를 한 벌 사고 나자 기분전환이 되었다. 그녀는 아파트 앞에 있는 화원에서 노란 튤립 한 다발을 사가지고 들어왔다. 가람이 샌드위치를 만들고 있었다. 커피를 방금 내렸는지 향긋한 냄새가 났다.

"이모. 쇼핑했어?"

"혼수를 이것저것 둘러보았어."

"혼수?"

"이것저것 하려면 지금부터 날마다 쇼핑을 해도 부족할 것 같애. 나는 뭘 해 줄까?"

가람은 식탁 위에 커피 두 잔과 샌드위치를 담은 유리 접시를 놓았다. 가람은 어깨를 으쓱했다.

"이모, 이모가 신경 안 써도 돼."

"신경 안 써도 된다니?"

"지난주 토요일에 가구랑 전자제품 모두 들어왔어. 신혼여행 예약도 끝났고, 웨딩포토나 잡다한 것들은 모두 생략하기로 했어. 내 패물은 시어머님께서 준비하신다니까 다음 주에 부모님 올라오시면 규빈 씨 예물만 맞추면 다 끝나."

가람은 양손으로 손바닥을 탁탁 쳤다.

"가구하고 가전제품이 다 들어왔다고?"

"규빈 씨 친구가 수입가구점 한다니까. 거기서 가구는 모두 맞추었고, 가전제품도 한꺼번에 들어왔어. 꼭 필요한 것만 했어. 잡다한 건 살면서 하려고. 괜히 자리만 차지하니까."

"너는, 정말 너는 부모님이나 나하고 한마디 상의도 없이. 어쩌면 그러니."

"가구나 가전제품에 관해서는 규빈 씨하고 내가 살 집이니까 규빈 씨하고 상의를 했지. 서로 편해야 하는 거니까. 규빈 씨 안목이 높으니까, 내가 규빈 씨 의견에 따르니까 아무 문제없었어."

"비용은……혼수 비용은 대체 어떻게 했는데?"

"이모, 몇 년 전에 내가 행정 도시 개발될 지역이라고 땅 사자고 한 거 기억나? 거기 작년부터 개발 들어갔잖아. 우리도 이제 나이도 있고 각자 결혼도 해야 하니까 작년에 그 땅 팔아서 차익이 꽤 남았어."

"많다는 게 어느 정돈데?"

"부동산이 원래 그렇잖아. 정보가 있는 사람한테 돈은 따라오는 거니까."

"글쎄, 어느 정도 벌었냐구?"

애련은 자기도 모르게 쇳소리를 내질렀다.

"평당 5만원에 샀는데 3년 묵혔다가 팔 때 30만원 받았어. 몇 년 더 갖고 있었으면 평당 백만 원 정도는 받을 수 있었는데 우리도 각자 인생이 있으니까."

"그럼 3천만 원을 은행 융자내서 투자한 땅이 2억 원이 됐다는 얘기니?"

"그 정도 되지 뭐."

애련은 심장이 벌벌 떨렸다. 가람은 그동안 통장에 2억 원을 예치해

놓고서 그녀가 청소해 놓은 쾌적한 집에서, 그녀가 차려주는 밥 먹고, 그녀가 빨래해 주는 옷 입고, 시침 딱 떼고 직장을 계속 다녔던 것이다. 멤버십 클럽에서 열리는 파티를 주기적으로 다니고. 미국대학 MBA 출신의 남자를 만나 결혼을 하고.

애련은 가람에 대해서 일어나는 미운 감정을 자기 스스로가 받아들일 수가 없었다. 이 세상에서 둘도 없이 소중한 조카였다. 큰언니보다 더 많은 시간을 함께했고 가람을 위해서라면 눈 한쪽이라도 줄 수 있다고 생각했다. 그런 조카가 행복해지면 그 누구보다 축하를 해주어야 했다. 가람이 대학에 합격했을 때도 은행에 취직했을 때도 그 누구보다 기쁘고 자랑스러웠다. 그런데 가람이 자신의 곁에서 떠나가는 순간, 거울이 깨지듯이 서른여섯 살 난 독신의 누추한 자신의 삶이 확연하게 눈앞에 드러났다. 그녀는 가람이 사회에 아니 주류 사회에 무사히 안착할 수 있도록 십년이나 뒷바라지를 해 준 것이다. 가람은 결혼으로 자신의 인생 계획을 완성시켰다.

프릴 블라우스와 집시치마, 소녀 억양이 남아 있는 목소리, 투정하는 듯한 눈빛, 온갖 잡동사니로 가득 찬 낡은 잠수함 같은 아파트.

"너는 나한테 언제 신혼집을 보여줄 생각이었니?"

"다음주에 엄마, 아빠 오시면 같이 가려고 했어요."

"우리 집에 있는 네 짐은 언제 옮길 거야?"

"짐? 짐은 별로 옮길 것 없는데 컴퓨터하고 책장도 새로 들여와서 책하고 옷만 가져가면 돼. 이모 내 방 비워야해? 난 침대랑 책상 그대로 놔두고 가끔씩 와서 쉬고 싶은데. 내 친정이잖아."

"안 돼. 결혼할 때 모두 비워줘."

"이모."

애련은 처음으로 어리광이 배인 소녀 억양이 아닌, 차가운 목소리로 말했다.

"네가 쓰던 옷장이랑 침대 모두 치워줘."

"이모, 내일 다시 이야기해."

애련은 방으로 들어와서 화장대 앞에 앉았다. 화끈거리는 얼굴에 스킨을 발랐다. 거울 속에는 늙어가고 있는 여인이 앉아 있었다.

큰언니 내외는 여전히 다정하고 수다스러웠다. 큰언니는 애련을 보자마자 징징거리기 시작했다.

"얘가 왜 이렇게 무정하니? 내가 딸이 둘이니 셋이니 아들도 없이 저 하나 달랑 키웠는데 시집을 가면서 엄마 아빠하고 아무것도 의논 안하고 제 멋대로 혼수 다하고 예식장 모두 예약하고 결혼준비를 다 끝냈단 말이니? 그게 말이 되니? 말이 돼?"

"언니 그만해."

"애련이 넌 얼굴이 왜 이렇게 수척해."

"언니 걱정하지 마. 가람이 현명하고 야무지고 똑똑한 애야. 돈을 2억이나 벌었대."

"뭐? 2억? 직장 다닌 지 이제 겨우 3년 됐는데, 무슨 수로 2억을 벌어?"

"부동산에 투자를 해서, 시세차익을 남겼대."

형부가 흠흠, 헛기침을 했다. 큰언니는 놀라서 질린 표정이 되었다.

"그 어린 게 부동산 투기를 했다는 말이니?"

"투기가 아니고 투자래."

"투기건 투자건, 돈이 있어야 하지 혹시 네가 빌려줬니?"

"아니야. 은행에서 대출받고 여러 명이 모이니까 목돈이 만들어졌나 봐."

"열길 물속은 알아도 한 길 사람 속은 모른다더니, 내 딸을 내가 전혀 모르겠네."

"너는 신혼집 가봤어?"

"아니, 내일 언니랑 같이 갈 거야."

큰언니는 과일 샐러드를 포크로 콕콕 찍어서 먹었다. 부동산 투기를 해서 목돈을 모은 딸을 칭찬해야할지 야단을 쳐야할지 종잡을 수 없다는 표정이었다.

"넌 가람이가 그런 앤지 알았니?"

"언니도 몰랐는데 내가 어떻게 알았겠어. 야무지니까 언니나 나 고생 안 시키고 잘 살거야. 그럼 됐지 뭐."

큰언니는 그래도 심란한 표정이었다.

다음날, 아침을 먹고 가람이 운전하는 차를 타고 큰언니 형부와 함께 신혼집으로 향했다. 가람은 부자들이 모여 있는 부촌의 고급 빌라 앞에 차를 세웠다.

"여기가 신혼집이야?"

"엄마, 규빈 씨 연봉이 쎈 편이잖아요. 직장 생활한 지 십년이 넘었 고, 시부모님께서 도와주신 거 아니에요."

가람은 도어락의 비밀번호를 눌렀다. 철컥, 하고 빌라 문이 열렸다.

애련은 LCD 텔레비전, 벽걸이 에어컨, 바로크풍의 앤티크 소파가 놓여 있는 넓은 거실을 보자 가슴이 쿵쿵쿵 뛰기 시작했다. 넓고 단순하고 깔끔했다. 그녀는 마법에 걸린 공주처럼 천천히 침실 문을 열었다. 리빙 잡지에 등장하는 것 같은 침실이었다. 수작업이 된 오크 장롱과 침대, 새하얀 시트와 파스텔톤의 침대 커버, 천장에는 간접 조명이 설치되어 있었고, 콘솔 위에 스탠드가 단정하게 놓여 있었다. 화장대에는 샤넬 기초 화장품이 가지런하게 놓여 있었다.

그녀는 기운이 빠진 다리로 서재의 문을 열었다. 한 면을 가득 채운 책꽂이에는 영문으로 된 책들이 흐트러짐 없이 단정하게 정리되어 있었고 각각의 작은 액자에 규빈과 가람이 활짝 웃고 있는 사진이 놓여 있었다. 큰언니와 애련은 소파에 겨우 엉덩이를 걸치고 앉았다.

"몇 평인데 이렇게 넓니? 그럼 우리는 내일 오후에 부모님 상견례하고 예식장에만 가면 되니?"

"네."

"무정한 것."

끝내 큰언니는 눈물 바람을 했다. 가람은 그들이 속해 있는 오밀조밀하고 내밀하고 유아적이고 다정한 세계의 아이가 아니었다. 가람은 그 누구보다 치밀하게 자기 인생을 계획했고, 치밀한 계획에 걸맞는 배우자를 찾아냈다. 야무지게 자신의 가정을 꾸려갈 실용적이고 단단하고 독립심이 있는 성숙한 여자였다. 창밖에 도심의 가로등이 하나, 둘 켜지기 시작했다. 큰언니 내외와 가람은 규빈과 저녁을 먹기 위해서 식당으로 향했고 애련은 택시를 타고 아파트로 돌아왔다.

애련은 냉장고에서 바나나맛우유와 초콜릿을 꺼냈다. 그녀는 식탁에 무너지듯이 앉아서 초콜릿을 한 알, 두 알 삼킨다. 그녀는 핫쵸코를 포기하고 에스프레소를 마시지 않은 나날을 후회하지 않는다. 그녀는 인생을 즐겼다. 그녀는 후회하지 않는다. 그녀는 인생을 즐겼다. 앞으로도 즐길 것이다.

애련은 달콤한 바나나맛우유를 마신다.

별의 시간

별의 시간

스무 살이 되었다.

그 일이 일어난 것은 나의 스무 살 생일파티 날이다. 생일 파티를 끝내고 친구들이 모두 돌아간 후 샤워를 했다. 샤워를 하고 난 오월의 봄밤은 싸늘했다. 열려 있는 창문을 닫으려고 창가로 갔는데 하늘에서 오렌지빛이 나를 향해 곧장 진입했다. 질량이 사라진 내 몸이 사뿐 빛 속으로 빨려 들어갔다. 아래를 내려다보았다. 언젠가 책에서 읽었던 유체이탈, 즉 내 육신이 지상에 남아 있는지 궁금했다. 내가 죽은 것인지 궁금했던 것이다. 하늘을 날고 있는 것은 분명 나의 육체였다. 내가 몸에 무게감을 느낀 것은 일이초가 지난 후였다.

나는 알몸으로 오렌지 빛 싸이키델릭 인공조명이 비추고 있는 침대 위에 누워 있었다. 공중에 장미 향기가 떠돌고 있었고, 침대 옆에는 초록 식물과 꽃들이 가득했다. 초록식물을 보자 긴장했던 마음이 풀어졌다. 초록색이 마음을 안정시키는 힘이 있다는 사실은 처음 알았다. 십분

쯤 침대에 눈을 감고 누워 있자 장미향기가 있고 초록식물이 있는 곳이라면 이곳이 사후 세계건 혹은 지구가 아닌 다른 별이건 별 상관이 없다는 생각이 들었다. 장미 향기가 점점 강하게 흘러나왔고, 나의 몸과 정신은 패닉 상태로 빠져들었다. 몸이 깊은 명상에 빠져든 것처럼 풀어져 내렸고 아래가 젖어왔다. 몸이 섹스를 하기 전 상태처럼 풀어지고 있었다. 손이 저절로 아래로 향했다. 나는 마스터베이션 직전의 상태였다. 그때 어떤 에너지가 나의 아래로 진입했다. 그것은 물질이 아니었다. 단지 에너지일 뿐이었다. 그 에너지가 나의 몸 속에서 나를 쾌락에 이르게 했다. 그것은 자극적이지 않았고 힘찬 움직임 같은 것은 없었다. 단지 물결처럼 나를 자극했다. 나는 오르가즘에 이르렀고 나의 몸에서 액체가 흘러나왔다. 나는 알 수 없는 에너지와 첫 성관계를 했다.

잠에서 깨어났을 때, 나는 내 방 내 침대에 누워 있었다. 새벽이었다. 창문은 열려 있었고, 목욕 가운은 정원에 떨어져 있었다. 거울에 몸을 이리저리 비추어보았다. 내 왼쪽 팔에 초록색으로 '미스테리 써클'이 새겨져 있었다. 내 어깨에 새겨진 미스테리 써클은 산호나 앵무조개 같은 바다 생물의 껍질이나 달팽이 껍질에서 발견되는 등각나선(等角螺線) 무늬였다. 한 변의 길이가 피보나치 수인 1,1,2,3,5,8,13인 정사각형을 그린 다음, 각 정사각형에 사분원을 그린 후, 이 사분원들을 차례로 연결하면 등각나선무늬가 생긴다. 황금비 1.618 : 1…… .

나는 어젯밤 우주 비행선을 타고, 외계에 가서 외계의 에너지와 섹스를 한 것이었다. 나에게 무슨 일이 있었던 것일까? 그들이 나에게서 빼앗아 간 것은 무엇이며, 내가 그들에게서 받은 것은 무엇일까?

　나는 시간표에 따라서 책가방을 챙겼다. 검정 고무줄로 머리를 한 갈래로 묶고 청바지를 입고 면티를 골랐다. 팔이 긴 티셔츠를 입을까 하다가, 친구들이 미스테리 써클에 관해서 어떻게 말할지 궁금했다. 그래서 얼마 전 친구들과 함께 맞춰 입은 짧은 면티를 입고 정원으로 나왔다. 내가 살고 있는 이 집은 우리 대학에서 기숙사처럼 사용하는데 지금은 다섯 명이서 방 세 개를 나누어서 사용하고 있다.

　나는 원예치료사가 되기 위한 공부를 하고 있다. 식물을 이용해서 인간의 정신과 심리를 치료하는 공부다. 현재 학부는 농과대학 소속이다. 나는 이곳에서 식물생리학, 정신분석학 등을 배우는데 식물에게도 정신세계가 있다는 가설 하에 공부를 하고 있다. 내가 학자가 된다면 그것을 증명하는 일을 하게 되겠지만 나는 학자보다는 실제 원예치료사가 되고 싶다. 그래서 인간의 다친 정신과 영혼을 식물의 몸을 통해서 치료하고, 온 세상을 산소와 탄소가 알맞게 조화와 균형을 이룬 상쾌한 세상으로 만들고 싶다.

　정원은 탱자나무로 울타리가 쳐져 있고 마당에는 동백나무, 소나무, 백목련 등의 나무와 이름을 알 수 없는 일년생 화초들이 자라고 있다. 나는 자전거를 타고 학교에 다닌다. 가방을 등에 메고 집을 나서려고 자전거를 꺼내는데 자전거 옆에 분홍색 메꽃이 피어 있고 꽃에 이슬방울이 맺혀 있었다. 아름다워서 꽃에 코끝을 내밀었다. 그때 나는 맑고 깊고 투명한 눈동자와 마주쳤다. 너무 놀라 조심스럽게 메꽃 앞으로 다가섰다. 분명히 꽃잎 속에 엄지 손톱만한 요정이 앉아 있었다. 요정이 나를 향해서 손을 내밀었다.

"넌 누구니? 너 엄지공주지?"

"난 꽃의 요정 나리폰이야."

"여기서 뭘 하고 있어?"

"네가 태어나기 전부터 나는 여기서 살고 있었어. 네가 나를 처음 알아본 것 뿐이야."

"아, 어젯밤 그 일 때문이구나. 내 어깨에 산호 껍질에 있는 문양의 미스테리 써클이 새겨져 있었어. 나에게 무슨 일이 일어난 거지?"

"네가 내 친구가 된 거지. 나는 상상력의 신이야. 인간에게 상상력을 불어 넣어주는 일을 하지. 그런데 내가 가진 상상력은 물질처럼 한계, 즉 시작과 끝이 있어. 한 사람 옆에 영원히 머무르지 않아. 그 사람의 귓가에 상상력을 불어넣어 주고 그 사람이 상상력을 향유하는 동안 그의 친구가 되어주지."

"그 사람과 대화를 하니?"

"아니 너처럼 직접적인 대화는 못해. 하지만 내 친구들은 내 온기를 느끼고 나를 잃지 않기 위해 많은 노력을 해. 나의 속삭임을 들으면서 잠에서 깨어나고 일을 하고 잠이 들어. 어젯밤 너는 우주와 소통했어. 네 어깨에 새겨진 미스테리 써클이 그 증거지. 그래서 나를 알아본 거고."

"만나서 기뻐. 내 어깨에 앉을래? 지금은 강의를 들으러 가야 하거든."

꽃의 요정, 나리폰이 나의 왼쪽 어깨에 사뿐 앉았다. 나리폰은 백합 꽃잎으로 만든 치마를 입고 등에 창처럼 종려나무를 차고 있었다. 나는 나리폰을 어깨에 앉히고 자전거를 출발시켰다.

"꼭 그렇게까지 해야 했어? 세상에는 기본적인 윤리라는 것이 있어, 그 윤리를 지킬 때 인간일 수 있는 거라구."

"당신이 지금 나한테 순수를 말하는 거야? 당신은 이슬만 먹고 살지. 당신 자신만 순수하면 되잖아. 당신 예술의 순수성을 지키기 위해 내 문장이 돈 많은 유한마담들의 지적 악세사리로 씌어지는 동안 싸늘한 침묵으로 방관했어. 내가 쓴 그 더러운 글로 먹고 살았잖아. 아니라고 할 거야? 그리고 이제 와서 더럽다구? 내가 사랑을 지키고자 한 것이 내 딸을 지키고자 한 일이 더러운 일이니? 당신은 당신의 예술을 지키기 위해 내 상상력을 소멸시켰어. 이걸로 당신과는 끝이야. 당신 덕에 당신이 그렇게 더럽다고 여기는 돈을 벌 힘이 생겼고, 나는 이제 자유야."

엄마의 목소리는 낮고 싸늘했으며 단호했다. 두 주먹을 불끈 쥐고 분노에 벌벌 떨던 아빠는 주먹으로 벽을 치고 아파트 밖으로 나갔다. 아빠가 나가버리자 엄마는 마치 피크닉이라도 떠나는 사람처럼 커다란 가방에 엄마의 원고들과 책을 담기 시작했다. 다른 여자들은 집을 나갈 때 옷을 싸는데 엄마는 책을 싸고 있었다. 엄마는 조용조용 움직였지만 그녀의 혼은 이미 그녀의 육체를 이탈해버린 것 같았다. 그녀는 아파트 주차장 옆 쓰레기장에 그 책들을 쏟아부었다. 봄날, 봄밤은 쌀쌀했다.

나는 쓰레기더미 옆에 오도카니 앉아 있었다. 엄마가 주홍색 가디건을 벗어서 내 어깨에 둘러 주었다. 그녀는 그 책들에 라이터로 불을 질렀다. 작은 아기 무덤 같은 책들은 빨간 혀를 날름거리며 활활 타올랐다. 그녀는 자신의 육필 원고들을 불길 속에 집어던졌다. 책 한권이 타는데 그렇게 많은 시간이 걸리다니. 책을 불사르는 일도 결코 쉬운 일은 아니었다. 화형식은 느리게 진행되었다. 나는 엄마의 두꺼운 책 한 권을 불길 속에 집어던졌다. '플라톤, 향연' 이라고 적혀 있었다. 책이 불타는 동안 엄마는 불길 옆에 앉아서 수면제 삼백 알이 녹아 있는 소주를 아주 천천히 마셨다. 그리고 아파트 바닥에 옆으로 몸을 뉘었다.

나는 왜 그녀를 말리지 않았을까? 나는 그녀의 절망이 '상상력' 때문이라는 것을 알고 있었다. 이미 알고 있었기 때문에 그녀의 삶에 관여할 수 없었다. 그녀는 돈을 안 버는 아빠를 사랑했고, 터무니없이 결혼을 했고, 더욱 터무니없이 나를 낳았다.

엄마는 아빠와 엄마 그리고 내가 먹어야 할 밥을 살 돈을 벌어야 했다. 엄마가 할 수 있는 유일한 일, 글 쓰는 일로 돈을 버는 십년 동안 엄마의 상상력은 서서히 소멸되었다. 그리고 엄마는 상상력없이 사는 일에도, 글을 써서 돈을 버는 일에도 모두 싫증이 나 버린 것이다. 그녀가 선택할 수 있는 삶이 더 이상 없었다. 그녀는 사는 일에 싫증이 나 버렸다.

내가 혼곤한 잠에서 깨어났을 때 나는 엄마의 아버지인 외할아버지의 팔에 안겨 있었다. 그날 남국에 있는 외할아버지의 농장으로 왔다. 빛. 그건 빛이었다. 봄이었다. 과수원에는 하얀 배꽃과 연분홍 황도꽃이 만발해 있었다. 할아버지는 엄마의 방이었던 남쪽에 창이 있는 방에 풀을 쑤어서 도배를 했다. 분홍 토끼가 그려져 있는 귀여운 벽지였다. 분홍색 커튼, 분홍색 침대, 그리고 직접 나무로 짠 책상과 책꽂이. 책꽂이에 책 네 권을 꽂아주었다. 그리스 로마 신화, 레미제라블, 로빈슨 크루소, 소공녀. 나는 순수미술을 하는 아빠의 딸이 아닌 할아버지의 손녀로 살기 시작했다.

할아버지의 땅은 다섯 살 난 내가 한나절 동안 모두 밟고 지나다닐 수 없을 만큼 넓었다. 할아버지의 농장은 신이 축복한 땅이었다. 기후는 쾌적했고 땅은 기름졌다. 봄이면 끝도 없이 하얀 배꽃과 분홍 황도꽃이 펼쳐졌다. 유실수들이 끝도 없이 도열해 있었다. 한야(恨野)에는 십여 가구가 살고 있었다. 그들은 대부분 농장에서 일을 한다. 그들이 버는 돈은 그들이 한 달 동안 가정 살림을 꾸리면서 안락하고 쾌적하게 살 수 있는 돈이다.

봄이면 숲 속에서 참꽃을 따다가 화전을 부쳐 먹고 아카시아 꽃을 따서 술을 담갔다. 모시를 길러서 모싯잎을 넣은 송편을 해 먹기도 하고 마당가에 양귀비꽃도 심었다. 초봄과 늦가을에는 앙코르와트로 피크닉을 떠났다. 그곳에 모인 사람들은 할아버지의 제삿날이 같았다. 1950년 7월의 어느 날, 남국의 한 숲속에서 경찰에 의한 민간인 집단 학살이 있었고 할아버지의 아버지는 정부 기관원에게 피살당했다. 제 아비의 사상 때문에 제 어미가 총살당하는 것을 다섯 살에 두 눈으로 보아버린 사람들이었다. 그들은 제도 교육을 받은 사람도 있었고 무학인 사람도 있었다. 그러나 그 누구든 제 아비의 책을 불태우고 세상에서 목숨을 구한 사람들이었다. 그들에게 특별한 꿈이 있을 리가 없었다. 할아버지의 농장 어디엔가 동굴이 있다한다. 그곳에는 그들이 분서하지 않은 온갖 비밉스런 책들이 순장되어 있다고 한다. 그곳에 순장된 것은 그 책들만이 아니었다. 그들의 인식도 순장되었다. 그들은 남국의 따스한 햇살을 받으며, 낮에는 열심히 일을 했고 밤이면 LP디스크로 존 레논의 음악을 듣거나 비비안 리가 나오는 '애수'를 보았다.

그들이 노동한 만큼 과수들은 튼실했고, 쌀은 기름졌으며 씨앗만 떨어져도 풀꽃들은 만발했다. 족두리꽃, 백일홍, 봉숭아, 붓꽃, 맨드라미, 과꽃 등등 일년생 화초들이 꽃밭에 만발했고 십년이 넘은 동백나무에서는 동백꽃이 피었다. 유실수들은 수령 백년이 가까워오고 있었다.

그들은 자식 교육에 관심을 두지 않았다. 그들의 자식들은 고등학교까지 걸어서 삼십분이면 갈 수 있는 시골 학교를 다녔다. 자식들 중 반은 한야의 삶의 방식에 적응했고 나머지 반은 제 아비와 한야의 모든 것을 증오했다. 그들은 새벽까지 공부를 했고 대학에 진학할 때는 단 한 번의 의심도 없이 법과대학이나 의과대학을 선택했다. 그들이 원하는 것은 체제로의 진입과 권력, 그리고 그에 상응하는 돈이었다. 그들의 아비들은 축하를 하지도 않았지만 막지도 않았다. 그들은 자식을 유학시킬 돈이 없었다. 자식 등록금 때문에 앙코르와트로의 피크닉을 포기할 용의가 전혀 없었다. 그들에게 있는 돈은 한 달을 쾌적하게 먹고 살 돈뿐이었다. 그들은 등록금 고지서를 할아버지에게 주고, 앙코르와트로 여행을 떠나버렸다. 봄이 와서 씨앗을 뿌리기 전에 떠나는 여행이다.

할아버지는 언니, 오빠들에게 대학 입학금과 일년을 살 수 있는 생활비를 빌려주었다. 그 돈은 그들이 세상으로 가는 티켓이자 한야를 탈출하는 비상구였다. 그 돈은 이카루스의 밀랍 날개처럼 허약했으나 세상

을 향해 한번은 날아오를 수 있는 돈이었다. 그리고 세상의 바닥을 길
수 있는 강인한 발톱이 자라날 때까지 맨몸으로 세상에서 버텨내야 했
다. 물론 "고맙다."는 편지는 단 한 통도 오지 않았다. 심지어 다시는
한야에 나타나지 않았다. 엄마도 다시 한야에 나타나지 않은 사람들 중
한 명이었다. 그러나 엄마는 파멸했다.

유학을 간 한야의 언니 오빠들 중 습격당한 삶은 반 정도였다. 그들의
할아버지가 사상을 비켜갈 수 없었듯이, 그들의 아버지가 사상을 비켜
갈 수 없었듯이, 그들 또한 비켜갈 수 없었다. 그들은 생에 린치를 당해
서 육체와 정신이 만신창이가 되어서 누더기 같은 배낭에 책을 가득 담
아서 한야로 돌아왔다. 그리고 제일 먼저 한 일이 책을 불태우는 일이었
다. 클로버가 만발한 남국의 들판에서 책에 불을 지르고, 한야의 사람이
되어서 농사를 배웠다. 농부가 되었다. 그리고 앙코르와트로의 피크닉
에 동참했다.

음악을 듣는 것도 같았다. 그들의 들창에서는 지미 헨드릭스의 기타
연주가 흘러나온다는 것 쯤. 어느 날 역시 서울로 유학을 갔다가 정부의
사상과 다른 사상을 가졌다는 이유로 오랜 수배 생활과 수형 생활을 해
야만 했던 진배 오빠가 눈빛 총명한 여자와 함께 한야로 왔다. 한심한
사람들이었다. 분서를 하려는 순간 할아버지가 말했다.

"그 책은 내가 없애마."

그리고 할아버지는 그 책들을 소나무 숲으로 들고 갔다. 소나무 숲에
는 실제 동굴이 있음에 분명했다. 언니들 중에는 안기부에 끌려가 고문
을 당하던 중 성폭행을 당해서 뱃속에 아이를 심어 오기도 했다. 그 아

이들은 씩씩한 울음을 울며 지상에 태어났고 남국의 햇살 속에서 쑥쑥 자라났다. 빨랫줄의 기저귀가 혁명의 깃발처럼 나부낀다. 언니들은 무엇인가를 쓰기도 하고 읽기도 한다. 그리고 한결같이 농사를 배운다. 할아버지는 그들이 원하면 땅을 주기도 하고 그들이 도시로 간다고 하면 인간적인 삶을 시작할 수 있는 돈을 빌려주기도 했다.

그러나 어느 날인가 그들은 다시 커다란 배낭에 책만 가득 넣어서 한야로 돌아왔다. 그리고 또 다시 책들을 고르고 골라서 불 지르는 짓을 되풀이했다. 참 알다가도 모를 일이었다. 그들은 왜 책이라는 무구(巫具)에서 도대체 벗어나지를 못하는 걸까? 어쨌거나 내가 가만히 있어도 한야에는 내가 읽어야 할 책들이 넘쳐났다. 일제강점기 금서(禁書)부터, 대한민국 제3공화국 금서, 대한민국 제5공화국 금서까지 할아버지의 동굴에는 무엇이 있을까? 도대체 어떤 비밀스런 이야기들이 숨어 있는 걸까?

할아버지의 땅이 얼마나 넓은지 아무도 모르는 것처럼 그 동굴에 무엇이 있는지 아무도 모를 일이었다. 혹시 할아버지는 그 동굴의 열쇠를 나에게 주려는 걸까? 그래서 내가 목숨을 걸고 이야기를 하는 세헤라자데가 되기를 바라는 걸까.

*

외계에서 교신이 올 때는 미스테리 써클이 쑥쑥 아려왔다. 우리는 교신을 하려면 문자가 필요했으므로 '월드 와이드 웹'을 통해 지구의 문자 중 하나인 한글과 수(數)로 교신했다. 그곳의 주소는 알려줄 수 없다.

그곳은 나처럼 팔에 미스테리 써클이 새겨진 지구인들과 우주인이 직접적인 커뮤니티를 이루고 있다. 체험은 모두들 비슷비슷했다 그들이 채취해 간 것은 인간의 난자와 정자인 듯 했다.

내 팔에 미스테리 써클이 새겨진 후, 다른 생물체가 내 몸이 닿으면 그가 가진 모든 지식의 정보가 나에게 흘러 들어온다. 나는 그제서야 생각은 인간만 하는 것이 아니라는 것을 알았다. 생각은 식물도 하고 개미도 하고 원숭이도 한다. 다만 인간과 소통이 되지 않을 뿐이다. 나는 인터넷 익스플로러를 작동시키고 커뮤니티 주소를 입력했다. 나리폰이 내 무릎으로 내려와 앉았다.

모니터에 우주인이 나타났다. 그는 하얀 바탕에 두 개의 검은색 타원이 그려진 가면을 쓰고 있었다. 그 가면은 기하학적인데 아이작 뉴턴의 책에 등장하는 해독할 수 없는 방정식 같았다. 하지만 기하학 문양은 아름답다.

"잘 지냈어요? 새봄."

"네."

"특별한 일은 없었구요?"

"일주일 전에 뜰에서 꽃의 요정 나리폰을 만났어요. 상상의 신이래요. 우리는 친구가 되었어요."

"멋진 일이군요. 앞으로 새봄은 지구에 있는 또 다른 요정들을 만나서 그들과 친구가 될 거예요."

"궁금한 게 있는데요. 당신들은 도대체 나에게 무슨 일을 한 거죠?"

"당신이 추측하듯이 우리는 당신의 난자를 채취했어요."

"나의 난자와 당신들의 정자를 결합시키는 건가요?"

"그건 당신의 오해예요. 우리는 당신들의 난자와 정자들을 냉동시켰어요. 때가 되면 다시 인간을 탄생시키기 위해서죠."

"새로운 생명체가 아니고 인간을 탄생시킨다구요?"

"네. 인간이 지구에서 살 수 있는 시간은 얼마 남지 않았어요."

"당신들이 지구를 침공하는 건가요?"

"그것도 오해예요. 인간 스스로 지구에서 멸종되는 거죠. 당신들은 이미 인간의 줄기세포까지 손을 대고 있어요. 악마의 기술을 버리지 못하는 거죠. 이미 지구 곳곳에서 유전자 조작 식물이 대량으로 육성되고 있어요. 유전자 조작 식물이 어떤 형태로 변형 진화할지 아무도 몰라요. 당신들은 인위적으로 식물들의 유전자 체계를 교란시키고 있어요. 어떤 결과가 나올지 전혀 예측하지 못한 채로요. 유전자 조작 식품은 인간이 먹을 수 없는 맹독을 생산하게 될 거예요. 그 식물을 먹은 동물 고기를 먹으면 인간은 죽어요. 먹이사슬 생산자인 녹색 식물이 인간이 먹을 수 없는 형태로 진화하고 있어요. 먹이사슬 최종 소비자인 인간은 굶어서 죽을 거예요. 당신들이 발명한 생명 공학이 당신들을 멸종시킬 거예요. 우리가 냉동시킨 인간의 난자와 정자만이 지구에 남게 되는 거죠. 우리는 꽃, 요정, 신인류와 함께 지구에서 평화롭게 살 거예요."

"제가 할 일은 무엇인가요?"

"우리와의 교신을 인간들의 문자로 책을 쓰는 거지요. 당신의 글이 지구를 구할 수 있는 메시지일 겁니다. 하지만 인간들은 당신의 경고를 결코 받아들이지 않을 거예요. 인간 클론들이 쓰레기장에 버려지고 쥐

인간이 인간을 살해하는 세상이 기어이 오고 말 거예요. 인간의 과욕이 지구 생태계에서 스스로를 버림받게 할 거예요. 당신은 꽃의 요정 나리폰을 알아보았고 친구가 되었죠. 나리폰의 상상력은 초록빛이 나지요. 꽃의 요정 나리폰이 말하는 세상, 상상이 살아있는 식물성의 세상이 우리가 꿈꾸는 세상입니다. 아직은 비관적이지만 우리는 그저 노력할 뿐이지요. 그럼 건투를 빌어요.”

우주인이 화면 밖으로 사라졌다.

“나리폰, 너는 모든 것을 알고 있었지?”

“그럼. 나는 매일매일 사람들의 귓가에 상상의 숨결을 불어넣지. 하지만 사람들은 자신에 빠져 있거나, 다른 것을 욕망하기 때문에 나의 상상력을 받아들이려고 하지 않아. 그들에게는 그들의 질서와 세계가 있는 거지. 그들은 행복하기도 하고, 파멸하기도 하지.”

나는 나리폰을 오른쪽 어깨에 앉히고 내가 다니는 대학으로 산책을 갔다. 대학 캠퍼스에는 꽃의 요정 나리폰이 보내는 초록빛으로 가득했다. 신선했다. 꽃의 요정 나리폰이 우리 곁에 있는 한, 상상은 살아있다.

*

그날 모든 일이 일어났다. 현석이 인테리어 사무실을 그만두고 전업작가가 된지 3년째였다. 5개월된 새봄이가 아장아장 걷고 있었고 창밖에는 은행잎이 사무치게 떨어지고 있었다. 3년전 현석은 아파트를 팔아서 보증금 이천만원에 월세가 있는 이층 전세를 얻었고 근교의 농가에 작업실을 마련했다. 나머지 돈은 생활비로 썼다. 최소한의 돈으로 살아도 버는 돈 없이 생활을 해 나간다는 것은 무너져 가는 둑을 몸으로 막고 있는 형국이었다. 그날은 파국처럼 선정에게 다가왔다.

오전에 아래층 주인할머니가 12월이면 그동안 밀린 월세로 인해 보증금이 바닥난다고 했다. 그러니까 12월에 집을 비워달라고 했다. 선정은 현석의 작업실로 향했다. 화랑에서 개인전 초대를 받고 개인전을 준비하는 현석은 마치 무엇에 홀린 사람 같았다. 그의 두 눈빛은 형형했고 온 몸에서는 음악이 흘러나올 것 같았다. 개인전 출품작을 준비하면서부터 그는 작업실에서 생활하고 있었다. 작업실 안은 캔버스와 베니어판, 물감 등으로 발 디딜 틈이 없었다. 그는 12월이면 지상에서 그들의 집이 없어진다는 사실이 전혀 실감나지 않는 듯했다. 비슷한 시기에 작업실도 계약이 끝나서 그는 자신의 작업실 비용만으로도 정신이 없었다. 은행나무의 노란 잎이 사무쳤다. 선정의 비상구가 닫혔다.

선정은 소설을 쓰고 싶었다. 그러나 결혼과 출산은 발목에 무거운 쇳덩이를 단 것처럼 버거웠다. 일상은 조금도 나아지지 않았다. 식탁에 앉아서 헤밍웨이의 단편소설을 필사했지만 소설은 단 한 작품도 쓰지 못했다. 자신의 육체에서 일어나고 있는 일을 감당하기도 벅찼다.

그날 밤 선정의 집에 한야에서 함께 자라고, 같은 대학을 졸업한 혜린이 찾아왔다. 선정이 잡지사를 그만두고 소설을 쓴다고 했을 때 혜린은 단 한마디 했다. 잘 생각해. 그리고 그녀가 정말 사표를 쓰고 암자로 떠날 때도 단 한마디 했다. 잘 생각해. 순수미술을 하는 남자와 결혼을 한다고 했을 때도 그랬다. 잘 생각해. 그녀가 임신을 하자 그랬다. 미쳤어. 그러나 싱싱한 딸기와 제과점 치즈케이크를 들고 땀을 뻘뻘 흘리면서 암자까지 찾아와 준 것도 그녀였고, 그녀가 신춘문예에 내는 소설 작품을 마지막으로 읽어준 것도 그녀였고, 당선작이 실린 신문을 구해다 준 것도 그녀였다.

저녁을 먹은 후, 혜린은 텔레비전 채널을 이리저리 돌리다가 문득 생각났다는 듯이 이야기를 꺼냈다. 기업사냥꾼이라고 불리는 젊은 나이에 성공한 사업가의 에세이 대필 이야기였다.

"딱 자르지 말고 잘 생각해 봐. 나도 너한테 이런 말 꺼내는 거 많이 생각했어. 그런데 자꾸 민영철 사장이 네 이야기를 하네. 매너도 좋고 사업도 잘하고 괜찮은 사람이야."

혜린은 진지하게 말을 했다

"네 생각은 어떤데?"

"잘 생각해야지 뭐. 그런데 여기가 한계 아닐까? 네가 돈을 안 벌고 산 게 벌써 5년째야. 너는 무엇인가를 포기했어야 해. 너는 문학도, 사랑도, 아이도 아무것도 포기하지 않았어. 너는 한야로 가지도 않을 거잖아. 그럼 남는 게 뭐가 있겠니. 네가 할 수 있는 게 뭐가 있겠냐구. 너만 겪는 일 아니야. 다들 겪는 일이야. 난 네가 여기서 멈췄으면 좋겠어. 그리고 시간이 지나면 좋아질 수도 있고."

그랬다. 혜린은 항상 선정에게 잘 생각하라고 충고했었고 그녀는 그 충고를 번번이 무시했다. 그리고 어떤 경계 지점에 서 있었다. 그녀는 바윗덩어리가 가슴에 떨어지는 소리를 들었다. 자신의 사랑이 자신의 문학이 무너지기 직전의 모래성처럼 여겨졌다. 무엇인가가 자신을 떠나고 있었다. 그것이 무엇인지는 알 수 없었다. 소설가가 되겠다고 생각한 것은 여고 1학년 때였다. 두꺼운 대학 노트 첫장에 글을 썼다.

– 헤르만 헤세는 나의 친구다. 헤밍웨이는 나의 친구다. 그러나 인식이야말로 누구보다 소중한 나의 친구다. 강선정–

*

민영철 사장의 사무실은 시내에 있는 빌딩 13층에 있었다. 그는 군청색 정장에 낙엽 무늬가 그려진 넥타이, 훤칠한 키에 담백한 미소를 짓고 있었다.

"등단작은 잘 읽었어요. 주제도 선명하고 문체도 유려하더군요. 솔직하게 말을 하죠. 최근에 우리 회사가 특급 호텔을 인수해서 재 오픈 준비를 하고 있어요. 오픈 전에 자그마한 이벤트로 저의 에세이집을 내고 싶어요."

그는 짧고 경쾌하면서도 분명한 어조로 말을 했다. 중저음의 목소리는 감미롭기까지 했다.

"제일 중요한 것은 호텔 오픈 전에는 무슨 일이 있어도 책이 나와야 해요. 그리고 제가 원하는 대로 글을 써 주세요. 즉 어떤 팩트에 대해서 진실이 중요한 것이 아니고 제가 원하는 대로 글을 써야 한다는 사실입니다. 당신은 당신이 아니고 또 다른 저예요. 페이는 편집장님을 통해 말한 수준입니다. 금액이 적다면 얼마든지 조종해드리죠."

그녀는 계약서에 사인했다. 거리에 은행잎이 떨어지고 있었다.

민사장과의 인터뷰는 그의 업무가 끝나는 6시부터 시작됐다. 비서가

테이블에 홍차를 놓고 나갔다.

"그럼 시작할까요? 지난번에 저축은행을 인수하는 부분에서 끝이 났어요. 그러니까 종자돈 3천만 원에서 5십억 원대 저축은행을 인수하는데 꼭 7년이 걸렸네요? 실정법을 어긴 적은 단 한 번도 없으시구요."

"운이 좋은 편이었죠. 저는 돈의 흐름을 잘 탔습니다. 모든 일이 그렇겠지만 돈이 보이는 시기가 있어요. 사람에 따라 차이가 있겠지만 자신이 얼마나 간절히 원하느냐에 따라서 돈을 벌 수가 있어요. 그리고 용기가 있느냐 없느냐 하는 게 부자가 되느냐, 가난하게 사느냐의 차이라고 봐요."

"부자가 되려면 열정도 있어야 하고 용기도 있어야 하는 거네요. 그렇다고 모두 민사장님처럼 부자가 되는 건 아니잖아요."

"우리는 자본주의 체제에서 살고 있습니다. 개인이 체제를 벗어날 수는 없어요. 아, 잠깐 이런 표현은 책에서 빼주세요."

"그래도 삼진건설을 부도낸 것은 너무했다고 생각하지 않습니까? 더구나 부도난 삼진건설을 인수하셨어요. 한 기업을 넝마처럼 만들어서요. 삼진건설 장사장님께 사채업자를 소개한 것도 민사장님이시죠? 그 돈도 민사장님과 관련이 있구요."

"삼진건설은 자꾸 몸을 불리다가 파산한 겁니다. 파산이 뻔히 보이는 기업에게 돈을 빌려주는 금융권은 없어요. 사채도 금융의 한 부분이에요. 장사장은 서류상 이혼을 하면서까지 끝까지 부동산을 팔지 않고 회사를 부도냈어요. 그 파산을 체계적으로 정리한 사람이 접니다. 그것이 강작가 눈에 부도덕하게 보입니까?"

"기업이 파산하는데 자꾸 민사장님이 개입하고 있잖아요."

"그건 처음부터 재정 구조가 허약한 기업을 찾기 때문입니다. 그것이 저의 직업이구요."

"저한테 원하시는 게 뭔가요?"

"내가 강작가한테 원하는 게 뭐가 있겠어요. 내 글 잘 쓰면 되지. 나는 세상이 무엇을 원하는지 나 자신이 무엇을 원하는지 정확히 알고 있어요. 그리고 한 가지 더 있죠. 포기할 줄을 알아요. 나는 아무리 갖고 싶어도 내가 가질 수 없는 것은 과감하게 포기해요. 잊지 말아요. 당신은 지금 소설을 쓰고 있는 것이 아니고 내 에세이를 쓰고 있다는 사실을. 적어도 당신이 진정한 프로라면 최소한 경제 용어 정도는 알고 인터뷰를 왔어야하는 거 아니요? 이렇게 따지고 들 일이 아니란 말이요."

민사장은 손에 들고 있던 만년필을 딱, 소리가 나게 테이블 위에 놓으며 넥타이를 느슨하게 풀고 담배에 불을 붙였다. 그리고 다리를 꼬고 소파에 등을 기댔다. 피로가 그를 스쳐 지나갔다.

"술이나 한잔 합시다."

한잔 할까요,라는 전화는 간간히 선정의 일상을 침범하지 않을 만큼 걸려 왔다. 선정은 그와 하는 술자리가 서서히 편안해지기 시작했다. 그는 고해성사를 하는 신자처럼 자분자분 자신에 관한 모든 것을 털어놓았다. 기업 사냥꾼이라는 민사장은 그녀 앞에서는 한 마리 섬약한 사슴 같았다. 그는 말을 하고 그녀는 그의 말을 들어주는 관계가 형성되고 있었다. 그리고 가끔씩 선정과 연락이 되지 않으면 그의 목소리에서는 짜증이 묻어났지만 그것까지도 선정은 익숙해졌다.

겨울이 되었다. 그녀는 통장에 입금된 돈으로 새 아파트를 얻었고, 분홍색 벽지를 바른 아이 방을 새로 꾸몄다. 민사장은 에세이집을 출간하면서 호텔 오픈을 품위 있게 할 수 있었고, 선정은 안정된 일상을 꾸려갈 수 있었다. 그녀는 다시 식탁에서 헤밍웨이의 단편소설을 필사했고, 생활비가 떨어질 무렵이면 또 다른 자서전 대필 일을 했다. 그녀는 그렇게 세상에 적응했다. 그녀는 유령 작가가 되었다.

*

크리스마스 파티가 시작되었다. 올해 크리스마스 파티는 진배 오빠의 통나무집에서 열렸다. 거실의 전나무에는 커다란 크리스마스트리가 만들어져 있었고 트리에서는 전구 불빛이 반짝였다. 진배 오빠의 아내는 한야의 아낙이 다 되어 있었다. 그녀는 돌이 갓 지난 아이를 등에 업고 음식 준비를 하고 있었다.

진배 오빠는 '정악오리농법'이라고 불리는 무농약 벼농사를 짓고 있었다. 정악오리농법은 오리와 벼의 공생 관계를 이용해서 제초제를 사용하지 않고 병충해를 방제하는 농법이다. 벌레, 해충의 유충 등이 오리의 먹이가 되고 또 오리가 잡초까지 제거해준다. 그리고 벼에게 '영산회상' '여민락' 등의 정악(正樂)을 들려주었다. 정악은 민속악과 달리 악보에 의해 전해져 온 음악으로, 느리고 평화롭고 장엄한 악상으로 이루어져 있다. 그는 작년에 정악오리농법이 성공을 했고 올해 시장에서 반응이 좋아서 약간의 돈을 벌었다.

그의 통나무집에는 작은 다락방이 있다. 다락방에는 카펫 위로 작은 침대가 놓여 있고, 그 침대에 누우면 마름모꼴 유리창 밖으로 백조자리가 보인다. 밤하늘에 떠 있는 커다란 새는 하늘에 알을 낳고 아주아주 서서히 움직인다고 한다. 아주아주 서서히. 어제는 나리폰과 함께 누워서 백조자리를 바라보았다. 백조가 날고 있어. 움직여. 나리폰은 내 가슴 위에서 새근새근 잠이 들었다.

군청색 베레모를 멋지게 쓴 반딧불 할아버지가 클래식기타로 '로망스'를 친다. 반딧불 할아버지가 기타를 연주하면 벌레들이 모여든다. 어느 초여름밤 아카시아꽃이 피어 있는 아카시아 나무 아래서 반딧불 할아버지가 '로망스'를 연주했다. 그때 반딧불들이 그의 음악을 향해 날아왔다. 머리가 아플 만큼 독한 아카시아 향기와 그들의 주위에서 군무를 추는 반딧불들. 불빛들이 둥둥 떠다니면서 코스모스 꽃잎 무늬를 만들었다. 코스모스 꽃잎이 밤하늘로 날아갔다. 아카시아 향기를 몸에 새긴 반딧불들은 지구를 벗어나 머언 먼 우주로 날아갔다. 그날 밤 온 우주에 아카시아꽃 향기가 진동했다.

정악오리농법의 무농약쌀은 반딧불 할아버지가 농과대학에서 박사 학위를 받은 후 다니던 국립농업연구소 소장직을 그만두고 한야에 정착해서 농사를 지으면서 평생동안 실패한 쌀이다. 그는 클래식 기타 하나와 두꺼운 노트가 든 배낭 하나를 메고 한야로 왔다. 그가 한야로 올 때 그의 아내는 그의 전 재산을 판 돈과 딸아이를 안고 오스트리아 비인으로 떠나버렸다. 할아버지는 그에게 논 이천 평을 빌려주었다.

그 후 반딧불 할아버지는 20년 동안 매년 벼농사에 실패했다. 이천 평의 논에서 그가 수확한 쌀은 그와 할아버지 식구가 먹을 수 있는 일년치 식량뿐이었다. 그는 쌀을 할아버지에게 아주 비싼 값에 팔아서 자신의 식료품과 그가 들을 음반들을 구입했다. 그의 집에는 멋진 석유램프도 있다. 가끔 그는 램프를 켜고 시(詩)를 쓰기도 한다.

반딧불 할아버지는 진배 오빠에게 잠자리를 제공했고, 진배 오빠가 결혼할 때 주례를 섰다. 그들은 가족이 되었다. 반딧불 할아버지는 진배 오빠의 아이를 손수 키웠다. 그 아이에게 수학을 가르치고, 클래식 기타를 가르쳤다. 그가 세 살짜리 아이에게 음악을 가르치는 동안 진배 오빠와 그의 아내는 할아버지의 논에서 농사를 지었다. 그들은 새벽이슬을 맞으며 논으로 갔고, 손으로 잡초를 뽑았다. 땅의 기운을 북돋기 위해 논에 자운영을 심었고 농로에는 유채와 코스모스를 심었다. 한야의 들판은 보라색 자운영꽃과 노란색 유채꽃, 색색의 코스모스가 만발했다. 그들의 논에서는 오리가 자랐고, 들판에 정악이 울려 퍼졌다.

크리스마스 파티에 모인 사람들은 삼십명 정도였다. 반딧불 할아버지의 로망스 연주가 시작되고 상 위에 거위 요리가 차려졌다. 잘 익은 포도주로 건배를 했다. 나리폰은 크리스마스트리 위에 앉아 있었다. 진배 오빠의 아이가 나를 향해 걸어왔다. 나는 아이를 안았다. 아이가 방긋 웃는다. 토실토실한 아이의 뺨에 입맞춤한다.

미스테리 써클이 아려온다. 우주에서 교신이 온다. 우주인은 지금 반딧불 할아버지의 로망스 연주를 듣고 있는 걸까. 우리에게 희망은 있는 걸까. 어디선가 고대인의 일현금(一絃琴) 소리가 들린다. 백조가 날고 있다. 그 날갯짓이 느껴진다. 우리는 움직이고 있다. 토양이 되지 않고 꽃이 되고 싶었던 엄마도 움직이고, 돈에 상관없이 정신에 봉헌하는 순수 미술을 하고 싶었던 아빠도 움직이고, 정체를 알 수 없는 할아버지도 움직이고, 꽃의 요정 나리폰도 움직인다. 움직인다. 싱그런 초록빛, 상상은 살아있다. 밝은 라임빛, 상상은 춤을 춘다.

자아 속의 타자, 타자 속의 자아, 그 고통의 두 얼굴

이송희(문학박사, 전남대 국문학과 강사)

자아 속의 타자, 타자 속의 자아, 그 고통의 두 얼굴

이 송 희 (문학박사, 전남대 국문학과 강사)

내가 인생에서 알고 있는 것이란 얼마나 먼지의 바람 같은 것인가. 언제 먼지가 나를 향해 달려들지 내가 인생에 대해 아는 것이 대체 무엇이란 말인가. …… 스윙 더 문, 달의 댄스. 나는 사랑을 시작한 것이다."

— 「보드게임3 – 파란토마토」 중에서

백은하 소설을 읽다보면 참으로 다양한 사람들과 마주치게 된다. 다양한 사람들과의 만남은 그만큼 다양한 삶의 방식을 엿본다는 것이기도 하다. 대부분 그들은 자신의 삶에 극적인 변화를 경험하면서 새로워진 자신과 만난다. 언제나 스스로의 인생에 대해 아는 것이 무엇인지 끊임없이 되묻는 존재들, 작가는 벼랑에 내몰린 젊은이들의 고민이 무엇인지, 현대인에게 필요한 삶의 조건이 무엇인지에 관해 끊임없이 되새긴다. 복학 후 고민 끝에 취업 전선에 뛰어들어 새로운 인생을 그리는 '나', 돈 많은 남자를 만나 럭셔리한 삶을 설계하는 여자, 데이트가 직업인 여자, 제 몸을 팔아 돈을 버는 남자, 친구를 통해 자신의 꿈을 이루어가는 여자, 현실을 다양한 방식으로 즐기는 사람들 등 이 소설에 등장하는 인물들은 모두 자기 삶에 취해 있다. 자기 삶에 대한 도취는 그만큼 자의식의 깊은 바닥에서 헤어나지 못한다는 말이기도 하다.

그러나 백은하 소설은 다양한 인물들의 삶, 그 방식을 묘사하는 것에서 멈추거나 그들의 겉모습을 '보여주기'에 머물지 않는다. 그녀는 '지금 여기'에서 벌어지고 있는 삶의 문제와 젊은이들을 벼랑으로 몰고 가는 실업의 현장, 결혼과 이혼이 반복되는 현대자본주의 사회를 향해 예리한 감각의 안테나를 세우고 있다. 그래서인지 그녀 소설의 조명은 그리 밝지 않다. 적당히 밝기를 조절하는 그녀 소설의 내부에서 제일 먼저 행해지고 있는 일은 보드게임이다.

작가는 삶을 하나의 보드게임(Board Game) 판으로 인식한다. 보드게임은 플레이어가 직접 대면하여 즐기기 때문에 주로 혼자 즐기는 컴퓨터 게임과 다른, 색다른 맛이 있다. 최근에는 영토 확장, 재산증식은 물론, 환경보호, 남녀평등과 같은 친사회적 소재로까지 그 범위가 다양한데, 그녀 소설의 등장 인물들은 마치 정해진 규칙에 따라 일정하게 진행되는 보드게임 판에서 움직이는 것처럼 살아간다. 세상의 규율에 따라 학교를 다니고 회사를 다니며 사랑을 하고 욕망과 자유를 저당 잡힌 사람처럼 '나'는 산다.

소설「보드게임」연작에는 공익근무요원을 소집해제하고 3개월째 무위도식하는 '나', 김건우가 등장한다. 그는 J대 법대생이지만 별다른 목표 없이 안 쓰고 안 벌며 '느림의 미학'을 실천하고 있다가 뜻밖에 이혼을 대행해 주는 업체인 '청포도기획'에 취직을 한다. 결혼을 할 때 웨딩숍 매니저가 결혼에 관한 일체의 서비스를 대행한다면 청포도기획은 이혼에 관한 일체의 서비스를 대행하는 업체다. 그가 이혼 대행에 대한 상담을 하고 상담료를 받으며 만나는 부류들은 저마다 삶의 환경이 제각각이다.

"엄마, 청포도기획 홍보실장이라니까 그러네. 내가 대학 졸업한다고 뭐 뾰족한 수가 나겠어요? 공무원 공부한다고 삼년 백수로 지내면 엄마가 그 꼴을 어떻게 견디겠냐구요?"
"엄마 지방대 법대 나와서 어떻게 취직을 해요."
–「보드게임1–청포도기획」중에서

'나'와 엄마의 대화 속에는 대학 졸업 후에도 갈 곳이 막막한 젊은이들의 비전 없는 현실이 들끓고 있다. 결혼 대행업체도 아니고 이혼 대행업체라는 설정 역시 우리 사회에 만연한 이혼 문화를 씁쓸하게 바라보는 작가의 시선이 담겨 있다.

나는 가구와 전자 제품이 빠져버린 52평 아파트 베란다에 쪼그
리고 앉아서 담배에 불을 붙였다. 베란다 밖으로 보이는 주차장에는
중형 승용차들이 열을 맞추어서 도열해 있었다. 베란다에는 미니 정
원이 꾸며져 있었는데, 말라비틀어진 화분이 열 개 정도 나뒹굴고
있었다. 식물에도 욕심을 부렸는지 화분들도 엄청나게 컸다. 화분을
발로 툭 차자, 묘한 쾌감이 몰려왔다. 나이 서른 살에 52평 아파트에
스위트홈을 꾸미려 했던 인간들에 대한 묵직한 적의가 밀려왔다. 내
속 어디에 이런 감정이 웅크리고 있었던 것일까. 폐허로 변해가는
스위트홈이 달콤해서 견딜 수가 없었다.

─「보드게임1─청포도기획」 중에서

나이 서른 살, 52평 아파트의 스위트홈이 정리되는 동안 '나'가 느끼
는 인간들에 대한 묵직한 적의는 폐허로 변해가는 스위트홈이 달콤해서
견딜 수가 없다는 역설로 드러난다. "이천만 원을 이만 원처럼 사뿐히
발음하는 사람들"에게 투자를 하고, "몸을 팔아 옷을 사는 여자, 몸을
팔아 리듬을 사는 여자"에게 사랑의 감정을 느끼는 '나'. "혹시 처녀성
같은 거 생각하는 거야? 웃기고 있어."라고 말하며 결혼 전에 처녀성을
복원하는 수술을 받는 것은 예의라고 말하는 여자, 언제든지 춤추다 눈
맞으면 십분 안에 침실로 직행할 수 있는 여자를 사랑하며 갈등하는
'나'를 작가는 무대의 중심으로 끌어 들인다. 제각각의 제스처를 취하
며 살아가는 사람들 앞에서 그는 "내가 인생에서 알고 있는 것이란 얼
마나 먼지의 바람 같은 것인가. 언제 먼지가 나를 향해 달려들지 내가

인생에 대해 아는 것이 대체 무엇이란 말인가." 묻고 또 묻는다.

현실이다. 젊은 대학생이 현실에 안주해가는 과정이다. "군부 독재 정권 끝자락에서 체험하는 자유와 쾌락의 90년대를 풍미했던 원 나잇 스탠드. 호스티스나 웨이터들의 달방으로 전락한지 오래"된 유흥과 현란함만이 버젓이 들어 서 있다. 그들 사이에서 "별것도 아닌 시간강사에 그렇게 연연해 하는 이유가 뭐야?"라는 이야기가 흘러나온다. "나는 관리 받는 게 좋아, 생각하는 거 싫고 뭐 결정하는 건 더 피곤해. 하라는 대로 하는 게 젤 편"하다는 그들의 인생을 작가는 '나'의 시선과 감정을 빌려 우회적으로 말하고 있다. 자유자재로 춤을 추며 스트립쇼를 하는 남자와 밤이면 룸살롱에서 일하는 배용준, 데이트가 직업인 윤영 사이에 끼어 '나'는 결국 어디로 가고 있는 것일까. 이것은 보드게임인가.

「보드게임」의 주인공인 '나'가 아껴서 읽었던 로맹가리의 소설, 1980년 파리에서 '결전의 날'이라는 짤막한 유서를 남기고, 1년 전 자살한 아내의 뒤를 이어 역시 권총자살로 생을 마감했던 작가. 시종 어둡고 우울한 단어들과 생각들을 읽으며 그가 희망을 찾으려 노력하는 모습을 만났다. 로맹가리가 그랬던 것처럼 그 노력의 결말이 희망의 부재가 되었을 지언정 '나' 역시도 바로크 공주라고 비유되는 '윤영'을 보며 갈등한다.

'바로크'는 '찌그러진 진주'라는 뜻의 포르투갈어에서 유래한다. '바로크 공주'는 '찌그러진 진주'라는 바로크의 의미에 공주를 합성한 말이다. 일정한 규칙에 의해 반복되는 게임 판 위에서 '나'는 '배용준'이 그랬던 것처럼 차이코프스키의 '호두까지 인형'을 듣고, 호프만의 '악마의 묘약'을 읽으며 환상에 젖는다. 그 환상이 그에게 인생의 천국, 출구를 예비하고 있는 것인지도 모른다.

생은 나에게 우호적이지 않았다. 나는 두 살 때부터 집이 없었다. 술에 취해서 물건을 부수는 아버지와 내가 두 살 때 나를 버리고 집을 나가 버린 어머니, 나는 어머니도 없었고, 나를 보호해 주는 사람도 없었다. 내가 학교라는 울타리를 벗어난 것은 중3 때다. 내가 왜 수학 선생의 얼굴을 주먹으로 갈겼는지 그 이유조차 기억에 없다. 그 후 어느 곳엔가 소속되었던 적이 없다. 그저 완벽하게 혼자였다. …… 나에게 여자는 그저 내 인생을 유지하는 도구다. 나는 여자를 진정으로 좋아해 본 적이 단 한 번도 없다. 섹스는 진정으로 피로한 노동이다. 내가 몸으로 돈을 벌 수 있다는 것을 안 것은 열아홉 살 때다. 그때부터 지금까지 나는 섹스를 해서 돈을 벌었다.
　　　　　　　　　　　　　　　　－「천국으로 가는 계단」 중에서

몸을 팔아 돈을 버는 남자가 칼리라는 닉네임을 쓰는 '김여진'이라는 여자를 고객으로 만나는 순간, 그의 출구는 그녀가 된다. 이미 5개월 전, 인터넷 카페 '롱네일클렌'에서 만난 적이 있는 그들은 손톱을 기른다는 공통점이 있다. 그녀는 로트레아몽의 '말도로르의 노래'의 시 구절을 자주 인용하며 카페에 그로테스크한 문장을 자주 남겼다. 그런 그녀의 매력에 빠져버린 '나'가 그녀에게 고객 접대가 아닌 사랑의 감정을 갖는다. "누나는 왜 사랑하는 사람하고 섹스를 안 하고 이런 식으로 해요?"라는 '나'의 질문에 "너와 섹스를 하러 온 거지. 토론을 하러 온 게 아니야.", "네가 원하는 건 나에게 없어"라고 단호하게 말해버리는 여자. 섹스가 직업인 남자와 돈이 많은 여자의 만남, 단 한 명의 남자친구를 원하지 않는 여자의 말에는 사회의 이면에 도사리고 있는 비도덕적인 모습들이 담겨 있다.

인물들의 입을 통해 사회의 구조적 모순을 지적하는 작가의 의도와 만나는 건 「담배와 바나나맛우유」에서도 마찬가지다. 민예품 가게를 다니며 기존의 질서에서 크게 벗어나지 않는 애련과 자본주의 사회에 물들어가는 조카 가람의 모습을 대조적으로 그려내고 있는 작품이다. 바나나맛우유와 핫초코가 애련의 의식구조를 상징적으로 드러낸다면, 담배와 에스프레소는 가람의 의식구조를 상징적으로 드러낸다. 다음의 애련과 가람의 대화에서도 두 사람의 성격을 짐작할 수 있다. 사회 생활을 할 때 "담배를 이용"할 수 있다고 말하는 가람. 그녀는 "이모, 오스칼 같은 꽃미남은 만화 속에나 있는 거예요. 현실에서 꽃미남을 찾으면 어떻게 해요."라고 말하며 현실과 이상을 철저히 구분하고 있다.

"사랑하는 거야? 정말 뜨거운 운명적인 사랑을 느낀 거야?"

"이모는 운명적인 사랑은 무슨…… 그냥 말도 잘 통하고, 이 사람하고라면 평생 서로 의지하면서 살 수 있겠구나 싶으니까 하는 거지."

– 「담배와 바나나맛우유」 중에서

"나는 나를 배려하면서 살고 싶었지. 내 몸을 지키고, 내 성을 지
키고, 내 인생을 지키고 싶었어. 그 모든 것은 힘이 있어야 지킬 수
있는 거야.…… 칼리 프로젝트였어, 입사한 후 3년 동안 내가 했던
협상들이 모두 게임일 뿐이었어. 훈련이었어. 내가 잠을 잤던 그 노
신사가 우리 회사의 CEO야. 그것까지도 내가 넘어야 할 관문 같은
거였어, 훈련을 거치면서 내 몸 속의 짐승은 고양이에서 승냥이로
승냥이에서 표범으로 변해갔고, 진정한 승부사가 되었어. 승부에 중
독된 거지."

- 「천국으로 가는 계단」 중에서

자본주의 사회에서 무료는 없다. 무엇이든 얻으려면 조건이 따른다
는 무서운 자본의 법칙을 이 글은 잘 보여준다. 칼리의 몸과 마음은 이
렇게 무너지게 된 것이다. 인간을 도구화하는, 물화(物化)된 사회 현실
의 이면을 들추며, 승부욕에 눈이 멀어 도덕과 윤리의식은 상실해버린
계층 간의 모습을 신랄하게 보여주고 있다.

정신의 순결도 육체의 순결도 없는 여자와 남자가 정사를 벌인
다. 승부에 중독이 된 여자가 승부욕 없는 남자를 안고 있다. 내 몸
에서 쾌락의 신음소리가 흘러나오면 나올수록 나의 몸은 황량해진
다. 내 사랑은 점점 더 수렁으로 빠져들고 있다. 정말 기분 더럽다.
…… 내가 잠들어 있는 이곳, 내가 숨쉬고 있는 이곳이 지옥이다. 칼
리가 살고 있는 이곳이 지옥이다. 나는 지옥에서 한 철을 보내고 있

다. 한 발짝만 떼면 천국으로 가는 계단이 있다. 나는 그 계단을 밟고 싶었다. 그러나 칼리는 말한다. 천국으로 가는 계단 같은 것은 없다고. 천국 아니면 지옥이다. 눈빛 형형한 고양이와 함께 지옥에서 한 철을 즐기는 것이다.

– 「천국으로 가는 계단」 중에서

삶은 지옥이다. 정신의 순결도 육체의 순결도 없는 남녀가 벌이는 정사, 이루어질 수 없기에 사랑은 더 수렁으로 빠진다. 이 깊은 수렁이 현실이라면, 그들은 이 현실을 벗어나야 천국에 이를 수 있다. 과연 출구는 어디로 나 있는 것일까.

「창조의 아침」에 등장하는, 대학 졸업 후 1년 간 이력서를 쓰다가 실패한 여자 역시 출구를 찾아 헤맨다. 대학원 입학을 눈앞에 둔 그녀에게 '창조의 아침'이라는 기획사에 다니는 친구가 하는 제안은 신선하다. 몸무게 70kg에 육박하는 그녀가 아나운서의 꿈을 실현할 좋은 기회라고 내 놓는 기획에 대학원 진학을 포기하고 선뜻 수강을 한다. 친구 호정의 설득 내용은 단순한 설득을 넘어 우리 사회 현실의 암담한 표정을 드러내고 있다. "아무 비전도 없는 대학원을 무뇌충처럼 계속 다니든지"라는 말 속에서 현대 사회의 모순된 구조를 들추는 작가의 의도를 읽을 수 있다. 폴란드 출신의 영화감독 키에슬로프스키 감독의 '블루'라는 작품에 등장하는 줄리처럼 모든 집착을 떨쳐내면서 진정한 자유를 얻게 되는 법, 몸과 마음에 관한 완전한 긍정의 힘을 기르는 곳에 그녀는 서슴없이 발을 담근다.

“너 한두 번 속았냐? 담임한테 속아서 영문과 가. 한 거라고는 공
부밖에 없어서 학점 4.3에 토익 900점, 그래서 너한테 남은 게 뭐
냐? 넌 결국 학원 영어 선생하고 있잖아. 다들 널 속인 거야, 진실을
말하지 않은 거라고, 캐피탈리즘의 진실을 대학원? 웃기고 있어. 네
가 거기서 잠 안자고 학위 따면 뭐가 남을 것 같애? 텅 빈 잔고하고
70kg에 육박하는 네 몸무게하고 여전히 남아 있는 취업 부담하고
아, 한 가지 남겠다. 네 엄마도 처치곤란해할 논문 남겠네.”

– 「창조의 아침」 중에서

애벌레가 고통스러운 변태의 과정을 거쳐서 나비가 되어 “나비 신화”
를 이루어내는 모습은 그들이 진정 찾아가는 천국이며, 낙원일까. 커피
숍에 들어가면 핫초코를 주문하는 사람과 에스프레소를 주문하는 사람
이 있지 않은가. 이렇게 다른 사람들이 존재하는 세상은 참으로 막막하
다. 그들은 한결같이 보드게임을 하듯 일정한 규칙에 얽매어 있다. 그러
나 이 보드게임 판 위에서 살아남는 법을 진정 알고 있는가 생각하면 의
구심이 든다. 백은하의 소설은 이렇게 출구를 찾아 고통스럽게 헤매는
영혼들을 따뜻한 눈길로 끌어안는다. 냉혹한 현실에 저당 잡혀 살아가
는 그들에게 작가는 긍정적인 미래를 예견한다.

레비나스에 의하면, 그녀 소설 속의 인물들은 ‘주체의 죽음’을 말하
는 집단들이다. ‘주체’가 그 개념, 즉 자발적으로 선택하고 행위한다는
것을 부정하는 것이다. 주체적이기 위해서는 ‘선언’ 혹은 ‘의식’이 필
요하다. 레비나스는 이런 깨어있음, 즉 의식이나 반성에 대해 “익명적

인 있음의 깨어 있음으로부터의 결별이고, '홀로서기'이며, 한 존재자가 그의 존재와 관련을 맺기 시작한 상황을 지칭"한다고 말한다. "존재자는 존재를 속성으로 가지"게 되며, "존재의 주인이 되"는 것이다. 이렇게 함으로써 '주체의 죽음'은 다시 '부활'하게 된다.

이처럼 그녀는 그들이 찾아 헤매는 출구가 바로 스스로의 안에 있음을 깨닫게 내버려 둔다. 이것이 바로 그의 소설이 더욱 견고하게 빛나는 이유가 아닐까. 사회의 구조적 모순을 지적하면서도 부드럽게 구사하는 문체 속에서 그녀의 단단한 감성과 현실 지각의식을 엿볼 수 있다.

破卵

칼날 위를 사뿐사뿐 걷는 것처럼
살아가리라.
누군가 큰 존재가
내 어깨를 단단하게 붙잡아 주는 것처럼
가볍고 자신있게
경쾌하고, 상냥하게
어깨에 날개가 달린 것처럼.

먼지 한톨의 인연도 쓸어 담으면서
살아가리라.
껍질을 깨고 태어나는 병아리처럼
고요하고 정밀하게
정신을 살찌우리라.

환각의 순간
순식간에 껍질을 벗으리라.
아무도 모르게 은밀하게 성장하리라.
날카롭고 강렬하게
순식간에 껍질을 벗으리라.

껍질을 깨고 태어나는 병아리처럼
그렇게
짧고 강렬하게.

새로운 차원으로 도약하리라.

2011년 12월
백은하

별의 시간

초판1쇄 찍은 날 | 2011년 12월 16일
초판1쇄 펴낸 날 | 2011년 12월 20일

지은이 | 백은하
펴낸이 | 송광룡
펴낸곳 | 문학들
등록 | 2005년 8월 24일 제 2005 1-2호
주소 | 503-821 광주광역시 남구 양림동 24-18번지 2층
전화 | 062-651-6968
팩스 | 062-651-9690
전자우편 | munhakdle@hanmail.net

ISBN 978-89-92680-56-1

• 잘못된 책은 바꿔드립니다.
• 이 책은 한국문화예술위원회의 문예진흥기금을 보조받아 발간되었습니다.